EMILIA SCHILLING

Winterglück und Nelkenduft

GOLDMANN
Lesen erleben

Buch

Es ist Winter in Wien, als die reiselustige Romi nach einem Auslandsaufenthalt in ihre Heimatstadt zurückkehrt. Dort übernimmt sie zusammen mit ihrer Schwester Steffi den Teeladen ihrer Großtante Leopoldine. Steffis Angst, Romi könnte schon bald wieder in die weite Welt aufbrechen und sie mit der Arbeit allein lassen, entpuppt sich als unbegründet. Romi hat gar nicht vor, Wien wieder zu verlassen. Schließlich hat sie sich in den charmanten Restaurator Niko verliebt, und auch der Teeladen läuft in der Adventzeit blendend. Dann allerdings erfährt Romi, dass Steffi und Niko ihr etwas verschweigen …

Informationen zu Emilia Schilling sowie zu weiteren Titeln der Autorin finden Sie am Ende des Buches.

Emilia Schilling

* * *

Winterglück
und Nelkenduft

* * *

Roman

GOLDMANN

Penguin Random House Verlagsgruppe FSC® N001967

1. Auflage
Originalausgabe September 2021
Copyright © 2020 by Emilia Schilling
Die Veröffentlichung dieses Werkes erfolgt auf Vermittlung der
literarischen Agentur Peter Molden, Köln.
Copyright © dieser Ausgabe 2021 by
Wilhelm Goldmann Verlag, München,
in der Penguin Random House Verlagsgruppe GmbH,
Neumarkter Str. 28, 81673 München
Umschlaggestaltung: UNO Werbeagentur München
Umschlagfoto: FinePic®, München
Redaktion: Susanne Bartel
BH · Herstellung: ik
Satz: Buch-Werkstatt GmbH, Bad Aibling
Druck und Bindung: GGP Media GmbH, Pößneck
Printed in Germany
ISBN: 978-3-442-49049-3
www.goldmann-verlag.de

Besuchen Sie den Goldmann Verlag im Netz

Inhalt

Für meine Oma

*** Assam-Tee ***

... eine koffeinhaltige Alternative zu Kaffee

Bis 1823 glaubte man, Tee wachse ausschließlich in China und Japan. Erst damals entdeckte ein schottischer Reisender wild wachsende Teepflanzen in einer Hochebene in Nordindien: die Camellia sinensis var. assamica.

Es war der Beginn des Teeanbaus in Indien.

Heute liegt das weltweit größte Teeanbaugebiet im indischen Bundesstaat Assam, östlich des Himalajas. Der dort produzierte Schwarztee ist besonders aromatisch und stark koffeinhaltig. Assam Second Flush, die zweite Ernte des Jahres, gilt als exquisite Spezialität.

Durch seinen kräftigen Geschmack ist Assam-Tee eine beliebte Grundlage für bekannte Teemischungen wie Ostfriesentee und Earl Grey.

Für Schwarztee werden die Blätter erst bei feuchtwarmer Luft fermentiert und anschließend getrocknet. Bei diesem Verarbeitungsschritt nehmen sie ihre dunkle Farbe an, was dem Schwarztee seinen Namen gibt. In Ostasien heißt er aufgrund seiner rotgoldenen Tassenfarbe Roter Tee.

Für ein optimales Geschmackserlebnis sollte Assam-Tee nicht länger als drei Minuten ziehen, da er sonst bitter wird.

Wer immer König sein mag, Tee ist die Königin!

(Irisches Sprichwort)

Heute ist der achtzehnte November – mein sechsundzwanzigster Geburtstag.

Erstmals seit vier Jahren werde ich ihn nicht mit Kollegen und Freunden in einem Pub verbringen, sondern bei meiner Familie in Wien.

So war es abgemacht.

Damals, vor vier Jahren, als ich nach meinem Studienabschluss nach München ging, um in einem Start-up zu arbeiten. *Regiotastic*, eine Plattform für den Vertrieb von regionalen Produkten. Ein Jahr später führte mich der Job nach London, und die letzten beiden Jahre habe ich in Dublin das Unternehmen vor Ort aufgebaut.

Meine Eltern glauben bestimmt erst, dass ich zurück bin, wenn ich vor ihnen auf der Türmatte stehe. Schließlich haben sie mir trotz meiner angekündigten Rückreise schon ein Video geschickt, in dem sie mir zum Geburtstag gratulieren.

Irgendwie kann ich es ja selbst noch nicht glauben.

Nun sitze ich im City Airport Train, kurz CAT, vom Flughafen Schwechat nach Wien Mitte, warte auf dessen Abfahrt und sehe mir das Video zum gefühlt hundertsten Mal an. Ohne Ton natürlich, um die anderen Fahrgäste nicht zu stören.

Meine Mutter trägt einen geburtstagstortenförmigen Hut mit bunten Stoffkerzen, der zu unserem Geburtstagsritual gehört, seit ich denken kann. Normalerweise trägt ihn das Geburtstagskind, aber in den letzten Jahren hat sie die Aufgabe für mich übernommen. In dem Video steht sie mit meinem Vater in der Küche und filmt sich und ihn mit dem Handy, während sie *Happy Birthday* trällern. Genau genommen sehe ich nur Papas Brust mit Kinnansatz und Mamas obere Gesichtshälfte sowie den Hut. Mein Vater ist nämlich eineinhalb Köpfe größer als sie, und Mamas Arme sind zu kurz, um mehr von ihnen beiden aufs Bild zu bekommen.

Ich kann es kaum erwarten, sie in meine Arme zu schließen. In den letzten vier Jahren haben wir uns nur zweimal gesehen. Einmal sind sie mit dem Zug nach München gekommen und ein weiteres Mal nach London. Ebenfalls mit dem Zug. Die Anreise dauerte ewig, und sie mussten ein Dutzend Mal umsteigen. Solche Unannehmlichkeiten nehmen sie aus Rücksicht auf ihren ökologischen Fußabdruck in Kauf. Während meiner Zeit in Irland beschränkten wir uns auf Videotelefonie – die Hinfahrt hätte Tage gedauert.

Ökologischer Fußabdruck hin oder her, statt Ewigkeiten quer durch Europa zu gondeln, habe ich mir ein Flugticket von Dublin nach Wien gegönnt. Schließlich ist heute mein Geburtstag, und der Flug hat nur achtundzwanzig Euro gekostet.

Achtundzwanzig Euro!

Das ist doch pervers!

Natürlich ohne Gepäck, Essen und Trinken. Ich habe mich noch nicht einmal getraut, die Flugzeugtoilette zu benutzen, weil ich nicht sicher war, ob das im Preis enthalten ist.

Ich tippe auf *Erneute Wiedergabe* und will mir das Video noch einmal anschauen. Es ist ein Vorgeschmack auf meine Rückkehr.

»Ist hier noch frei?«

Ich schrecke hoch und sehe mein Handy in hohem Bogen aus meinen Fingern fliegen. Es prallt an meinem Knie ab und macht noch einen Salto, bevor es zu Boden geht. Als ich automatisch danach greifen will, gebe ich ihm aus Versehen stattdessen einen Tritt und kicke es damit durch den halben Waggon.

Fantastisch!

Der junge Mann, der mich angesprochen hat, beeilt sich, es zurückzubringen. Sein brauner Haarschopf verschwindet drei Reihen vor uns. Ungeachtet der dort sitzenden Fahrgäste. »Darf ich mal?« Kurz darauf taucht er wieder unter dem Sitz auf, mein Handy triumphierend in seiner Hand. »Sorry«, sagt er leise und mit entschuldigendem Lächeln.

»Danke«, murmle ich und blicke auf den Sprung, der sich nun über den unteren Teil des Displays zieht, meine Eltern jedoch nicht davon abhält, fröhlich weiterzusingen.

Scheiße!

Ich stoppe das Video und schiebe das Telefon in meine Manteltasche.

»Auch wenn ich bezweifle, dass es klappt«, sagt der Mann und lässt sich neben mir auf den freien Platz nieder. Etwas umständlich langt er in seine Hosentasche, holt ein schwarzes, abgewetztes Portemonnaie und aus diesem eine Visitenkarte heraus. »Hier ist meine Telefonnummer.«

Irritiert blicke ich auf das Kärtchen, ohne den Namen zu lesen, und wieder zu ihm auf. Ich betrachte ihn genauer. Er hat schmale Wangenknochen und ein glatt rasiertes Kinn, das ihn sehr jung wirken lässt, obwohl er bestimmt in meinem Alter ist. Seine dunklen Augenbrauen betonen die hellbraunen Augen und die gerade Nase. Er hat dichte Haare, die aussehen, als hätte er versucht, sie zu kämmen.

Ist das etwa ein plumper Versuch, um an *meine* Telefonnummer zu kommen?

»Für die Versicherung«, erklärt er und deutet auf die Manteltasche, in der ich mein Handy verschwinden habe lassen. »Falls du es als Versicherungsschaden abwickeln lassen willst.«

Nicht, dass ich darauf aus gewesen wäre, Männerkontakte zu knüpfen, aber ein Anbandlungsversuch hätte mir doch mehr als diese Erklärung gefallen.

»Ich befürchte, die kennen nicht mal mehr das Handymodell.« Ich bemühe mich um ein Lächeln. Mein Telefon ist schon ein paar Jahre alt, im Vergleich zu aktuellen Smartphones ein Dinosaurier. Ein Wunder, dass der Akku nicht alle drei Stunden schlappmacht. Der Restwert des Handys ist bestimmt so niedrig, dass die Versicherung eine Bearbeitungsgebühr von mir verlangen würde.

Mein Sitznachbar nickt zustimmend.

»Hat aber bislang gut funktioniert«, seufze ich. Nicht, weil ich an diesem alten Ding hänge, sondern weil ich nicht jedes Jahr ein neues Handy kaufen muss, bloß um im Trend zu liegen. Solange meins funktioniert, behalte ich es.

»Vielleicht kann ich dich als Entschädigung auf einen Kaffee einladen«, schlägt er freundlich vor. »Meine Nummer hast du ja jetzt.«

Ich lege den Kopf schief. Er sieht wirklich sympathisch aus, und eine Einladung zum Kaffee würde ich von ihm wohl auch ohne kaputtes Handy annehmen. Dann wahrscheinlich noch eher. »Bloß Kaffee?«

Er überlegt kurz, grinst frech und stockt sein Angebot auf. »Kaffee und Kuchen?«

Ich tue kurz so, als würde ich angestrengt nachdenken, und antworte dann entschlossen: »Das klingt fair.« Süßem kann ich selten widerstehen, und die österreichischen Mehlspeisen vermisse ich seit dem Tag, an dem ich Wien verlassen habe.

Die Türen des Waggons schließen sich, und der CAT fährt los in Richtung Wien. Ich sehe aus dem Fenster und friere trotz meines Wollmantels. Das ist bestimmt die Aufregung, weil ich nicht sicher bin, ob sich alle in meiner Familie über meine Rückkehr so freuen werden wie meine Eltern. Schließlich war für mich nach dem Studium eigentlich anderes vorgesehen. Zudem hat meine Zeit im Ausland länger gedauert als anfangs gedacht.

»Wo kommst du her?« Mein Sitznachbar – dessen Namen ich kennen würde, hätte ich denn einen genaueren Blick auf seine Visitenkarte geworfen – streckt seine Beine aus und sieht neugierig zu mir herüber.

»Dublin.«

»Ganz ohne Gepäck?«

Gut erkannt, denke ich. Ich habe noch nicht einmal eine größere Handtasche dabei, weil ich nicht wusste, ob dafür ein Aufpreis fällig gewesen wäre. »Billigfluglinie«, erkläre ich. »Es war günstiger, meine Sachen als Paket zu schicken.«

»Das ist ein Scherz, oder?«

Ich schüttle den Kopf. Im Vorfeld meiner Rückkehr habe ich großzügig ausgemistet. Was übrig blieb, habe ich in einen gigantischen Karton gepackt und als Paket versendet. Was tatsächlich weniger gekostet hat, als die zwei oder drei Koffer, die ich sonst benötigt hätte, vor dem Flug aufzugeben. Außerdem muss ich so nicht überlegen, wie ich sie vom Flughafen zum Haus meiner Eltern bringe.

Mein Sitznachbar hat immerhin einen kleinen Trolley bei sich. »München«, antwortet er, ohne dass ich gefragt hätte.

»München?« Ich bin ja wirklich nicht so ein Ökofreak wie meine Eltern, aber ist er wirklich von München nach Wien geflogen? Eine Strecke, für die man mit dem Zug wie lange braucht? Vier Stunden? Vielleicht fünf? Die Fahrt zum Flughafen, Einchecken, Wartezeit und dergleichen dauern zusammen bestimmt länger.

»Ich war dort bis vorhin noch auf einem Seminar, und weil ich heute Abend unbedingt zurück sein musste, habe ich zur Sicherheit einen Flug gebucht«, erklärt er. »Wenn ich nicht pünktlich auf der Geburtstagsfeier erscheine, werde ich einen Kopf kürzer gemacht, deshalb war mir die Bahn zu unsicher.« Er grinst, und in mir keimt die Vermutung auf, dass er gerade indirekt von seiner Freundin gesprochen hat. Also doch besser keinen Kaffee und Kuchen. Schade eigentlich.

»Dann lieber auf die Pünktlichkeit der Flüge vertrauen«, sage ich etwas skeptisch. Ob das eine bessere Idee ist? In letzter Zeit gab es immer wieder Streiks, und Verspätungen sind auch bei Flugzeugen an der Tagesordnung. »Hoffentlich hast du das Geschenk nicht vergessen.«

Er schüttelt den Kopf und grinst erneut. »Willst du es sehen?«

Ehe ich antworten kann, holt er eine Schatulle aus der Innentasche seiner Jacke. Zu groß für einen Verlobungsring, denke ich und schüttle den Gedanken sofort wieder ab.

Er klappt die Schatulle auf und präsentiert mir, eingebettet in dunkelblauem Stoff, eine Kette mit einem Anhänger in Form einer Feder. Das Besondere daran ist, dass die Feder halb aus Holz und halb aus einem transparenten türkisen Material besteht. In beide Materialien wurden zart die Konturen der Feder geschnitzt.

»Was ist das?«, frage ich und betrachte den Anhänger neugierig.

»Holz und Kunstharz«, antwortet er. »Habe ich selbst gemacht.«

Interessiert sehe ich ihn an.

Er hat das selbst gemacht?

»Ich bin gelernter Tischler und Holzrestaurator«, erklärt er. Dann klappt er die Box zu und verstaut sie wieder in seiner Jackentasche.

»Wirklich sehr schön. Deine Freundin wird sich bestimmt darüber freuen«, sage ich, auch um auf unauffällige Weise meine Vermutung zu überprüfen.

»Der Anhänger ist für meine Mutter«, antwortet er. »Sie ist die einzige Frau, die mich einen Kopf kürzer machen darf.« Er lacht leise.

Sein Lächeln gefällt mir mit jedem Mal besser.

Kaffee und Kuchen, ich komme!

»Du hast Talent«, sage ich. »Ich kann mir vorstellen, dass sich Anhänger wie dieser gut verkaufen.«

»Das ist nur ein Hobby«, winkt er ab. »Eigentlich habe ich mich gerade als Restaurator selbstständig gemacht.«

Auch wenn ich keine Ahnung habe, wie die Arbeit eines Restaurators aussieht, glaube ich, dass er bestimmt gut darin ist. So fein säuberlich und genau, wie die Feder gearbeitet ist.

Er streckt mir die Hand entgegen. »Ich bin Niko«, stellt er sich vor.

Also muss ich doch nicht warten, bis sich unsere Wege trennen und ich einen erneuten Blick auf seine Visitenkarte werfen kann.

»Romi.« Ich erwidere seinen Händedruck und kann trotz seines sanften Griffs die raue Haut seiner Finger spüren. Das kommt bestimmt von der Arbeit in der Werkstatt.

»Wie Romy Schneider?«

Die Frage habe ich nicht mehr gehört, seit ich Wien vor vier Jahren verlassen habe. In England und Irland war ich einfach Romi mit englisch ausgesprochenem R. »Fast, mit i«, stelle ich richtig.

»Schöner Name«, sagt er, »passt zu dir.«

Ich lächle ihn an. Schon als Kind mochte ich meinen Spitznamen gern, der eigentlich die Abkürzung von Romina ist.

»Wie lang warst du in Dublin?«, fragt Niko, offenbar ehrlich interessiert.

»Zwei Jahre.«

»So lange?« Er wirkt überrascht. »Und mit dem ersten Schnee heuer kommst du nach Wien zurück?«

»Sieht so aus.«

Schon beim Anflug hat der Pilot erklärt, dass wir nicht nur zehn Minuten früher als geplant landen, sondern auch von winterlichem Wetter empfangen werden. Ob das ein gutes oder schlechtes Omen ist?

Ich erzähle Niko, wie ich vor vier Jahren erst nach München und dann weiter nach London und Dublin gezogen bin. Er erkundigt sich nach dem Start-up, für das ich gearbeitet habe, und ich erkläre ihm, dass Regiotastic eine Plattform ist, die es ihren Nutzern ermöglicht, Produkte von Bauern und kleinen Handwerksbetrieben aus ihrer unmittelbaren Umgebung zu beziehen. Sei es Fleisch, Gemüse, Obst oder handgefertigte Produkte. User sehen auf einen Blick, wie weit entfernt von ihnen ein Artikel hergestellt oder angebaut wurde, und können sich zugleich über den Anbieter informieren. So will Regiotastic regionale Betriebe und Hersteller sowie biologische Waren fördern.

»Kommt mir irgendwie bekannt vor«, meint Niko und reibt sich übers Kinn.

»Regiotastic gibt es auch in Österreich«, sage ich, als ich feststelle, dass wir bereits Wien Mitte erreichen. Die Zugfahrt ist wie im Flug vergangen.

Lange bevor der Zug im Bahnhof hält, beginnen die Fahrgäste, sich in dem schmalen Gang zwischen den Sitzplätzen Richtung Türen zu drängeln.

»Und du arbeitest weiter in dem Unternehmen?«, fragt Niko, als der Zug steht und auch er sich erhebt.

»Nein, mich erwartet hier eine neue Aufgabe«, antworte ich und folge ihm durch die Sitzreihen hindurch. Eine Aufgabe, die mich schon jetzt nervös macht. Gleichzeitig kann ich es nicht erwarten, einen meiner Kindheitsträume zu verwirklichen. Unseren Kindheitstraum, korrigiere ich mich in Gedanken. Den meiner Schwester und mir.

In der Menschenmenge gefangen bricht unsere Unterhaltung ab, weshalb Niko sich nicht erkundigt, um was für eine neue Aufgabe es sich handelt. Ein Teil von mir hätte es ihm gern erzählt. Allerdings lieber bei Kaffee und Kuchen statt flüchtig beim Aussteigen aus dem CAT.

Auf dem Bahnsteig wendet er sich noch einmal mir zu. »Das war eine nette und sehr kurzweilige Zugfahrt, Romi.« Er zwinkert mir zu.

»Fand ich auch.«

Eine Gruppe italienischer Touristen schiebt ihn von mir weg. Ich sehe noch sein Gesicht zwischen den fremden Köpfen, doch es entfernt sich immer mehr. Es ist fast wie in einem Film.

»Sorry noch mal wegen dem Handy!«, ruft er mir zu. »Melde dich wegen dem Kaffee, okay?«

»Kaffee und Kuchen«, stelle ich grinsend richtig.

Er lächelt und hebt die Hand zum Gruß. Dann dreht er sich um und läuft den Bahnsteig lang, nur um nach zehn, vielleicht fünfzehn Metern eine hübsche Brünette in seine Arme zu schließen.

Dann werde auch ich zur Seite gestoßen und verliere Niko gänzlich aus den Augen.

»Alles Gute zum Geburtstag!«, rufen meine Eltern synchron, als sie die Haustür aufreißen. Als hätten sie seit Stunden im Flur gewartet, nur um durch das kleine Fenster zu sehen und mein Eintreffen nicht zu verpassen. Sie hatten mir angeboten, mich vom Flughafen abzuholen, doch ich wollte ihnen keine Umstände machen.

Ich drücke beide nacheinander an mich und begrüße sie herzlich.

»Schön, dich wieder hier zu haben«, sagt meine Mutter mit Tränen in den Augen.

Ich realisiere, dass wir uns einfach zu lange nicht gesehen haben. All die Videotelefonate können das hier nicht ersetzen.

»Und du bleibst jetzt wirklich endgültig in Wien?«, fragt mein Vater, ohne den Zweifel in seiner Stimme verbergen zu können.

Ehe ich antworten kann, schlägt meine Mama ihm auf die Brust. »Natürlich tut sie das«, zischt sie, als wollte sie ihn davon abhalten, mir Flausen in den Kopf zu setzen. »Sie hat doch all ihre Sachen hergeschickt.« Sie deutet auf den großen Karton in einer Ecke des Flurs. Er nimmt gut ein Drittel von dessen Gesamtfläche ein.

»Das ging ja schnell«, stelle ich verblüfft fest.

»Jetzt komm endlich herein!« Meine Mutter packt meine Hand und zieht mich ins Haus. »Das Wetter ist ja grauslich heute.«

Ich kann gerade noch die Schuhe abstreifen, ehe ich von ihr ins Wohnzimmer bugsiert werde.

Wobei es nicht das Wetter selbst ist, das grauslich

ist. Vielmehr, dass der frisch gefallene Schnee schon jetzt als graue Matschsuppe auf den Straßen und Gehsteigen liegt. In der Stadt ist Schnee eben nur selten mit Romantik verbunden.

»Ich hatte schon seit Tagen dieses Gefühl in der Brust, dass du bald heimkommst«, sagt meine Mutter, als wir im Wohnzimmer stehen.

Mein Vater nickt zustimmend.

Meine Eltern, vor allem meine Mutter, spüren alles in ihrer Brust, bevor es passiert. Die Rückkehr der zweiten Tochter – obwohl sie sich seit Monaten für diesen Tag angekündigt hat – ebenso wie das Wetter, schlechte Nachrichten oder die Stromabrechnung, die immer zur selben Zeit im Jahr ins Haus flattert. Meine Mutter nennt das ihren sechsten Sinn. Mit ihm nimmt sie Energiewellen wahr – gute wie schlechte.

Die Energiewelle meiner Ankunft wurde vermutlich durch eine WhatsApp-Nachricht vor zwei Tagen ausgelöst, in der ich ihr meine genaue Ankunftszeit noch mal mitgeteilt und ihr versichert habe, dass sie mich nicht vom Flughafen abholen müssen, da ich ohne Gepäck reise.

»Mach es dir gemütlich«, sagt sie mütterlich, und mir fällt es wahrlich nicht schwer, ihrer Aufforderung nachzukommen.

Ich lasse mich auf das hellgraue Sofa plumpsen, das schon vor vier Jahren hier stand und an den gleichen Ecken abgewetzt war – nur etwas weniger – und auf dessen Sitzfläche heute nicht ein blauweißer, sondern ein gelb-orangener Überwurf liegt. Alles um mich herum sieht aus wie an dem Tag, an dem ich das Haus verlassen habe. Sogar der holzige Geruch von Mamas Räucherstäbchen, der in der Luft hängt, ist der gleiche.

Die Stufen knarren passend zu dem Getrappel, das sich von oben ankündigt und immer lauter wird. Dann taucht Buddy im Wohnzimmer auf. Er wirkt etwas zotteliger, als ich ihn in Erinnerung habe. Freudig bellt er einmal, als wollte er mich begrüßen, dann läuft er mit wedelndem Schwanz auf mich zu und lässt sich aufgeregt den Kopf kraulen. Immer wieder stupst er mich mit seiner feuchten Schnauze an, als müsste er sich vergewissern, dass ich auch wirklich wieder da bin.

»Hey, mein Freund!«, rufe ich und gebe ihm ein paar Luftküsschen. »Ich habe dich doch genauso vermisst.«

»Silvester, mach uns doch bitte eine Kanne Tee.«

»Kommt sofort!«, ruft mein Vater und verschwindet in Richtung Küche. Er war schon immer der Ruhigere von den beiden, was nicht bedeutet, dass er nicht genauso für Energien empfänglich ist wie Mama. Was das betrifft, sind die beiden auf einer Wellenlänge. Früher war er Psychotherapeut mit Schwerpunkt Sexualtherapie und meine Mutter Coach für Persönlichkeitsentwicklung. Vor einigen Jahren haben sie die Berufe aufgegeben und sich zusammen selbstständig gemacht. Seitdem nennen sie sich Energetiker und geben Kurse, die das Seelenwohl der Teilnehmer verbessern sollen. Glücksseminare, Selbstfindungsseminare, Selbstliebeseminare. Man glaubt es kaum, aber das Geschäft brummt, wie Mama mir bei jedem unserer Telefone versichert hat.

Gerade als sie sich auf dem Schaukelstuhl niederlassen will, läutet es an der Haustür. Die Klingel meiner Eltern ist kein nerviges Schnarren, sondern läutet mit harmonisch aufeinander abgestimmten Tönen wie die eines Windspiels. Die Tonfolge ist mir auch nach vier Jahren noch vertraut.

»Da sind sie ja schon!«, ruft Mama. Sie eilt zur Tür und ist kurze Zeit später mit Tante Poldi im Schlepptau zurück.

Tante Poldi ist eigentlich nicht meine, sondern Mamas Tante und heißt mit richtigem Namen Leopoldine. Trotzdem wird sie seit jeher von uns Tante Poldi genannt. Sie hat keine Kinder, obwohl sie schon viermal verheiratet war. Zweimal davon mit demselben Mann. Sie hat sich immer wieder scheiden lassen.

»Männer sind wie Tee: Vorübergehend muss man sie ziehen lassen«, pflegt sie zu sagen. Es ist ein altes, französisches Sprichwort. Ich muss dann immer schmunzeln.

»Romi, Schätzchen, lass dich umarmen.« Meine Großtante stellt die Pappbox, die sie mitgebracht hat, auf den Couchtisch und drückt mich dann fest an ihre Brust. Wie schon als Kind glaube ich auch heute, einen zarten, leicht blumigen Teegeruch an ihr wahrzunehmen. Er löst Erinnerungen in mir aus, die schon viel zu lange nicht mehr hervorgeholt wurden.

Noch während ich mich darüber freue, sie wiederzusehen, höre ich weitere Schritte aus dem Flur. Ich blicke auf und sehe meine Schwester in der Tür stehen. Sie hält kurz inne, ehe sie auf mich zukommt und mich ebenfalls, wenn auch verhaltener, begrüßt.

Etwas an ihr ist anders, denke ich, als ich sie aus der Nähe betrachte. Ich kann nicht erkennen, was es ist. Sie war schon immer sehr schlank, doch ihr Gesicht wirkt noch schmaler als vor vier Jahren. So lange ist es her, dass wir uns das letzte Mal gesehen haben. Dass sie mich besucht, habe ich nie erwartet. Schließlich stand sie nie hinter meinen Auslandsplänen. Und als ich dann noch um ein Jahr verlängert habe, hat das unserem labilen schwesterlichen Verhältnis wohl den Rest gegeben.

»Hey, Steffi«, sage ich mit einem versöhnlichen Lächeln. »Schön, dich zu sehen.«

»Ich musste mich doch selbst davon überzeugen, dass du zurück bist«, antwortet sie trocken und lässt sich auf den Hocker nieder, auf den Buddy sich immer legt, wenn Mama nicht im Zimmer ist. Jetzt liegt der Hund, ein Mischlingsrüde mit hell- und dunkelbraun geflecktem Fell, vor mir und hat den Kopf auf meine Fußrücken gebettet.

Ich kann Steffi ihre Worte nicht verübeln. Dass sie gehofft hat, ich würde direkt nach meinem Studienabschluss in Tante Poldis Geschäft einsteigen, war nie ein Geheimnis. Als wir jünger waren, hatten wir Pläne und Träume, die immer mit dem Teehaus und uns beiden zu tun hatten.

Schon dass ich überhaupt studiert habe, hat Steffi nicht gefallen, doch sie hat es widerwillig hingenommen. Dass ich aber anschließend nicht mit ihr im Teehaus arbeiten, sondern ins Ausland wollte, war ein herber Schlag für sie.

Die Rückkehr nach Wien ist mir nicht leichtgefallen.

Nicht so leicht, wie meinen Auslandsaufenthalt um ein Jahr zu verlängern. Zu einem gewissen Teil auch wegen Steffi. Wegen der Konfrontation mit ihr, die mir jetzt bevorsteht. Und der ich nicht entkommen kann.

Aber nun war es an der Zeit. Zuletzt wurde mein Heimweh immer größer. Ebenso wie das Gefühl, dass meine Zukunft in Wien liegt. Das dachte ich schon immer, aber ich wusste nicht, wann diese Zukunft beginnen sollte.

Offenbar hat Steffi nicht geglaubt, dass ich wirklich heimkehre.

»Ich hab doch gesagt, dass ich komme«, sage ich leicht gekränkt, will die Stimmung aber nicht kippen lassen. Noch herrscht im Wohnzimmer eine positive Energie, würde unsere Mutter sagen.

»Ja, und das Gefühl in meiner Brust hat mich wieder einmal nicht getäuscht«, wirft diese passend zu meinen Gedanken ein. Zufrieden lächelt sie erst mich, dann Steffi an.

Tante Poldi öffnet ihre mitgebrachte Box und präsentiert einen selbst gebackenen Christstollen, der perfekt zu dem Tee passt, den mein Vater gerade mit kleinen Tellern auf einem Tablett hereinbringt. Sofort breitet sich der Duft der Gewürzmischung im Raum aus. Es riecht nach Orange, Zimt und noch etwas, das mir vertraut vorkommt, aber dessen Name mir nicht sofort einfällt.

Meine Großtante schenkt den Tee ein, während Mama den Stollen in Stücke schneidet und jedem eines davon auf einem Tellerchen reicht. »Ist das meine

Wintertraummischung?«, fragt Tante Poldi mit einem Lächeln, das verrät, dass sie es natürlich weiß.

»Gut erkannt!« Mein Vater beißt genüsslich von dem Stollen ab, wobei ihm der Staubzucker in den Mundwinkeln kleben bleibt. Er bedeckt den Stollen als dicke weiße Schicht. Genau so, wie es sein soll.

Die Tee- und Kuchenjause, für die es eigentlich schon zu spät am Tag ist, nimmt ihren gewohnten Lauf. Es ist wie bis vor vier Jahren, als wir uns regelmäßig hier getroffen haben. Auch damals haben wir immer aromatischen, zur Jahreszeit passenden Tee getrunken.

Nelken! Der Duft, der mir so vertraut ist, mir aber nicht einfallen wollte.

Jetzt, wo ich an meinem heißen Tee nippe, erkenne ich ihn sofort. Schon als Kind habe ich Nelkenduft geliebt. Mama hat uns im Winter immer Gewürznelken in Orangen stecken lassen, die dann im ganzen Haus verteilt wurden. Das sah nicht nur hübsch aus, sondern verbreitete auch diesen unnachahmlich fruchtig winterlichen Duft.

Sofort fühlt sich dieses Haus wieder wie mein Zuhause an. Als wäre ich nie weg gewesen.

Dann beginne ich von meinen letzten beiden Jahren in Dublin zu erzählen. Das meiste kennt Mama schon von unseren Telefonaten, und weil ich mir sicher bin, dass sie die anderen ausgiebig darüber informiert hat, wähle ich die Kurzform.

Anschließend berichten meine Eltern von einem neuen Seminar, das am vergangenen Wochenende begonnen hat und wöchentlich die Teilnehmer in ihre umgebaute Garage lockt. Dort, wo früher die Autos meiner Eltern parkten, ist jetzt ihr großer Seminarraum. Der Paarkurs zur Verstärkung sexueller Energien ist ihr neuestes Angebot, bei dem sie ihre Weisheiten und Erfahrungen an Paare unterschiedlichen Alters weitergeben. Dazu liefern sie Tipps, wie man sich in den Partner hineinversetzen und dessen Lust steigern kann.

Schnell verdränge ich die Vorstellung, dass auch meine Eltern diese Praktiken anwenden, aus meinem Kopf. So locker und leicht kann ich damit nicht umgehen. Vielleicht bin ich prüde, aber ich würde das nur als normale töchterliche Reaktion bezeichnen. Wenigstens in dieser Hinsicht sind Steffi und ich uns ähnlich, wie mir ihr Gesichtsausdruck verrät. Wenn meine Schwester und mich noch etwas verbindet, dann, dass wir nichts von der energetischen Feinfühligkeit unserer Eltern geerbt haben. Weder das Können noch den Glauben an deren Existenz.

Schließlich ist meine Mutter bei den aphrodisierenden Getränken angekommen, die sie für das kommende Seminar vorbereiten will. Sie möchte verschiedene davon auf ihre stimulierende Wirkung testen. Ich hoffe mal, nicht an sich und Papa, zumindest nicht, während ich bei ihnen wohne.

Als die Teekanne und die -tassen leer und die letzten Brösel des Stollens von mir aufgepickt sind, bringen Tante Poldi und ich das Geschirr in die Küche. Etwas abseits der anderen, die sich über das diesjährige Weihnachtsessen unterhalten, wendet sich meine Großtante mir zu.

»Es ist schön, dass du wieder in Wien bist.«

Ich weiß, worauf sie anspielt. Wir haben früher so oft darüber gesprochen. Nie hat sie mich unter Druck gesetzt, aber stets betont, dass ihr Angebot bestehen bleibt. Egal, was passiert.

»Früher oder später wollte ich immer zurück«, sage ich, was auch stimmt. Zwar hätte ich mir gut vorstellen können, meine Zeit im Ausland um ein weiteres Jahr zu verlängern, doch auch das hätte mich nicht von meiner Heimat entfremden können. Es ist nur dieses aufregende Gefühl, wenn man in eine neue Stadt zieht, wissend, dass sich bald das ganze Leben dort abspielen wird. Das Kribbeln, wenn man seine neue Umgebung erkundet, Leute kennenlernt, die Straßen, das Essen, die Atmosphäre.

Sowohl in München als auch in London und Dublin habe ich wunderbare Dinge entdeckt. Keinen Moment und keine Erfahrung möchte ich missen. Der Drang in mir, noch eine weitere Heimat auf Zeit dranzuhängen, war immer groß. Vielleicht in Skandinavien oder Frankreich. Regiotastic erobert sukzessive neue Länder und neue Märkte und braucht dafür erfahrene Mitarbeiter, die die Expansion vor Ort begleiten. Eigentlich hat alles dafür gesprochen, so weiterzumachen wie bisher.

Und dennoch fühlt es sich jetzt richtig an, einen Schlussstrich gezogen zu haben.

»In zwei Monaten werde ich fünfundsechzig«, sagt Tante Poldi und lehnt sich mit ihrer schmalen Hüfte gegen die Küchenanrichte. »Du weißt, was das heißt?«

Ich klappe den Geschirrspüler zu und sehe sie mit hochgezogenen Augenbrauen an. »Eine Party?«

Sie lächelt liebevoll. »Ich werde in Pension gehen.«

Mein Mund öffnet sich, ich will etwas sagen, aber mir fallen keine passenden Worte ein. Trotz ihrer Falten an Augen und Mund sieht meine Großtante nicht aus, als hätte sie das Pensionsalter erreicht. Sie wirkt so voller Leben und Energie.

»Ist es schon so weit?«, frage ich und unterdrücke die Verunsicherung, die in meine Stimme kriechen will. Wie konnte die Zeit nur so schnell vergehen?

»Natürlich könnte ich länger arbeiten«, sagt sie, »und ich habe auch nicht vor, meinem Geschäft sofort den Rücken zuzukehren, aber ich werde kürzertreten.«

Die Vorstellung will nicht in meinen Kopf. Ihr Teehaus ist mit so vielen meiner Erinnerungen verbunden, und sie ist wichtiger Bestandteil jeder einzelnen. Das Bild von *Tee Händler* ohne meine Großtante hinter der Theke ist vergleichbar mit dem des Geschäfts ohne die großen, metallenen Büchsen, in denen die Teesorten aufbewahrt werden. Ohne die wuchtige Teewaage, deren Nadel sofort ausschlägt, wenn man nur ein Gramm Teeblätter darauflegt. Ohne den Duft, der einem schon an der Ladentür begrüßt.

»Ich habe mein ganzes Leben dem Teehaus gewidmet«, fährt sie fort, »und mal ehrlich, ich werde auch nicht jünger.«

»Aber Tante Poldi, du siehst keinen Tag älter aus als noch vor vier Jahren!« Es ist mein Ernst. Alle anderen haben sich verändert. Ich auch. Doch meine Großtante scheint die Gleiche geblieben zu sein.

Meine Mutter Liliane hat das ein oder andere Kilo zugenommen, seit wir uns das letzte Mal gesehen haben. Mit ihren knapp eins sechzig sieht man ihr aber auch jedes Deka sofort an. Steffi und ich kommen zum Glück nach unserem Vater und haben dank unserer Größe den Vorteil, dass sich der Christstollen nicht sofort an unseren Hüften bemerkbar macht.

Auch mein Vater hat sich verändert. Das Haar an seinen Schläfen ist weißer geworden und der Ansatz höher gewandert. Zum Glück ist sein liebevoller, väterlicher Blick derselbe geblieben.

Und selbst Steffi sieht anders aus, auch wenn mir immer noch unerklärlich ist, inwiefern. Es ist etwas an ihren Augen, an ihrer Ausstrahlung. Sie sieht fast ein bisschen fremd aus, wenn sie mich anblickt.

»Aber ich bin älter geworden«, beharrt meine Großtante auf ihrer Entscheidung. »Und wenn ich ehrlich bin, freue ich mich auch schon auf die Zeit, die mir bevorsteht. Die Zeit, die ich dann endlich habe.« Ihr Lächeln wirkt kindlich. Als wäre sie eine Fünfjährige, die auf das Christkind wartet. Auf die Geschenke, den geschmückten Baum und die Lichter am Christabend. »Ich will endlich reisen können, ohne währenddessen Tee verkosten oder Plantagen besuchen zu müssen. Ich will einen Boxkampf live sehen und mit einem Luftkissenboot durch die Everglades fahren. Ich will …« Sie holt tief Luft, als müsste sie ihre Gedanken und Wünsche sortieren, um sie auch wirklich alle aufzuzählen.

»Schon gut, schon gut!«, bremse ich sie lachend. »Ich habe schon verstanden. Du hast dir die Pension redlich verdient.« Daran habe ich nie gezweifelt. »Ich dachte nur, es würde dir schwerer fallen, alles hinter dir zu lassen.«

»Es wird bestimmt nicht einfach werden«, versichert sie mir. »Doch ich will mein Geschäft ja nicht irgendjemandem übergeben. Steffi und du, ihr werdet würdige Nachfolgerinnen sein.«

Ich nicke, auch wenn sich mein Lächeln plötzlich nicht mehr so leicht und unbeschwert anfühlt. Das Teehaus ist der Grund, warum ich wieder hier bin. Mal abgesehen von Mamas Anstrengungen, mich zu einer Rückkehr nach Wien zu bewegen, weil sie mich so vermisst hat.

Während ich studiert habe und im Ausland war, hat Steffi bereits bei *Tee Händler* gearbeitet. Sie hat direkt nach ihrem Schulabschluss damit begonnen. Neun Jahre ist das nun schon her. Sie gehört wie unsere Großtante zu dem Laden.

Und nun soll sie ein Stück zur Seite rücken, um mir etwas Platz in dem Traditionsgeschäft zu machen.

Verständlich, dass sich ihre Begeisterung in Grenzen hält.

Ich starre auf die gräulich-beige Fassade mit den zwei bodentiefen Fenstern und der breiten Eingangstür, die von einer Lichterkette einladend umrahmt wird. Auf dem weinroten Schild über der Tür steht in geschwungener goldener Schrift:

Tee Händler
Teespezialitäten seit 1933

Nur noch der Matsch auf Gehsteig und Straße erinnert an den gestrigen Schneefall, aber es ist immer noch kalt. Ich umfasse den wiederverwendbaren Kaffeebecher, den ich vor drei Jahren in London gekauft habe, etwas fester. Der heiße doppelte Espresso macchiato vom Starbucks bei der Pestsäule wärmt meine Finger. Die Filiale der amerikanischen Kaffeehauskette hat schon vor Jahren dort eröffnet. Nur wenige Gehminuten liegen zwischen ihrem Standort am Graben und *Tee Händler* in einer Seitengasse. Ob Tante Poldi dadurch einen Umsatzrückgang bemerkt hat? Oder macht Coffee to go exquisitem Tee keine Konkurrenz?

Am Weg hierher bin ich an einem Straßenmusiker vorbeigekommen, der auf einer Violine irgendetwas Klassisches gespielt hat. Ich habe ihm im Vorbeigehen das Restgeld von meinem Starbucks-Kaffee in den Geigenkoffer geworfen, was er mir mit einer fröhlichen Melodie gedankt hat.

»*Excuse me!*« Ein Mann in einem langen hellbraunen Wollmantel und mit dunkelrotem Schal schiebt sich an mir vorbei und betritt das Geschäft. Durch die Tür sehe ich meine Tante, die gerade Tee auf der großen Waage abfüllt. Dabei plaudert sie ganz unbefangen mit einer Kundin, die auf der anderen Seite des Verkaufstisches steht.

Es ist Zeit hineinzugehen.

In mir hat sich eine Mischung aus positiver Aufregung, Nostalgie und Neugierde, aber auch Nervosität aufgestaut. Da drinnen liegt meine Zukunft. Eine Zukunft, auf die ich mich schon genauso lange freue, wie ich vor ihr davonlaufe. Mit zweiundzwanzig Jahren war ich noch nicht bereit, mich dieser Herausforderung zu stellen.

Heute schon.

Glaube ich zumindest.

Los jetzt, Romi!, feuere ich mich innerlich an. Sei kein Angsthase!

Ich drücke die Tür auf und lasse mich von der warmen Luft einhüllen, die nach Früchten und Gewürzen riecht. Als kleines Mädchen habe ich diesen Duft geliebt. Wann immer wir durften, fuhren Steffi und ich nach der Schule mit der U-Bahn hierher und schauten Tante Poldi neugierig auf die Finger. Ihr Alltag war für uns ein besonderes Erlebnis.

»Guten Morgen, Romi«, sagt meine Großtante, die gerade ein Papiersäckchen mit einem Klebestreifen verschließt und es der Kundin über die Theke reicht. »Mach es dir drüben bequem. Ich komme gleich.« Sie deutet auf die vier Tischchen an der Seite, an denen Kunden eine Tasse Tee genießen können.

Ich lege meine Tasche und meinen Mantel auf einen der Sessel und setze mich in die Ecke, von der aus ich einen guten Blick über das Geschäft habe. Für einen Atemzug fühlt es sich an wie vor zehn, ja sogar zwanzig Jahren. Bereits als Sechsjährige ließ ich mich gerne von Tante Poldi mit einer Tasse Tee und frischem Gebäck verwöhnen. Steffi mochte schon immer Kräutertees, ich lieber die mit Früchten. Einzig bei der Winterteemischung waren wir uns einig. Hauptsache, sie enthielt viel Zimt, Orange und Gewürznelke.

Manchmal sind wir hinter die Theke geschlichen, haben die Augen geschlossen und uns gegenseitig die großen geöffneten Behälter unter die Nase gehalten, um zu erraten, welche Teesorte sich darin befindet.

Ein Spiel, in dem wir mit der Zeit immer besser wurden. Mit etwa acht Jahren habe ich einmal den Inhalt von zwei Dosen vertauscht, weil ich wissen wollte, ob meine Großtante es bemerken würde.

Sie tat es natürlich.

Die Einrichtung hat sich in den vergangenen zwanzig Jahren kaum verändert. Das dunkle Holz, in dem die Teedosen eingeschlichtet sind, sieht aus wie damals. Vielleicht etwas abgenutzter, doch die Patina passt zu dem traditionellen Wiener Teehaus. Wie das Fischgrätparkett, das mal wieder geölt werden müsste. Es gibt nur wenige Dekorationsgegenstände in dem großen Raum. Tante Poldi fand schon immer, die Teedosen seien Dekoration genug.

Ich kann ihr nur zustimmen.

Auf Abstellflächen wie etwa einem Wandvorsprung stehen nur vereinzelt hübsche Teekannen und asiatische Figuren, die meine Großtante von ihren Reisen mitgebracht hat. Für die Balkenwaage mit goldenen Waagschalen und dunkelblauem Gestell hat sie ein großes Teeregal gewählt. Die kleine Holzschachtel daneben, deren dunkelgrüner Lack abblättert, enthält einen Satz Gewichte. Es sind Erinnerungsstücke an Tante Poldis Großmutter, Gründerin des Teehauses, die damit noch die Blätter gewogen hat. Früher durften Steffi und ich mit dieser Waage spielen, mussten aber vorher versprechen, gut darauf aufzupassen. Für meine Großtante ist sie von besonderem Wert, weshalb der Graf sie leider nur selten für uns vom Regal heruntergenommen hat.

Apropos der Graf. Ob es ihn noch gibt?

Ich beuge mich vor, um einen Blick schräg über die Schulter zu werfen. Durch eine offen stehende Tür hinter der Theke gelangt man in eine Küche, ein Büro und Lagerräume.

Nichts deutet auf die Anwesenheit des Grafen hin. Vielleicht ist er längst in Pension? Schließlich kam er mir schon als Kind sehr alt vor, was wohl vor allem an seiner steifen und überkorrekten Art lag. Er trug diese Sakkos mit Lederflicken an den Ellenbogen – immer. Als Kinder haben wir uns manchmal darüber lustig gemacht, heute verbinde ich damit so viele schöne Momente. Mit einem Kleidungsstück! Ich kann keinen Mann mit Ellenbogenflicken mehr ansehen, ohne an den Grafen zu denken. Wenn er das wüsste.

Ein weiterer Hingucker, der mir schon als Kind besonders gut gefallen hat, ist die alte Teewaage auf dem Tresen, deren lange Nadel das Gewicht anzeigt. Sie ist ziemlich wuchtig, nimmt neben der Kasse viel Platz ein und sticht mit ihrem goldfarbenen Gehäuse jedem beim Betreten des Ladens ins Auge.

Es sind aber auch viele Kleinigkeiten, die sich nicht geändert haben und die mir auffallen. Die Papiersäckchen, in denen Tante Poldi den Tee für die Kunden abpackt. Es sind die gleichen wie damals, mit demselben Schriftzug wie der auf dem Schild außen vor dem Geschäft: *Tee Händler – Teespezialitäten seit 1933.*

Auf der Theke, in einem Weidenkörbchen angerichtet, bietet meine Großtante mürbes Teegebäck an, das sie von einer lokalen Bäckerei bezieht. Daneben steht ein Glas mit in Zellophan gewickelten Wiener Zuckerl, die in einer kleinen Manufaktur per Hand gezogen und zu Stücken gebrochen werden. Die bunten Bonbons mit den vielfältigen Mustern in der Mitte gibt es in verschiedenen Geschmacksrichtungen. Obwohl ich seit Jahren keines dieser Zuckerl gegessen habe, kann ich bei ihrem Anblick ihren süßen Geschmack förmlich auf der Zunge spüren.

Es sieht fast so aus, als wäre die Zeit in diesen vier Wänden stehen geblieben. Mir gefällt das. Der Stillstand steht in diesem Fall für Tradition. Für die Ruhe, die im Tee liegt. Während die Welt draußen sich schneller dreht, als unseren Seelen oft guttut, herrscht hier die gleiche besinnliche und gemütliche Atmosphäre wie schon seit vielen Jahren. Vielleicht wie schon seit 1933, als Tante Poldis Großmutter dieses Teefachgeschäft eröffnet hat.

Ich trinke kleine Schlucke von meinem doppelten Espresso macchiato und genieße es, einfach nur hier zu sitzen und mich umzublicken. Der Laden stimmt mich friedlich, zufrieden. Auch wenn ich mit einem weinenden Auge an meine Zeit im Ausland zurückdenke, bin ich doch froh, wieder in Wien zu sein. Ich freue mich auf die Zukunft, die mich hier erwartet.

»Wen sehen meine alten Augen da?«

Die tiefe Stimme kommt von der Eingangstür her. Sie ist mir sofort wieder so vertraut wie als kleines Mädchen, als ich mich vor dem Grafen zwischen den Tischen versteckt habe. Meist mit Teegebäck, das ich von der Anrichte stibitzt hatte.

»Da bin ich wieder.« Grinsend stehe ich auf, gehe dem Grafen entgegen und falle ihm um den Hals.

Der Graf heißt eigentlich Gustav Graf und arbeitet

schon länger in dem Teehaus, als ich auf der Welt bin. Aber für mich ist er einfach nur *der Graf*, weil Steffi mir als kleines Mädchen eingeredet hat, dass er wirklich einer sei.

Ich verrate lieber nicht, wann ich endlich draufgekommen bin, dass er gar kein echter Graf ist.

Gustav Graf ist groß gewachsen und schlank. Jeden Tag trägt er Stoffhosen, Jackett mit Lederflicken und eine runde Brille mit Goldfassung, von denen er damals schon mehrere besaß. Seine Schuhe sind stets auf Hochglanz poliert und sein Kinn glatt rasiert. Wenn Manieren und Etikette eine menschliche Gestalt hätten, dann die des Grafen.

»Freut mich, dass du zurück bist«, sagt er und tätschelt meinen Rücken. Er hat etwas Großväterliches an sich, das ich schon als Kind mochte. Auch wenn er damals sehr streng zu Steffi und mir war, weshalb ich lange Zeit nicht wusste, ob ich ihn mögen oder fürchten sollte. Und weshalb ich ihn immer noch sieze.

»Ich dachte, Sie wären längst in Pension.« Ich lächle, als wäre es ein Scherz, doch ich weiß wirklich nicht, wie alt er ist. Zumindest hätte ich ihn älter als Tante Poldi geschätzt.

»Das dachte ich auch«, antwortet der Graf lachend und knöpft seinen Mantel auf. »Deine Großtante lässt mich einfach nicht gehen.«

»Sie gehören zum Inventar, Herr Graf. Jedenfalls noch ein paar Monate«, ruft Tante Poldi zu uns herüber. Auch sie ist mit ihm per Sie, obwohl die beiden schon damals sehr vertraut miteinander umgingen. Weil der letzte Kunde gerade das Geschäft verlassen hat, kommt meine Großtante hinter der Theke hervor. »Würden Sie dann den Verkauf übernehmen, damit ich Romi mit allem vertraut machen kann?«

»Selbstverständlich.«

Der Graf braucht nicht lange, da steht er schon hinter dem Verkaufstresen und bedient die nächste Kundin, eine schick gekleidete Frau mittleren Alters, die genau weiß, welche Teesorten sie will. Die Art, wie sie mit dem Grafen spricht, lässt darauf schließen, dass sie eine Stammkundin ist. Zielsicher holt der Graf mehrere Teedosen aus dem Regal, stellt sie auf die Theke und fragt: »Hundert Gramm je Sorte?«

»Bitte, wie immer.«

»Komm, Romi«, sagt meine Großtante, »wir fangen hinten im Büro an.«

Eine Stunde später stelle ich fest, dass mehr als nur Teemischungen verkaufen und gelegentlich neue Sorten verkosten nötig ist, wenn man ein Teehaus führen will. Alleine der administrative Aufwand ist höher, als es der idyllische Verkaufsraum vermuten lässt.

»Keine Sorge, Steffi kennt sich mit allen Abläufen sehr gut aus«, sagt meine Großtante, als wir die Küche betreten. Hier werden die Tees für die Gäste aufgebrüht, die eine Tasse im Geschäft genießen wollen. Außerdem lagert hier frisches Gebäck, das wir anbieten, wie Tante Poldi mir zuvor erklärt hat.

»Ja, Steffi kennt sich sehr gut aus.« Die Stimme meiner Schwester erklingt hinter uns, und ich bilde mir ein, einen bissigen Unterton herauszuhören. Sie muss eben erst gekommen sein.

Sie stellt ihre Tasche neben meinem wiederverwendbaren Kaffeebecher ab. »Bei uns herrscht Kaffeeverbot«, sagt sie mit einem Nicken darauf. »Wie willst du die Aromen von Tee schmecken können, wenn dein Geschmackssinn von Kaffee verfälscht ist?«

»Es ist ihr erster Tag, da wollen wir mal nicht so streng sein«, sagt meine Großtante beschwichtigend und zwinkert mir lächelnd zu. »Warum zeigst du Romi nicht gleich den Ablauf in der Küche, und ich helfe Herrn Graf vorne?«

Steffi will noch etwas erwidern, doch da ist meine Großtante auch schon verschwunden. Als hätte sie es gezielt darauf angelegt, uns alleine zu lassen.

Ob das eine gute Idee ist?

Zumindest könnte sich in den nächsten Minuten herauskristallisieren, ob Steffi mir überhaupt eine Chance geben will, mich hier zu etablieren. Der argwöhnische Blick, mit dem sie mich mustert, lässt eher darauf schließen, dass sie nicht dazu bereit ist. Ich rechne fest damit, dass sie mir gleich Vorwürfe machen wird, weil ich nicht schon vor einem Jahr zurückgekommen bin. Oder weil ich es überhaupt gewagt habe, Wien zu verlassen. Doch stattdessen schweigt sie einfach und macht keine Anstalten, mich in die Abläufe der Küche einzuweisen.

»Das mit dem Kaffee wusste ich nicht«, sage ich, um das Schweigen zu brechen.

»Das hättest du dir denken können«, erwidert sie kühl.

Ich erkenne meine Schwester kaum wieder. Nicht nur, weil mir ihr Gesicht fremd vorkommt. Vielmehr weil sie mir mit ihrer abweisenden Art ganz offensichtlich zu verstehen geben will, wie wenig sie von meiner Rückkehr hält. Ist es nicht das, was sie immer wollte? Oder hat sie jetzt Angst, ich könnte ihr ihren Platz streitig machen. Aber das habe ich nicht vor. Ich hoffe, dass wir eine Lösung für eine gemeinsame Zukunft in dem Geschäft finden werden.

»Ich werde mich nicht dafür entschuldigen, dass ich morgens Kaffee trinke, um wach zu werden«, entgegne ich ähnlich reserviert.

Steffi kneift die Lippen zusammen, wendet sich ab und greift nach einer der vielen Teedosen, die in einem Regal neben der Küchenanrichte stehen. Sie füllt die schwarzen, getrockneten Blätter in ein Teesieb, hängt es in eine Kanne und gießt alles mit heißem Wasser aus dem großen Wassertank darüber auf.

Ich beobachte, wie meine Schwester einen flüchtigen Blick auf die Wanduhr wirft und anschließend allerlei macht, was sie davon abhält, mich zu beachten. Zum Beispiel räumt sie zwei gebrauchte Tassen in den Geschirrspüler, schiebt die Zeitungen am Tisch zu einem ordentlichen Stapel zusammen und wirft dann einen Blick in mehrere Teedosen, nur um festzustellen, dass keine davon aufgefüllt werden muss.

Pech gehabt, ich stehe immer noch hier.

»Wie lange willst du das Spielchen noch weiterspielen?«, frage ich, als sie die letzte Dose frustriert in das Regal zurückschiebt.

»Was meinst du?«

»Dass du mich ignorierst.«

Meine Schwester war schon immer ein Sturkopf. Wenn sie etwas wollte, war sie nicht davon abzubringen. Nur, dass sich ihre Sturheit früher nie gegen mich gerichtet hat. Wir waren immer eng miteinander verbunden, was vielleicht auch daran liegt, dass sie nur eineinhalb Jahre älter ist als ich.

»Ich ignoriere dich nicht«, antwortet Steffi, was natürlich völliger Schwachsinn ist. Statt noch etwas zu sagen, wendet sie sich wieder der Teekanne zu, holt das Teesieb heraus und gießt den frischen Tee in zwei Tassen. Eine davon behält sie, eine schiebt sie in meine Richtung.

»Auch Tee enthält Koffein«, erklärt sie und bläst sanft auf die dampfende Oberfläche.

Sprachlos über diese Geste zögere ich, greife dann aber nach der Tasse. Der Tee ist heiß, sehr heiß.

»Allerdings nicht so viel, und er wirkt auch nicht so schnell wie der im Kaffee«, erinnere ich mich. Vermutlich hat Tante Poldi das mal erwähnt, oder ich habe es in einer Zeitschrift gelesen.

»Assam-Tee ist anders«, entgegnet Steffi. »Normalerweise entfaltet das Koffein von Tee seine volle Wirkung nach einer halben Stunde und ist nach einer weiteren ganzen Stunde wieder abgebaut.«

Auch wenn meine Schwester etwas belehrend klingt, lausche ich interessiert ihrer Erklärung.

»Die Wirkung von Assam-Tee erreicht erst nach einer Stunde ihren Höhepunkt«, fährt Steffi fort, »hält dann aber vier Stunden lang an.«

Es überrascht mich nicht, dass sie mehr über Tee weiß als ich. Schließlich hat sie in den vergangenen neun Jahren viel von unserer Großtante gelernt. So wie Tante Poldi von ihrer Großmutter.

»Und was mache ich in der Stunde, bis das Koffein wirkt?«, frage ich mit einem Schmunzeln, auch wenn ich nicht weiß, ob Steffi zu Scherzen aufgelegt ist. Ich bin wahrlich kein Morgenmensch, Kaffee ist für mich überlebensnotwendig. Wenn Steffi ihre trotzige Sturheit nicht ablegt und ich darauf verzichten soll, droht der Super-GAU.

»Die Zähne zusammenbeißen«, antwortet sie biestig und trinkt dann einen kleinen Schluck von dem heißen, dampfenden Tee. Plötzlich entdecke ich dieses kleine Zucken ihrer Mundwinkel, und als hätte sie wiederum das bemerkt, wendet sie schnell ihren Blick ab.

»Du hast viel über Tee gelernt«, sage ich anerkennend. Sie soll wissen, dass ich das zu schätzen weiß. Ich will ihr nicht den Rang ablaufen oder ihr Wissen infrage stellen, doch wenn wir hier an einem Strang ziehen wollen, kommt sie nicht umhin, sich mir zu öffnen.

So wie ich mich ihr öffnen muss.

»Seit dem Tag, an dem ich hier begonnen habe«, erwidert sie und klingt wieder so ernst wie zuvor. »Und ich lerne noch immer jeden Tag dazu. Der Geschmack von Tee ist nie gleich. Jede Ernte, jede Saison beeinflusst ihn. Das ist nichts, was man aus Büchern lernen kann.« Sie sieht mich so herausfordernd an, als wäre die Bemerkung ein Seitenhieb gegen meinen Entschluss zu studieren.

»Das will ich auch lernen«, sage ich entschlossen

und füge dann besänftigend hinzu: »Und es wäre schön, wenn du mir dabei helfen würdest.«

Sie zögert, beißt sich auf die Unterlippe. »Willst du das wirklich?«, fragt sie misstrauisch.

»Wie bitte?«

»Willst du das wirklich?« Ihr Ton ist schärfer. »Oder fällt dir in ein, zwei Jahren ein, dass du doch lieber wieder ins Ausland verschwinden willst?«

Daher also weht der Wind. Sie befürchtet, ich könnte abspringen. Aber ihr unausgesprochener Vorwurf, dass ich das durch meinen Job im Ausland schon getan hätte, ist nicht fair. Von Anfang an habe ich mit offenen Karten gespielt und gesagt, dass ich nach dem Studienabschluss nicht sofort in das Teegeschäft einsteigen will.

»Das wird nicht passieren«, versichere ich ihr.

»Mit achtzehn warst du fest entschlossen wegzugehen«, erklärt Steffi ihren Unmut. »Nach diesem Auslandssemester in Frankreich.«

Es war kein ganzes Semester, sondern nur ein Monat in der Bretagne, den ich an einer Partnerschule meines Gymnasiums verbringen durfte, aber ich berichtige sie nicht. Eine großartige Erfahrung, nicht nur, weil ich meine Französischkenntnisse vertiefen konnte. Ich wollte schon immer die Welt sehen, zumindest einen Teil davon.

»Erinnerst du dich noch, wie du jeden Sommer unsere Eltern angebettelt hast, dass wir wegfliegen?«

»Also bitte!«, rufe ich angesichts ihres jetzt unleugbar vorwurfsvollen Tonfalls und stelle meine Teetasse etwas zu abrupt ab. »Ich wollte bloß mal in den Urlaub fahren wie unsere Schulfreundinnen auch. An den Strand oder nach Disneyland. Weil unsere Eltern immer gearbeitet haben und meinten, wir könnten auch in unserem Garten Urlaub machen.«

»Du wolltest schon immer weg. Weg von Wien. Weg von uns!«

»Das hatte nichts mit euch zu tun«, verteidige ich mich und bin mir sicher: An meiner Familie lag mein Fernweh bestimmt nicht.

»Nach der Matura warst du zwei Monate für ein Praktikum in Frankreich, später hast du ein Semester in Finnland studiert, und kaum hattest du dein Studium abgeschlossen, bist du nach München gegangen.«

»Danke für die Zusammenfassung meines Lebenslaufs.« Langsam ist meine Geduld am Ende. Steffi hat ihren Standpunkt klargemacht, aber ich werde mir nicht von ihr einreden lassen, dass ich es jetzt nicht ernst meine. Wenn dem so wäre, hätte ich nicht zurückkommen müssen.

»Als ob die Münchner eine solch andere Kultur haben als wir.«

Wenn sie wüsste.

»Worum geht es dir überhaupt?«, frage ich, statt mich auf einen Vergleich von Münchnern und Wienern einzulassen. »Dir stand es immer frei, das Gleiche zu tun.«

»Aber ich wollte es nicht.«

»Ich aber schon!« Meine Brust hebt und senkt sich immer schneller. Ich will meiner Schwester zeigen, dass sie mich nicht kleinmachen kann. »Wirf mir nicht vor, dass ich anders bin als du.«

»Das tue ich nicht«, antwortet Steffi eiskalt. »Aber ich werde dir einen Vorwurf machen, wenn du dich erst hier einarbeitest und mich dann wieder sitzen lässt.«

»Als Kinder wolltet ihr immer gleich zum Herzerlbaum«, sagt Tante Poldi, als wir aus der Bim steigen und die Straße zum Christkindlmarkt überqueren.

»Stimmt.« Ich grinse, während ich mich an den mit großen Herzlampions geschmückten Baum erinnere. Es gibt wohl keinen Wiener, der ihn nicht kennt. Er ist Bestandteil des Christkindlmarkts am Rathausplatz, seit ich denken kann, und wir waren wirklich jedes einzelne Jahr hier, um ihn mit großen Augen zu bestaunen.

Steffi und ich.

Mein erster Tag bei *Tee Händler* liegt hinter mir und war ruhiger als erwartet. Vor allem weil meine Schwester mich die restlichen Stunden lang gekonnt ignoriert hat. Tante Poldi hat den Puffer gespielt und sich stattdessen um mich gekümmert. Beim Abschließen des Geschäfts hat sie uns beide auf einen Punsch am Christkindlmarkt eingeladen.

Steffi lehnte mit der Begründung ab, sie müsse noch etwas Dringendes erledigen, doch ich vermute, sie hatte einfach keine Lust, noch mehr Zeit mit mir zu verbringen.

Früher oder später wird sie sich an meine Anwesenheit gewöhnen müssen.

»Wusstest du, dass es ihn zwei Jahre nicht gab?«, fragt meine Großtante, als wir die ersten Marktstände erreichen.

»Wen?« Ich war so in Gedanken vertieft, dass ich ganz vergessen habe, worüber wir eben noch gesprochen haben.

»Den Herzerlbaum«, erklärt Tante Poldi. »Der Aufschrei war groß, als er plötzlich nicht mehr da war. Das muss vor vier Jahren gewesen sein. Sogar eine Petition gab es, damit er wieder geschmückt wird und leuchtet.«

»Tatsächlich?« Ich schmunzle. Hätte ich davon gewusst, hätte ich die Petition sofort unterschrieben. Die Kinder von heute sollen den Herzerlbaum genauso bewundern können wie ich früher.

Der Adventmarkt hat erst seit wenigen Tagen geöffnet, doch das winterliche Wetter lockt schon viele Besucher auf den Rathausplatz. Es ist der wohl bekannteste Christkindlmarkt Wiens, aber bei Weitem nicht der einzige. Bevor ich nach München ging, habe ich im Advent immer mehrere Märkte abgeklappert. Das Weihnachtsdorf am Maria-Theresien-Platz zwischen dem Kunsthistorischen und Naturhistorischen Museum, den Altwiener Christkindlmarkt auf der Freyung und den Weihnachtsmarkt am Spittelberg in den kleinen Gassen des siebten Bezirks, durch die es sich herrlich flanieren lässt. Wenn ich genügend Zeit hatte, habe ich auch die Adventmärkte vor dem Schloss Schönbrunn, am Karlsplatz und im alten AKH besucht. Ein Häferl Punsch durfte es schon sein, ansonsten reichte mir die entspannte Atmosphäre mit den vielen Lichterketten, Weihnachtsdüften und dem unzähligen angebotenen Krimskrams, um mich glücklich zu machen.

Jetzt schlendern meine Großtante und ich an den Holzhütten entlang und bestaunen die angebotenen Artikel. Neben Süßigkeiten, heißen Getränken und Ofenkartoffeln mit verschiedenen Saucen werden Krippen, Holzspielzeug und Stofftiere verkauft. Dazwischen gibt es Buden mit Kerzen in den vielfältigsten Formen, Schmuck, Engelsfiguren, Strickwaren und Duftlampen mit unzähligen Aromen. Aber am meisten faszinieren uns die handbemalten Christbaumkugeln.

Wir steuern den nächstgelegenen Punschstand an. Während ich mich für einen Beerenpunsch entscheide, wählt Tante Poldi einen Glühwein. Es dauert, bis wir unsere Getränke bekommen. Die Nachfrage nach heißem Punsch ist groß, die daneben angebotenen Kunstgegenstände finden deutlich weniger Beachtung.

Wir gesellen uns zu einem Pärchen an einen Stehtisch und nippen an unseren dampfenden Getränken. Ich lege meine kalten Finger an das heiße Häferl und überlege, mir ein Paar Handschuhe aus Merinowolle zu kaufen. Zuvor sind wir an einem Stand mit Strickwaren aller Art vorbeigekommen. Vielleicht gönne ich mir noch einen passenden Schal dazu. Ich bin eindeutig ein Winterkind, nicht nur weil mein Geburtstag in diese Jahreszeit fällt. Ich liebe den Zwiebellook. Mehrere Schichten übereinander, kombiniert mit dicken Strumpfhosen, Stiefeln und weichen Schals.

»Eigentlich ist Steffi froh darüber, dass du wieder hier bist«, sagt meine Großtante unvermittelt.

Ich sehe vom Rand meiner Tasse auf. »Den Eindruck hatte ich bislang nicht.«

»Du kennst sie doch«, fährt sie lächelnd fort, »sie hat eine harte Schale, aber einen weichen Kern.«

Tatsächlich? Ist Tante Poldi sich sicher, dass dieser weiche Kern in den vergangenen Jahren nicht verdorrt ist?

Natürlich weiß ich, dass unsere Großtante zwischen uns vermitteln will. Sowohl in unserem als auch in ihrem eigenen Interesse, schließlich sollen wir gemeinsam in ihre Fußstapfen treten. Zwar will ich mich nicht dagegen wehren, doch etwas mehr Entgegenkommen erwarte ich von Steffi schon.

»Sie wird sich entspannen, wenn sie sieht, wie ernst es dir ist.«

Ich murre etwas Unverständliches und nehme einen weiteren Schluck von meinem Punsch. In meinem Bauch breitet sich eine wohlige Wärme aus. Wenigstens der Alkohol hält, was er verspricht. Wenn schon meine Rückkehr nicht so verläuft, wie von mir erhofft.

Wobei, was habe ich mir schon erhofft? Dass Steffi so tut, als hätte es die letzten vier Jahre nicht gegeben? Reines Wunschdenken.

»Dir ist es doch ernst, oder?«

Dass nun auch Tante Poldi skeptisch wird, hat mir gerade noch gefehlt.

»Natürlich«, antworte ich schnell, weil ich nicht will, dass sie mein Zögern falsch versteht.

»Es wäre in Ordnung, wenn du deine Meinung geändert hättest.«

»Habe ich aber nicht«, sage ich entschlossen, und das ist die Wahrheit. Ich habe mich immer auf meine Zukunft im Teegeschäft gefreut. Nur wollte ich davor noch etwas Zeit für mich haben. Meinen eigenen Weg gehen. Bis ich mich bereit für diese Herausforderung fühle. Bis jetzt. »Ich möchte im Teehaus arbeiten, und ich will von dir alles lernen, was du weißt.«

Tante Poldi lächelt zufrieden. »Das dachte ich mir«, sagt sie, »und Steffi wird das auch noch bemerken.«

Nachdem wir unseren Punsch ausgetrunken haben, spendiere ich uns eine Tüte gebrannte Mandeln. Ich liebe das Knacken, wenn man in die mit zimtigem Karamell überzogenen Mandeln beißt, und den köstlichen süß-nussigen Geschmack, der sich anschließend im Mund ausbreitet.

Als Kinder haben Steffi und ich uns gegenseitig häufig Was-wäre-wenn-Fragen gestellt. Besonders beliebt: Was wäre, wenn du für den Rest deines Lebens nur noch ein einziges Lebensmittel essen dürftest? Welches würdest du wählen?

Als Kind konnte ich die Frage immer ganz klar mit »Pommes« beantworten. Heute fiele mir die Wahl schwerer. Aber gebrannte Mandeln würden definitiv in die engere Wahl kommen.

Wir schlendern die Hütten entlang und sprechen über die letzten vier Jahre. Ich erzähle von meiner kleinen Wohnung in Dublin mit Blick auf die Liffey, jenen Fluss, der die Stadt durchzieht, und Tante Poldi verrät mir, dass sie vor ein paar Monaten erstmals in ihrer Zeit als Ladeninhaberin verschlafen hat, weil sie nachts einen Boxkampf im Fernsehen verfolgt hat, der länger als geplant dauerte.

Ich kann sie mir bildlich vorstellen, wie sie um zwei Uhr in der Früh vor ihrem alten Röhrenfernseher gesessen und mitgefiebert hat. Schon als Kind war ich fasziniert, für was sie sich alles interessierte. Leopoldine Händler war schon immer eine außergewöhnliche Frau.

»Zehn Minuten nachdem ich aufsperren sollte, bin ich aufgewacht«, fährt sie lachend fort. »Du hast keine Ahnung, wie schnell ich angezogen war und zum Geschäft gesprintet bin.«

Ich schmunzle bei der Vorstellung. »Wo waren Steffi und der Graf?«

»Du sollst ihn nicht so nennen«, ermahnt sie mich sofort und klingt dabei wie schon vor zehn und zwanzig Jahren. Dann schiebt sie sich eine gebrannte Mandel in den Mund. »Steffi hatte frei, und Herr Graf hat später begonnen. Seit diesem Vorfall teile ich die Dienste nach wichtigen Kämpfen anders ein.«

»Und ab jetzt hast du ja auch noch mich als Verstärkung«, sage ich grinsend.

»Stimmt!«

Ich zerknülle die Papiertüte, die sich viel zu schnell geleert hat, und entsorge sie in einem Mistkübel. Wenn wir noch einmal an einem Stand mit gebrannten Mandeln vorbeikommen, werde ich mir noch welche als Reserve mitnehmen. Vielleicht sogar eine größere Tüte.

»Schau mal, Romi, die musst du dir ansehen!«, ruft meine Großtante, die ein paar Schritte weitergegangen ist, plötzlich. Sie steht an einem Stand für Handwerkskunst und deutet auf mehrere Anhänger, die mir aus der Nähe plötzlich bekannt vorkommen.

Holz kombiniert mit farbigem Kunstharz. In verschiedenen Formen und Größen.

Ich hebe meinen Blick und sehe direkt in Nikos Gesicht.

»Hallo, Romi«, sagt er fröhlich, fast als hätte er mich erwartet, und schenkt mir das gleiche Lächeln, das mich schon bei unserem ersten zufälligen Treffen für ihn eingenommen hat.

Einen Augenblick lang fühlt es sich an, als wäre es eine Ewigkeit her, seit wir aus dem CAT ausgestiegen sind, dabei war es erst gestern.

Seine Visitenkarte steckt immer noch in meiner Manteltasche. Ich kann sie förmlich durch den dicken Stoff hindurch spüren.

»Niko, oder?«, frage ich. Natürlich kann ich mich noch ganz genau an seinen Namen erinnern, auch wenn ich keinen Blick mehr auf sein Kärtchen geworfen habe. Warum eigentlich nicht? Ich hätte ihn googeln sollen!

»Genau.« Er scheint sich zu freuen, dass ich noch weiß, wie er heißt. Seine Augen strahlen mich aus der Adventhütte an.

Eine weitere Erinnerung blitzt in meinem Kopf auf. Dass er eine Freundin hat. Eine ziemlich hübsche sogar. Es wäre ja auch zu schön gewesen. »Ihr kennt euch?«, fragt Tante Poldi überrascht.

»Wir haben uns gestern im Zug kennengelernt«, antworte ich.

»Was für ein Zufall«, sagt Tante Poldi.

Sie hat recht. Meine Mutter würde darauf bestehen, dass uns unsere positiven Energien nur einen Tag später wieder zusammengeführt haben, und sogar mir würde diese Vorstellung gefallen.

Ein älterer Mann mit leicht grimmigem Gesichtsausdruck tritt an Nikos Seite. »Hätte ich mir denken können, dass sich mit deinen Teilen niemand mehr für meine Figuren interessiert«, sagt er mit mürrischem Unterton.

Erst jetzt fällt mir auf, dass nur auf einer Hälfte des Verkaufsstands die Holzanhänger angeboten werden. Auf der anderen stehen Krippenfiguren, die ein kleines Schild als handgeschnitzt anpreist. Auf einem Regal im hinteren Teil der Hütte sind zudem Weihnachtskrippen ausgestellt. Sie sind sehr aufwendig gestaltet. Mit kleinen Holzbalken, Schindeln auf den Dächern und Türen, deren Klinken wahrscheinlich nur mit einer Pinzette geöffnet werden können.

»Was für eine wundervolle Arbeit«, sagt Tante Poldi und nimmt einen Anhänger in die Hand, um ihn genauer zu betrachten.

Niko bedankt sich, während der ältere Mann verstimmt brummt und schließlich hinzufügt: »Das ist nur Holzverschnitt mit etwas Kunststoff verklebt und einem Loch in der Mitte, damit er ihn als Anhänger bezeichnen kann.«

»Opa, das ist geschäftsschädigend!«

Trotz des Schlagabtauschs wirken die beiden sehr vertraut und liebevoll miteinander. Kein Wunder, sie sind offenbar Großvater und Enkel.

»Ich sitze mindestens fünfmal so lange an einer Figur wie du an einem Anhänger, und dennoch verlangst du den gleichen Preis«, erklärt Nikos Großvater seinen Missmut, dann wendet er sich einem Pärchen zu, das neben uns getreten ist und die Jesusfiguren betrachtet.

Niko lächelt uns entschuldigend an. »Wenn ich vorstellen darf, mein Großvater, Peter Holzmann. Als ich ein kleiner Bub war, hat er die Leidenschaft in mir geweckt, mit Holz zu arbeiten.«

»Moment mal! Sie heißen beide Holzmann?«, fragt Tante Poldi und deutet mit dem Finger zwischen den zweien hin und her. »Und arbeiten mit Holz?« Sie schmunzelt über ihre Feststellung.

»Nomen est omen«, sagt Nikos Großvater.

»Du heißt Händler und handelst mit Tee«, werfe ich ein und grinse meine Großtante an.

»Stimmt.«

»Jedenfalls nimmt er es mir jetzt übel, dass die Leute nicht nur seine Krippenfiguren, sondern auch meine Anhänger kaufen«, beendet Niko die Vorstellung seines Großvaters.

»Die eignen sich hervorragend als Weihnachtsgeschenk«, stellt Tante Poldi immer noch bewundernd fest. »Schmuck in der Art habe ich noch nie gesehen.«

»Das macht hundertsechsundfünfzig Euro«, sagt Nikos Großvater extra laut, um uns zu zeigen, dass er etwas verkauft hat. Er verpackt ein Set aus Maria, Josef und dem Jesuskind in Zeitungspapier und steckt es in eine Papiertüte. Als seine Kunden weitergegangen sind, wendet er sich uns wieder zu. »Wenigstens ein paar Menschen gibt es noch, die wahre Handwerkskunst zu schätzen wissen.«

Es fällt mir schwer, bei seiner Reaktion nicht zu

lachen. So mürrisch er auch wirkt, er sieht nicht so aus, als würde er jedes Wort, das er sagt, ernst meinen. Die Blicke, die er Niko zuwirft, sind voller Wärme und Stolz.

»In den letzten Jahren war ich gerade noch gut genug, um ihm beim Verkauf seiner Krippenfiguren zu helfen«, erklärt Niko an uns gewandt. »Aber seit ich heuer meine eigenen Produkte anbiete, sieht er mich als Konkurrent.«

»Von wegen.« Sein Großvater macht eine wegwerfende Handbewegung.

»Ich finde, die Figuren wie auch die Anhänger verdienen durchaus die Bezeichnung Handwerkskunst«, meint Tante Poldi versöhnlich.

»Danke!«, sagen Niko und sein Großvater synchron. Dann sehen sie sich etwas verkniffen an und wenden sich schnell voneinander ab. Es ist zu komisch, sie zu beobachten.

»Nicht, dass ich mir solche kitschigen Figuren in meine Wohnung stellen würde«, ergänzt meine Großtante und nimmt eine kniende Maria mit gefalteten Händen, die ein imaginäres Jesuskind anblickt.

Niko lacht erheitert auf und wirft seinem Großvater einen triumphierenden Blick zu.

»Seien Sie nicht so herablassend zu Ihrem Großvater, Niko«, mahnt Tante Poldi ihn nicht ganz ernst. »Es ist bemerkenswert, dass er noch solche Figuren schnitzen kann.«

»Vielen Dank!«, ruft dieser mit vor Stolz geschwellter Brust.

»Ich kann mir vorstellen, dass ein Mann Ihres Al-

ters bereits an Arthrose leidet, stimmt's Herr Holzmann?«

»Also wirklich, gnädige Frau, ich habe keinerlei ge-
sundheitliche Probleme«, entgegnet Nikos Großvater
entrüstet.

Ich bemerke, dass sich Tante Poldi ein amüsiertes
Grinsen nur schwer verkneifen kann.

»Wie auch immer«, fahre ich dazwischen, damit
das Gespräch nicht noch ausartet. »Ich hätte gerne
so einen Anhänger.« Ich deute auf das Zeichen, das
aussieht wie eine liegende lang gezogene Acht und
für Unendlichkeit steht. Eine Seite der Schleife besteht
aus Holz, die andere aus blauem Kunstharz. Der Anhänger ist mir sofort ins Auge gestochen.

»Sehr gerne.« Niko packt ihn mir mit einem Lederband in ein kleines Papiersäckchen. Als ich nach
meiner Geldbörse greife, bedeutet er mir, sie wieder
wegzustecken. »Lass nur! Als Entschädigung für dein
kaputtes Handy.«

Ich schüttle den Kopf. »Als Entschädigung für
mein kaputtes Handy lädst du mich zu Kaffee und
Kuchen ein«, beharre ich auf unserer Abmachung
und verdränge für einen Augenblick die brünette
Frau von gestern. Dann reiche ich ihm die Summe,
die auf dem kleinen Preisschild steht. »Außerdem
ist der Anhänger nicht für mich, sondern ein Geschenk.«

Als ich in die Straße zum Haus meiner Eltern in Oberlaa einbiege, ist es bereits halb neun. Die vorbeifahren-
den Autos tauchen den Weg ebenso wie die Laternen

in milchiges Licht. In meinen Gedanken lasse ich den Tag Revue passieren.

Die aufregenden Stunden im Teehaus, verbunden mit wunderbaren Kindheitserinnerungen. Die Kunden, die Gerüche, aber auch den frühen Abend mit Tante Poldi am Christkindlmarkt, dessen Atmosphäre ich im Advent im Ausland jedes Jahr vermisst habe. Und nicht zuletzt das Wiedersehen mit Niko. Obwohl er ganz offensichtlich eine Freundin hat, setzt sofort dieses Kribbeln ein, wenn ich an ihn denke. An seine Gesichtszüge, sein Lächeln und das verstrubbelte Haar, über das er heute eine Haube gestülpt hatte.

»Romi? Romina Blum?« Die Stimme aus dem Vorgarten des Nachbarhauses meiner Eltern dringt erst nach einigen Sekunden zu mir durch. »Ich bin's, Dominik.« Eine Gestalt kommt zum Zaun. Im Laternenlicht erkenne ich ihr Gesicht.

»Dominik«, wiederhole ich. »Was machst du denn hier?«

»Das Gleiche könnte ich dich fragen.« Er lehnt sich an den Zaun und lächelt mich freundlich an.

Für einen Augenblick wünschte ich, einen anderen Weg zum Haus meiner Eltern eingeschlagen zu haben, sodass ich von der anderen Seite gekommen wäre. Einfach nur, um Dominik nicht zu begegnen. Aber woher hätte ich wissen sollen, dass er hier ist? Und ausgerechnet im Vorgarten steht, wenn ich daran vorbeigehe?

Wie lange ist es her, seit er aus seinem Elternhaus ausgezogen ist? Es müssen sechs oder sieben Jahre sein. Seit damals haben wir uns nicht mehr gesehen, obwohl wir eigentlich befreundet bleiben wollten. Doch wie viele schaffen das schon nach einer Teenagerbeziehung? Und es musste ja auch nicht sein.

»Ich bin gerade erst nach Wien zurückgekommen«, sage ich, auch wenn er das vermutlich längst weiß. Unsere Mütter sind seit jeher gut befreundet. Ein Grund mehr, weshalb sie uns damals weiterhin gern als Paar gesehen hätten.

»Wolltest du das nicht schon vor einem Jahr?«

Selbst aus seinem Mund klingt die Frage wie ein Vorwurf. Dabei bin ich ihm nichts schuldig. Ich starre ihn wortlos an.

»Ich wohne wieder hier«, sagt er in versöhnlichem Ton, als hätte er bemerkt, dass er eine Grenze überschritten hat. »Ich habe die Praxis meines Vaters übernommen.« Er deutet auf sein Elternhaus, in dessen Nebengebäude eine Tierarztpraxis untergebracht ist.

»Wie du es immer wolltest.« Ich nicke anerkennend. Schon als Kind hat Dominik davon gesprochen, Veterinärmediziner zu werden. Genau wie sein Vater. Damals hat er mich manchmal in die Praxis mitgenommen, und wir konnten dabei zusehen, wie sein Vater narkotisierten Katzen den Zahnstein entfernte oder einem Meerschweinchen die Krallen schnitt. Ich fand das alles interessant, aber nicht weiter aufregend.

Einmal waren wir jedoch dabei, als einer Deutschen Dogge ein Zahn gezogen werden musste. Das war schon etwas spektakulärer, auch wenn der Hund ebenfalls betäubt war. Er war so riesig, dass er den gesamten Behandlungstisch einnahm. Als der Eingriff vorbei war, läutete das Telefon, und Dominiks Vater ließ uns mit dem Tier allein, das noch benebelt dalag. Plötzlich wachte die Dogge etwas benommen auf und ließ Dominik und mich ziemlich wütend wissen, was sie vom Zähneziehen hielt.

Ich hatte solche Angst vor diesem Hund, der bestimmt mehr Gewicht auf die Waage brachte als ich zu der Zeit, dass ich nie wieder mit Dominik in die Praxis gegangen bin. Selbst nicht zum Krallenschneiden bei einem vermeintlich harmlosen Meerschweinchen.

»Und du bist wieder in dein altes Zimmer gezogen?« Er deutet zu dem Fenster hinauf, das gegenüber von seinem alten Kinderzimmer liegt. Im Volksschulalter haben wir uns von Fenster zu Fenster Nachrichten geschrieben. Erst per Morsezeichen mit einer Taschenlampe, was Dominik richtig gut konnte. Ich hingegen verstand von den Zeichen nicht einmal die Hälfte, weshalb wir schon bald auf Kreidetafeln umstiegen, was wiederum so lange ging, bis wir von unseren Eltern endlich Handys bekamen. Und meine ließen sich damit besonders lange Zeit. Hätte Steffi mit dreizehn Jahren nicht so lange genervt, bis sie eines bekommen hat, hätte es bis dahin bestimmt noch ein paar Jahre mehr gedauert.

»Es ist nur vorübergehend«, stelle ich klar.

»Wir könnten mal zusammen ausgehen«, schlägt Dominik auf einmal vor. »Um der alten Zeiten willen.«

Obwohl ich ihn durchaus in guter Erinnerung behalten habe, überrascht mich seine Einladung.

»Gern«, antworte ich aus Höflichkeit, auch wenn

ich nicht sicher bin, ob ich das wirklich will. In den vergangenen Jahren habe ich kaum an ihn gedacht. Im Nachhinein war unsere Beziehung wohl eher ein Versuch, unsere Freundschaft auf eine andere Ebene zu heben, brachte jedoch nicht den gewünschten Effekt. Wir waren einfach nicht für mehr bestimmt, wie mein Vater später mal gesagt hat. »Wenn ich mich erst wieder eingelebt habe, können wir gerne mal zusammen etwas trinken gehen.«

Dominik lächelt zufrieden, was ich als guten Abschluss unseres kurzen Gesprächs nehme. Wir sind keine siebzehn mehr, als es irgendwie süß war, in den Nachbarsjungen verliebt zu sein, und man nicht auseinandergehen wollte.

Wir haben uns verändert. Und mein Männergeschmack sich auch. Dominik ist mir definitiv zu brav, was für einen Sechsundzwanzigjährigen nicht besonders schmeichelhaft ist.

»Also dann!« Ich hebe die Hand zum Gruß und will mich gerade abwenden, als er noch etwas sagt.

»Es ist wirklich schön, dich wiederzusehen, Romi. Du schaust gut aus.«

Ich werfe ihm ein Lächeln zu, dann drehe ich mich endgültig um und laufe den mit Lichterketten geschmückten Gartenweg entlang zur Haustür meiner Eltern.

Im Flur lege ich meinen Mantel ab und ziehe die Schuhe aus, wobei ich Stimmen wahrnehme, die aus der Garage kommen. Ich nenne den Raum hinter der weißen Tür immer noch Garage, trotz des großen Seminarraums dahinter. Ein Schild an der Tür weist darauf hin, dass man nicht stören darf. Offenbar findet immer noch ein Kurs statt.

Ich frage mich, ob dieses Schild schon in den vergangenen Jahren hier hing oder erst jetzt zum Einsatz kommt, weil ich wieder eingezogen bin. Dabei würde mir im Leben nicht einfallen, die Tür zu öffnen. Erst recht nicht, wenn gerade ein Workshop zur Steigerung der sexuellen Energie mit Kunden meiner Eltern im Gange ist. Oder ihren Patienten? Ich bin mir gerade nicht sicher, wie sie die Menschen bezeichnen, die ihre Kurse besuchen. Teilnehmer! Teilnehmer ist bestimmt ein angemessener Ausdruck.

In der Küche klebt an der Kühlschranktür ein Zettel mit dem Hinweis, dass darin ein Abendessen auf mich wartet. Neugierig werfe ich einen Blick in das Innere und entdecke eine kleine Auflaufform mit einer Portion Gemüselasagne. An ihr ein weiterer Klebezettel mit den Worten: »Aufwärmen und schmecken lassen!« Eindeutig die Handschrift meines Vaters.

Mit einem wohlig warmen Gefühl schiebe ich die Auflaufform in die Mikrowelle und stelle den Timer. Während er abläuft, werfe ich einen Blick auf die Zeitschriften am Küchentisch. Meine Lasagne dreht noch immer ihre Runden, als aus dem Flur Geräusche zu mir dringen. Mehrere Menschen verabschieden sich, bevor meine Mutter sagt: »Wir wünschen euch noch einen schönen Abend zu zweit.«

Dem rauen Klang ihrer Stimme nach lag ich mit meiner Vermutung richtig, dass auch heute ein Kurs zur Steigerung sexueller Energien von Paaren stattgefunden hat. Ich erlaube mir, mir kurz die Details eines solchen Workshops auszumalen, verdränge die Bilder, die in mir aufsteigen, aber mit dem »Ping!« der Mikrowelle. Mein Hunger ist stärker als die Gedanken an den Kurs. Bestimmt besser so.

»Du bist schon da«, sagt meine Mutter, als sie im gleichen Moment mit meinem Vater in die Küche kommt. Sie hat einen Krug mit einer roten Flüssigkeit in den Händen. »War Steffi mit euch am Christkindlmarkt?«, will sie neugierig wissen.

Nach der Arbeit habe ich ihr eine Nachricht geschickt, damit sie weiß, dass ich noch mit Tante Poldi auf den Christkindlmarkt gehe. Nicht, dass ich meine Eltern um Erlaubnis bitten müsste, doch ich finde es nur fair, ihnen Bescheid zu geben, solange ich hier wohne.

»Nein, sie hatte schon etwas vor«, antworte ich, obwohl ich das immer noch für eine Ausrede halte.

»Wie war dein erster Tag?«, fragt mein Vater und setzt sich mir gegenüber an den Tisch.

»Gut«, antworte ich, während ich die heiße Lasagne probiere. »Ich bin gerne im Teegeschäft. So vieles erinnert mich an früher.«

»Deine Großtante hat sich sehr gefreut, als sie hörte, dass du jetzt bereit bist einzusteigen«, sagt meine Mutter und deutet auf den Krug. »Willst du auch Granatapfelsaft?«

Ich nicke flüchtig, und sie schenkt mir großzügig ein.

»Den habe ich für das heutige Seminar gemacht«, erklärt sie, als ich einen Schluck nehme. »Er wirkt aphrodisierend.«

Ich räuspere mich und stelle das Glas zurück auf den Tisch. Ob die aphrodisierenden Getränke meiner Mutter wirklich wirken? Mehrere Gesichter tauchen vor meinem inneren Auge auf. Das von einem Kerl namens David, mit dem ich in Dublin ein paarmal ausgegangen bin, dann Dominiks und zum Schluss das von Niko.

An dem von Niko bleiben meine Gedanken etwas länger hängen.

*** Flugtee ***

... wer das Beste will, muss schnell sein

Die Ungeduld der Europäer war mit der Grund für den ersten Flugtee in den 1960er-Jahren. Um die lange Winterpause zu verkürzen, wurde die erste Ernte des edlen Darjeeling direkt nach der Pflückung per Flugzeug nach Europa gebracht, und der Flugtee war geboren.

Die Qualität der Blätter ist dabei abhängig vom Erntezeitpunkt sowie von Regen und Sonne. Zeitnah nach der Ernte besticht der Flugtee durch eine besondere blumige Frische im Geschmack.

Heute werden auch andere Teesorten sowie Second Flushes als Flugtee angeboten, wenn auch wegen der teuren Transportkosten nur besonders edle.

Die hohe Qualität und das begrenzte Angebot machen Flugtee sehr begehrt. Deshalb und wegen seiner Tassenfarbe wird er von Kennern auch als flüssiges Gold bezeichnet.

Ein heißes Bad erfrischt den Körper,
ein heißer Tee den Geist.

(Japanisches Sprichwort)

»Etwa die Hälfte des geernteten Tees kommt aus China und Indien«, erklärt meine Großtante, während sie in der Küche des Teegeschäfts ein Dutzend verschiedene Teesorten aufbrüht. In jeden der kleinen weißen Porzellanbecher, die vor den Dosen der jeweiligen Sorte aufgestellt sind, kommen exakt 2,86 Gramm der aromatischen Blätter. Anschließend werden sie mit kochendem Wasser aufgegossen und müssen fünf Minuten ziehen. Nur mit dieser Methode kann man verschiedene Tees überhaupt miteinander vergleichen, hat Tante Poldi mir erklärt.

»Dann beziehen wir noch Sorten aus Kenia, Sri Lanka, Indonesien, Japan, Argentinien und der Türkei.« Sie stellt die Kanne mit dem heißen Wasser beiseite und wirft einen Blick auf die Uhr. Bestimmt wäre das gar nicht nötig, weil ihr auch ihre innere Uhr Bescheid gibt, wann die Ziehzeit zu Ende ist. Wenn man so viele Jahre nichts anderes tut, als täglich Dutzende Tassen Tee zu kochen, muss das doch ins Blut übergehen.

»Wie viele Sorten hast du im Geschäft?«, frage ich. Ich will mich mit allen Bereichen des Teegeschäfts vertraut machen, mir Schritt für Schritt das gleiche Wissen aneignen, das sie und Steffi haben. Mir ist bewusst, dass es Jahre dauern wird, bis ich ihr Niveau erreicht habe. Umso wichtiger ist es, gleich damit zu beginnen.

»Etwa einhundertfünfzig.«

Ich stoße einen leicht verzweifelten Seufzer aus. »Einhundertfünfzig«, wiederhole ich und betrachte die zwölf Teetassen vor uns. »Vermutlich werde ich mir nicht einmal diese hier merken können.«

»Das macht nichts.« Tante Poldi tätschelt mir aufmunternd die Schulter. »Die Teesorten schmecken sowieso jedes Jahr ein wenig anders. Allein die Erntezeiten, die variieren können, haben einen großen Einfluss auf das Aroma. Tee ist und bleibt ein Naturprodukt, dessen Qualität und Geschmack nicht konstant sein können.«

Na toll! Im Klartext heißt das, selbst wenn ich mir die Charakteristika eines Tees eingeprägt habe, wird die Mischung im nächsten Jahr wieder anders schmecken. Eine *never ending story* sozusagen, womit es unmöglich ist, jemals alles über Tee zu wissen. Ich habe die dunkle Vorahnung, dass mein neuer Job meinen Geschmacksnerven so einiges abverlangen wird.

»Jedes Jahr im April trifft der Flugtee aus Indien ein.«

»Flugtee?«

Meine Großtante nickt. »Die erste Ernte, die auch First Flush genannt wird. Er wird besonders schnell von der Plantage nach Europa gebracht, damit seine edle Frische und das vollblumige Aroma nicht verloren gehen. Wir verkosten ihn und müssen dann schnell entscheiden, welchen wir ins Sortiment nehmen, sonst schnappen uns Teehändler aus ganz Europa die besten Sorten weg.«

»Woran erkennst du, ob es eine gute Sorte ist?«, will ich wissen, obwohl ich schon vermute, dass es darauf keine klare Antwort gibt. Wäre es so einfach, würde die Ausbildung zum Tee-Sommelier nicht so aufwendig sein und so lange dauern.

Tante Poldi schmunzelt, als hätte sie eben das Gleiche gedacht. »Erfahrung«, antwortet sie, »Bauchgefühl, Vertrauen auf meine Geschmacksnerven.« Sie hält einen Moment inne, als würde sie überlegen, ob es noch mehr zu sagen gibt, zuckt dann aber selbst ein wenig ratlos mit den Schultern. »Vermutlich ist es eine Mischung aus alledem.«

Ihre Aussage beruhigt mich weniger, als ich gehofft hätte. Vielmehr zeigt sie mir wieder einmal, wie groß die Aufgabe ist, die mir bevorsteht. Eine Aufgabe, von der sich erst viel später herausstellen wird, ob ich ihr gewachsen bin. Zumindest will ich es versuchen. Für mich, für Tante Poldi und auch für meine Schwester.

Schon heute werde ich beginnen, mir alles zu merken, was sie mir beibringen.

Flugtee, im April direkt aus Indien, so schnell es geht nach Europa, um das Aroma nicht zu verlieren, vollblumig, edel, teuer, wiederhole ich das Gehörte noch einmal in Gedanken, um es mir einzuprägen.

Aber das war nur ein einziger Tee. Du meine Güte!

An all die anderen einhundertneunundvierzig Sorten, die in den luftdichten Metalldosen im Verkaufsraum darauf warten, von mir verkostet zu werden, will ich gar nicht denken. Und doch sollte ich sie alle kennen, wenn ich die Kunden professionell beraten möchte.

»Zeit zu probieren«, holt mich meine Großtante ins Hier und Jetzt zurück und klingt verzückt. Wie erwartet, hat sie nicht mehr auf die Uhr gesehen. Aus jedem Becher gießt sie den Tee in bereitgestellte Schalen.

Sofort fällt mir auf, dass jede Flüssigkeit eine andere Farbe hat. Die Farbpalette reicht von hellem Goldgelb bis hin zu bernsteinfarben. Und das, obwohl wir uns heute ausschließlich dem Schwarztee widmen. Assam, Darjeeling, Ceylon, Earl Grey, Rize.

Tante Poldi gibt mir einen Löffel. »Nun darfst du so unappetitlich sein, wie es dir deine Mutter als Kind verboten hat.« Als sie zu grinsen beginnt, wirkt ihr faltiges, fast fünfundsechzigjähriges Gesicht jugendlich. Als steckte tief in ihr noch immer die junge Frau, die damals das Teehaus voller Elan von ihrer Großmutter übernommen hat.

Tee hält jung, das hat sie schon früher immer gesagt. Vielleicht stimmt es.

»Unappetitlich?«, frage ich, weil ich nicht sicher bin, was sie damit meint.

Statt es zu erklären, führt Tante Poldi einen Löffel mit Tee an ihre Lippen und zieht die Flüssigkeit laut schlürfend in den Mund. Dann schmatzt sie mehrere Sekunden lang, ehe sie sie in einen kleinen Kübel spuckt.

Fassungslos starre ich sie an.

Meine Großtante Leopoldine Händler war immer die adretteste Frau, die ich kannte. Schlicht, aber schick gekleidet, niemals ohne Perlenohrstecker und dezentes Make-up, stets ihrem Alter entsprechend. Sie wusste, wie sie mit den Kunden umzugehen hatte, die bis in die höhere Gesellschaft reichten. Sie konnte sich artikulieren und selbst die teuren Teesorten attraktiv anpreisen. Sie war die Etikette in Person.

Sie ist die Etikette in Person.

Nie, ja wirklich nie in meinem Leben hätte ich mir vorstellen können, sie schlürfend, schmatzend und spuckend vor mir zu sehen. Was sie da tut, erinnert mich an eine Weinverkostung, bei der der Wein ebenfalls geschlürft, geschmatzt und ausgespuckt wird. Ein ziemlich abstoßender Anblick.

»Jetzt schau nicht so entsetzt«, sagt meine Großtante erheitert. »Nur so kannst du die Aromen des Tees geschmacklich herausfiltern.«

»Und das Ausspucken?« Mein Löffel schwebt immer noch halb in der Luft, als wüsste ich nicht, was ich mit ihm tun soll.

»Wenn du mehrere Dutzend Teesorten am Tag probieren musst, wirst du verstehen, warum wir bei einer Teeverkostung den Tee nicht schlucken. Abgesehen von den Gerbstoffen und dem Koffein wird er, wenn er so aufgebrüht wird wie gerade eben, zu stark, um ihn genießen zu können.«

»Was an der Norm liegt«, ergänze ich stolz. Zumindest daran habe ich mich schon mal erinnert.

»Richtig!«, ruft sie sichtlich erfreut. »Wir können die verschiedenen Teesorten nur vergleichen, wenn wir sie immer auf die gleiche Art und Weise zubereiten. Deshalb sind diese Teebecher ebenso genormt wie die Portion der Blätter und die Ziehzeit.«

»Okay, das kann ich mir merken«, sage ich entschlossen.

»Natürlich«, erwidert Tante Poldi zuversichtlich. »Und jetzt sag mir, was du schmeckst.« Sie deutet auf die erste Schale mit einem Tee, dessen Farbe leicht ins Orangebraune tendiert.

Ich nehme einen Löffel davon in den Mund. Zwar schlürfe und schmatze ich nicht so geräuschvoll wie

Tante Poldi, spucke den Tee aber nach ein paar Sekunden ebenfalls in den Kübel. »Ganz schön herb«, sage ich und kann ein Räuspern nicht unterdrücken. Jetzt verstehe ich, warum gespuckt wird.

Tante Poldi nickt, als hätte sie nichts anderes von mir erwartet. Dennoch sieht sie mich auffordernd an. Sie will mehr von mir hören, nicht nur, dass der Tee herb ist.

Aber ich habe keine Ahnung, wie ich das, was ich geschmeckt habe, in Worte fassen soll. Was habe ich überhaupt geschmeckt? »Ich weiß nicht genau«, drücke ich mich um eine konkrete Antwort.

»Probier es noch einmal und schlürfe den Tee mehr. Durch den Sauerstoff, den du ihm dabei zufügst, verstärken sich die Geschmacksnoten.«

Also gut. Schlürfen, schmatzen, spucken. Ich mache, was sie von mir will.

»Er schmeckt kräftig«, sage ich dann und blicke meine Großtante an, um zu sehen, ob sie diese Aussage als richtig oder falsch einstuft. Doch sie tut nichts dergleichen, sondern nimmt sie nur schweigend hin. »Etwas bitter«, füge ich hinzu.

Immer noch wirkt sie wie versteinert.

»Vielleicht malzig?« Es ist mehr eine Frage als eine Feststellung. Ich will nur vorfühlen, ob ich auf dem richtigen Weg bin.

Sofort beginnen die Augen meiner Großtante zu strahlen. Als hätte ich die richtige Antwort gegeben. »Sehr gut!«, ruft sie zufrieden. »Es ist wichtig, dass du beginnst, dich auf deine Geschmacksnerven zu verlassen. Eine Teeverkostung ist immer von der subjektiven

Wahrnehmung geprägt, doch du wirst lernen, deine persönlichen Vorlieben auszublenden und Tee objektiv zu bewerten.«

Ich nicke, kann mir im Moment aber nicht vorstellen, wie das funktionieren soll.

»Wie lange dauert es, bis man das kann?« Und vor allem, woran erkenne ich, ob ich schon so weit bin?

Tante Poldi nimmt einen Löffel vom nächsten Tee, kostet ihn wieder schlürfend und spuckt ihn erneut aus. »In der Regel spricht man von sieben Jahren, bis der Geschmackssinn eines Teetesters ausgeprägt ist.«

Ich starre sie fassungslos an.

Sieben Jahre?

Zwei Stunden später haben wir neben Schwarztee auch Grünen und Weißen Tee verkostet. Steffi und der Graf haben währenddessen im Geschäft die Stellung gehalten.

Geduldig hat Tante Poldi mich mit sämtlichen Fakten bombardiert, die ihr zu den einzelnen Sorten eingefallen sind. Wo der Tee angebaut und wann er geerntet wurde. Welche Aromen er entwickelt und worauf man bei den getrockneten Blättern achten soll. So ist etwa die Größe der Teeblätter ein Qualitätsmerkmal, das sich Blattgrad nennt. Der Blattgrad reicht von ganzen Blättern über gebrochene und Fannings bis hin zum Dust. Jenem Teestaub, der bei der Produktion übrig bleibt. Der Name stammt daher, dass die kleinsten Teepartikel an Staub erinnern. Die Unterkategorien, welche die Qualität noch detaillierter beschreiben, muss ich anfangs noch nicht kennen, meint Tante Poldi.

»Wir verkaufen keinen Dust«, sagt sie, während ich mit ihr zusammen die verwendeten Verkostungstassen in den Geschirrspüler räume. »Selbst der Tee in den Beuteln, die wir anbieten, besteht aus Fannings.«

Fannings sind Blattteile, die größer als Dust und daher eine Spur qualitativ besser sind.

All das sind Grundbegriffe, die ich hoffentlich in entsprechender Fachliteratur nachlesen kann.

»Morgen beschäftigen wir uns dann mit Mischungen«, fährt meine Großtante fort, während sie den Spülgang startet. »Es gibt unzählige Zusätze, um Tee zu einem aufregenden Geschmackserlebnis zu machen. Besonders beliebt ist Minze, aber auch fruchtige Varianten wie Orange, Pfirsich oder Kirsche mögen viele unserer Kunden. Die Gewürze natürlich nicht zu vergessen. Zimt, Anis, Nelke, Koriander und viele mehr.«

»Dazu kommen noch die Kräuter- und Früchtetees«, ergänze ich leicht frustriert. Ich bin sicher, noch bevor ich sämtliche einhundertfünfzig Sorten von Tante Poldi gekostet habe – von einem Verinnerlichen der einzelnen Charakteristika ganz zu schweigen –, werden im Frühjahr die neuen Tees eintreffen, und ich kann von vorne beginnen.

»Unser Beruf ist ein ewiges Lernen«, meint Tante Poldi milde lächelnd. »Selbst ich lerne bei jeder Verkostung noch dazu. Das ist ja gerade das Schöne daran.«

Ich sehe sie an und spüre ein warmes Gefühl in meiner Brust.

Sie hat *unser* Beruf gesagt, nicht *mein*.

Als wäre ich schon heute in ihre Fußstapfen getreten. Die Wahrheit ist, dass es Jahre, wenn nicht sogar Jahrzehnte dauern wird, bis ich meiner Großtante ebenbürtig sein werde.

»Willst du wirklich schon im Frühjahr in Pension gehen?«, frage ich. »Und uns die Verantwortung für all das allein überlassen?«

»Ja und nein.« Meine Großtante lacht. »Ja, ich freue mich schon auf die Pension. Seit fast fünfzig Jahren stehe ich hier im Geschäft und habe bislang alles andere hintangestellt. Ehemänner, Freizeit, Urlaube. Du und Steffi, ihr müsst euch bewusst sein, dass es eine große Herausforderung ist, dieses Teegeschäft zu führen. Selbstständigkeit passt nicht zu jedem Menschen. Es braucht viel Disziplin und Verantwortung. Ihr werdet keinen Chef haben, der euch auf die Finger schaut und die Arbeit kontrolliert.«

»Merk dir diese Worte.« Plötzlich steht Steffi im Türrahmen und wirft mir einen ernsten Blick zu.

»Das werde ich«, antworte ich betont ruhig. Ganz blauäugig bin ich auch nicht hergekommen. Obwohl ich bei Regiotastic Vorgesetzte hatte, habe ich die meiste Zeit eigenständig gearbeitet und auch die Verantwortung für meine Aufgaben getragen.

»Ihr macht das schon«, sagt Tante Poldi zuversichtlich. »Außerdem – und da kommt mein Nein ins Spiel – habe ich nicht vor, euch ins kalte Wasser zu werfen. Ich werde euch weiterhin mit Rat und Tat zur Seite stehen.« Sie sieht zwischen meiner Schwester und mir hin und her, ihre Worte sind an uns beide gerichtet. »Es wird dauern, bis ihr all das wisst, was ich in den letzten fünfzig Jahren gelernt habe. Ich werde euch solange begleiten, aber nicht mehr jeden Tag um neun Uhr hinter dem Tresen stehen«, fügt sie grinsend hinzu, ehe sie uns in der Küche alleine lässt und nach vorne in den Verkaufsraum geht.

Steffi sieht mich an, und ich mache mich darauf gefasst, dass sie wieder etwas Herablassendes oder Stichelndes sagen wird. Stattdessen zuckt ihr rechter Mundwinkel nach oben. »Sie will doch nur nachts Sportsendungen schauen und morgens lange ausschlafen.«

Ich bin erleichtert. »Gibt es echt so viele Boxkämpfe?«

Steffi seufzt. »Boxkämpfe, Footballspiele, NASCAR-Rennen«, zählt sie auf und zuckt mit den Schultern. »Sie schaut sogar Dart- und Snookerturniere, wenn nichts Spannenderes im Fernsehen läuft. Letzteres angeblich nur, weil sie dabei besser einschläft.«

Ich stelle mir Tante Poldi in ihrer gemütlichen Wiener Altbauwohnung vor, wie sie es sich auf ihrem durchgesessenen Fernsehsessel zwischen ihren deckenhohen Mahagoniregalen bequem gemacht hat, Tee trinkt und Sportsendungen schaut.

»Wie war es am Christkindlmarkt?«, will Steffi plötzlich wissen.

Ich blicke auf. Ich hätte nicht gedacht, dass sie sich dafür interessiert. Ob sie eingesehen hat, dass wir uns beiden das Leben leichter machen können, wenn wir aufeinander zugehen?

»Schön«, antworte ich schnell, um mir meine Unsicherheit nicht anmerken zu lassen, »du hättest mitkommen sollen.«

»Du weißt doch, dass ich mir aus Adventmärkten nicht so viel mache wie du«, erwidert Steffi. »Die Menschenmassen, die Weihnachtslieder in Endlosschleife und überall der Kitsch. Alles blinkt, alles glitzert.« Sie rümpft die Nase. »Es genügt, wenn ich mich in den Tagen vor Heiligabend von der Stimmung anstecken lasse.«

Ich nicke, als könnte ich sie verstehen, doch eigentlich liebe ich die Märkte genau deshalb. Wegen der Lichter, wegen des Kitsches und wegen der gebrannten Mandeln.

Ganz wichtig: gebrannte Mandeln.

»Aber vielleicht können wir kurz vor Weihnachten mal zusammen hinschauen.«

Steffis plötzlicher Vorschlag lässt mich innehalten.

»Gern«, antworte ich schnell. Ich will ihre imaginär dargebotene Hand schon ergreifen, da fällt mir ein …

»Ich habe etwas für dich.« In meiner Handtasche steckt noch das kleine Papiersäckchen mit dem Holzanhänger, den Niko gemacht hat. Bei dem Gedanken an ihn schlägt mein Herz eine Nuance schneller.

Ich wünschte, es wäre nicht so. Ich wünschte auch, ich würde nicht unbedingt diese Einladung zu Kaffee und Kuchen bekommen wollen. Aber die Romantik-Romi in meinem Kopf springt mit rosaroten Pompons in den Händen auf und ab und ruft mir zu, Niko am besten noch heute deshalb zu kontaktieren. Schnell schüttle ich die Gedanken aus meinem Kopf und gebe Steffi das Geschenk.

»Was ist das?«, fragt sie und wirft einen Blick in das Tütchen. Als sie den Anhänger an dem Lederband entdeckt, lächelt sie. »Der ist ja hübsch. Danke.«

»Ich habe ihn gesehen und dachte mir, er könnte dir gefallen.«

»Das tut er«, sagt meine Schwester, dann lässt sie die Kette in ihre Verpackung zurückgleiten.

Ich nehme es ihr nicht übel, dass sie sie nicht gleich anlegt. Es wird dauern, bis sie mir wieder so vertraut wie früher, doch ich werde geduldig sein und ihr zeigen, wie wichtig sie mir ist.

»Ich bin dann mal vorn bei Tante Poldi und dem Grafen«, sage ich, um ihr einen Moment für sich zu geben. »Vielleicht brauchen sie meine Hilfe.«

Steffi nickt nur, als ich an ihr vorbeigehe. Dann ruft sie mir plötzlich nach: »Romi?«

Ich drehe mich noch einmal um.

»Wir machen morgen einen Mädelsabend bei mir in der Wohnung«, sagt sie. »Hast du Lust zu kommen?«

»Ist offen!«, ruft Steffi aus ihrer Wohnung, als ich die letzten Treppenstufen zum ersten Stock des Altbaus hinaufgehe. Mich begrüßen ein herrlich süßer Kuchenduft und leise Popmusik. Auf der gleichen Etage gibt es noch zwei weitere Wohnungen, Steffis ist die mittlere.

Ich betrete den kleinen Vorraum und streife mir die Schuhe ab.

»In der Küche!« Wieder Steffis Stimme, dazu das Geräusch der Backofentür und das anschließende

Surren des Gebläses. Meine Schwester klingt fröhlich und entspannt, ein gutes Zeichen.

Der Stimme folgend betrete ich die schmale, aber gemütlich eingerichtete Küche im weißen Landhausstil. Steffi prüft gerade, ob der Kuchen schon fertig ist. Am Küchentisch sitzen zwei Frauen.

»Hallo!«, begrüßt mich eine von ihnen. Sie hat lange, seidig glatte und glänzende blonde Haare und trägt für einen Mädelsabend etwas zu viel Make-up. Die weiße Bluse spannt über ihrer üppigen Brust, und an ihrem dünnen Handgelenk klimpern mehrere goldfarbene Armreifen. Lächelnd hält sie eine Sektflasche hoch. »Asti?«

»Ähm«, sage ich nur und wundere mich über den gravierenden Kontrast, als ich die Frau an ihrer Seite mustere. Sie hat kurze schwarze Haare mit einer türkisfarbenen Strähne, die ihr in die Stirn fällt. Ein Septum-Piercing glitzert in ihrem Gesicht, an ihrer Unterlippe ein Stecker. Ihren Hals ziert ein kleines Tattoo, das eine brennende Schere darstellt. Auch auf einem ihrer Unterarme sind Tätowierungen zu erkennen, die unter dem Saum ihres Shirts verschwinden.

»Ja, Romi liebt Asti«, antwortet Steffi, während sie mit Ofenhandschuhen den Kuchen aus dem Rohr holt.

Stimmt, Asti konnte ich noch nie widerstehen.

»Du hast dich kaum verändert, Romi«, sagt die gepiercte Frau.

Ich starre sie nachdenklich an. Diese rauchige Stimme kommt mir bekannt vor. Es dauert noch zwei Sekunden, bis ich sie zuordnen kann. »Beatrix?«

Schon zu Schulzeiten war sie eine enge Freundin von Steffi. Damals waren ihre Haare noch naturbraun und lang, und sie trug keinerlei Körperschmuck. Sie hat sich so stark verändert, dass ich sie fast nicht wiedererkannt hätte.

»Sprich bloß nicht den Namen aus, der mich an meine Mutter erinnert«, winkt sie ab. »Alle nennen mich Trixi.«

Steffi stellt den Kuchen auf ein Brett am Tisch. Es ist ein Apfel-Streusel-Kuchen mit einem knusprigen Mürbteigboden. Ein Rezept, das sie schon früher gern gemacht hat. Vor allem weil es einfach ist und immer gelingt.

Mir läuft sofort das Wasser im Mund zusammen. Hoffentlich hat sie ganz viel Zimt verwendet.

»Hier, bitte!« Die blonde Freundin, deren Gesicht mir definitiv unbekannt ist, reicht mir ein gefülltes Sektglas. »Wir kennen uns noch nicht. Ich bin Angela.«

»Und ich Steffis kleine Schwester Romi.« Dankend nehme ich ihr das Glas ab und nippe daran. Der Sekt prickelt an meinem Gaumen.

»Jetzt setz dich schon.« Steffi deutet auf den vierten und damit letzten freien Sessel am Tisch. Dann beginnt sie auch schon, den noch viel zu heißen Kuchen in Stücke zu schneiden und diese auf die Teller zu verteilen. Sie war schon immer sehr ungeduldig, wenn es um Kuchen ging. Und ich verstehe sie, teile ich doch das gleiche Laster mit ihr. Nur sieht man meiner Schwester ihre Vorliebe für Mehlspeisen nicht an, während meine Problemzone rund um den Bauch bei genauerer Betrachtung sehr wohl zu erkennen ist.

»Du bist also die zurückgekehrte Schwester«, sagt Angela, um offenbar ein Gespräch zu beginnen.

Ich werfe Steffi einen fragenden Blick von der Seite zu. »Haben wir noch eine andere?«

Sie lacht nur und sticht mit der Gabel in ihr Kuchenstück, obwohl das noch mindestens hundertfünfzig Grad heiß sein muss.

»Steffi hat erzählt, dass du im Ausland für Regiotastic gearbeitet hast«, fährt Angela fort. »Ich nutze die App ziemlich oft. Die ist richtig cool.«

»Das freut mich«, antworte ich und bin verblüfft, dass Steffi ihren Freundinnen von mir erzählt hat. Und das anscheinend nicht erst ein paar Minuten vor meinem Auftauchen. »Und was macht ihr zwei beruflich?«

»Ich hab mein Jurastudium geschmissen und bin Friseurin geworden«, erklärt Trixi.

»Gut zu wissen«, sage ich grinsend und wickle eine Haarsträhne um meine Finger. Mein letzter Friseurbesuch in Dublin ist fast ein halbes Jahr her. Damals habe ich mir die Haare auf Schulterlänge kürzen lassen. »Ich könnte einen Schnitt gut gebrauchen.«

Angela räuspert sich und beugt sich über den Tisch zu mir. »Ich gebe dir später die Nummer von meiner Friseurin«, sagt sie. »*Die* ist richtig gut.« Sie zwinkert mir verschwörerisch zu.

Irritiert sehe ich zwischen den beiden hin und her.

»Also bitte!«, ruft Trixi entrüstet. »Weißt du, was du bist? Nachtragend!«

Angela beachtet ihre Freundin gar nicht, sondern sieht nur mich an. »Sie hat mir die Haare ruiniert.«

»Von wegen ruiniert! Okay, der Schnitt war nicht ganz gerade, aber bei Weitem nicht so schlimm, wie du jetzt tust.«

»Ein Desaster.« Angela schüttelt den Kopf.

»Ich war im ersten Lehrjahr«, verteidigt sich Trixi.

»Offiziell durfte sie zu dem Zeitpunkt noch gar keine Schere in die Hand nehmen. Höchstens die Haare am Boden aufkehren.«

Ich sehe teils amüsiert, teils verwirrt zu Steffi, die jedoch entspannt bleibt.

»Darf ich vorstellen«, sagt sie mit gespielt leidgeplagter Miene und seufzt, »meine zwei besten Freundinnen.«

»Das ist ewig her«, rechtfertigt sich Trixi erneut. »Seit damals ist mir das nie mehr passiert.«

»Ein Trauma fürs Leben.« Angela stöhnt auf und wirft sich demonstrativ eine Haarsträhne über die Schulter.

»Und was machst du?«, will ich von ihr wissen, um das Thema zu wechseln.

»Ich sitze am Empfang bei einem Schönheitschirurgen. Aber die hier sind echt«, stellt sie klar und deutet auf ihre Brüste, »auch wenn es mir niemand glaubt.«

»Dafür hat sie sich ihre Ohren anlegen und das Kinn spitzer machen lassen«, fügt Trixi bissig hinzu.

Tatsächlich? Gut, den Ohren sieht man es nicht gleich an, aber wie funktioniert eine Korrektur beim Kinn? Muss da Knochen abgeschmirgelt werden, und bleibt eine Narbe? Ob es unhöflich ist, danach zu fragen?

Angela scheint sich über Trixis Worte nicht sonderlich zu ärgern. Im Gegenteil. Stolz präsentiert sie mir ihr Gesicht. »Das Kinn habe ich mir zu meinem fünfundzwanzigsten Geburtstag gegönnt, und die Ohren waren ein Geschenk zu meinem fünfjährigen Firmenjubiläum.«

»Wow, was gibt es dann erst zum zehnten?«, frage ich erstaunt und ehrlich interessiert zugleich.

»Ich habe mich noch nicht entschieden«, antwortet Angela. »Aber Doktor Hasenfeld ist eine Koryphäe auf seinem Gebiet. Er schafft es wie kein anderer, sämtliche Korrekturen völlig natürlich wirken zu lassen. Stimmt's nicht, Steffi?« Sie sieht zu meiner Schwester hin, die nicht reagiert.

Etwas irritiert wende auch ich mich Steffi zu, doch diese pustet nur auf ein auf die Gabel gespießtes heißes Stück Kuchen, um es sich dann in den Mund zu stecken.

Ich will diese Anspielung gerade hinterfragen, doch Angela fährt schon fort: »Doktor Hasenfeld ist eigentlich Monate im Voraus ausgebucht, aber wenn du etwas machen lassen willst, kann ich dir bestimmt einen früheren Termin organisieren.«

Es dauert, bis ich realisiere, dass sie mich angesprochen hat. Ist das eine Anspielung auf meine Nase? Ja, sie ist etwas größer als die Norm, aber das hat mich nie gestört.

Im Gegensatz zu Steffi.

»O Gott, das ist es!«, rufe ich und sehe meine

Schwester mit großen Augen an. »Du hast dir die Nase machen lassen!«

Ich wusste doch, dass etwas an ihr anders ist. Aber ich dachte, sie hätte einfach ein paar Kilo abgenommen, weshalb sich auch ihr Gesicht verändert hätte.

»Sag ich doch, völlig natürlich«, bestätigt Angela meine Feststellung und grinst zufrieden.

Steffi zuckt die Schultern, als wäre das nichts Besonderes. »Ja, schon vor zwei Jahren. Hat Mama dir das nicht erzählt?«

Nachdem wir den Apfel-Streusel-Kuchen und eine weitere Flasche Sekt vernichtet haben, zeigt Steffi mir ihre Wohnung. Sie ist vor drei Jahren in den renovierten Altbau gezogen. Mir gefällt der geradlinige, helle Stil, mit dem sie alles eingerichtet hat. Das absolute Gegenteil zu dem im Haus unserer Eltern.

In ihrem Wohnzimmer steht ein weißes Bücherregal, das so beladen ist, dass mehrere Bücher quer auf den stehenden liegen. Gleich daneben thront ein großer Vogelkäfig.

»Du hast Wellensittiche?«, stelle ich begeistert fest und trete näher, um mir die zwei gelbgrünen Vögel genauer anzusehen. Aufgeregt flattern sie von einer Stange zur anderen. »Wie heißen sie?«

»Wolfgang und Amadeus«, erklärt Steffi und zieht die Vorhänge an den Fenstern zu.

»Und wo ist Mozart?«, frage ich grinsend, während ich beobachte, wie die Wellensittiche neugierig und verängstigt zugleich meine Anwesenheit zur Kenntnis nehmen.

»Tot.«

»Tut mir leid«, sage ich erschrocken und sehe meine Schwester mitfühlend an.

»Blödsinn«, wirft Trixi ein, die uns gefolgt ist. Sie lässt sich auf das Sofa fallen. »Sie hatte immer nur die beiden. Ihr Kinderersatz.«

»Trotzdem ist Mozart tot«, erklärt Steffi ihre Antwort achselzuckend. Dann öffnet sie plötzlich die Käfigtür. »Wenn du ein Stück weggehst, kommen sie heraus.«

»Du lässt sie frei herumfliegen?«, frage ich irritiert und mache einen Schritt zurück. Wolfgang und Amadeus wissen scheinbar, was gerade passiert, denn sie sehen mich erwartungsvoll an, als wollten sie, dass ich endlich verschwinde.

»Ja, sie mögen das.«

»Und wie fängst du sie wieder ein?«

Steffi schaltet gerade den Fernseher ein, während sie beiläufig antwortet: »Die fliegen von alleine zurück.«

Ich will fragen, ob sie denn bei ihren Ausflügen nicht alles vollkacken, als Steffi bereits die Seite eines Streamingdiensts aufruft und fragt: »Auf welchen Film habt ihr Lust?«

Drei Stunden später verlasse ich Steffis Wohnhaus, und die eisige Novemberkälte hüllt mich ein. Ich zupfe meinen Schal zurecht und orientiere mich kurz, um den richtigen Weg zur U-Bahn einzuschlagen.

Angela und Trixi sind noch geblieben, um eine weitere Flasche Sekt zu köpfen. Sie wollten mich überreden, ebenfalls zu bleiben, doch ich bin müde, und zu meinen Eltern ist es doch eine längere Fahrt mit der U-Bahn. Zum Glück ist es nicht weit bis zur nächsten Haltestelle. Mir ist schon jetzt bitterkalt. An der nächsten Ecke sehe ich bereits den beleuchteten Zugang zur Station.

»Romi?«

Verwundert, wer mich um diese Uhrzeit mitten im achten Bezirk anspricht, sehe ich mich um. Ein paar Meter entfernt von mir steht Niko und scheint ebenso überrascht über unser Treffen zu sein wie ich.

»Hey«, sage ich mit etwas schwerer Zunge. Sieht so aus, als hätte ich doch ein Gläschen Sekt zu viel gehabt. Oder ein Stück Kuchen zu wenig, um den Alkohol aufzusaugen. Zum Glück muss ich nicht noch fahren.

»Wohnst du in der Gegend?«, fragt er neugierig.

Ich schüttle den Kopf. »Ich war hier zu Besuch«, erkläre ich. »Und du?«

»Ja, meine Wohnung ist ganz in der Nähe.«

Einen Moment lang sehen wir uns einfach nur an. Niko lächelt, und vermutlich tue ich das auch, dem Alkohol sei Dank. Hoffentlich sehe ich dabei nicht zu schwachsinnig aus. »Kommst du vom Adventmarkt?«, will ich wissen, weil ich das Gespräch etwas in die Länge ziehen möchte. Eigentlich sollte ich schleunigst weitergehen, ehe ich mir bei diesen Temperaturen noch eine Verkühlung einfange, doch plötzlich ist mir gar nicht mehr kalt.

»Ja. Heute musste ich ziemlich frustriert feststellen, dass der Tag für meinen Großvater einträglicher war als für mich.« Etwas an seiner Miene verrät mir, dass ihn das nicht wirklich stört. Ich erinnere mich an die liebevollen Neckereien zwischen den beiden.

»Wenn du Lust hast, lade ich dich noch auf einen Kaffee ein«, schlägt Niko auf einmal vor. »Ich hab zwar keinen Kuchen, aber eine Packung echt guter Karamellkekse.«

Mein Verlangen nach Karamellkeksen steigt plötzlich ins Unermessliche. Und einen Kaffee könnte ich in meinem Zustand wirklich vertragen.

»Klingt verlockend«, sage ich, »aber ich muss nach Hause.«

Niko nickt bedauernd. »Liegt es an den Keksen? Ich hätte auch ein Rezept für einen Mikrowellenkuchen. Den habe ich zwar noch nie probiert, aber er soll schnell fertig sein und gar nicht so schlecht schmecken.«

Sein Versuch, mich umzustimmen, amüsiert mich. »Also, wenn du mich schon zu Kaffee und Kuchen einlädst, erwarte ich mir doch etwas mehr als einen schnellen Mikrowellenkuchen.« Abgesehen davon, was hält deine Freundin davon, dass du mich so spät abends zu dir einlädst?, frage ich mich in Gedanken. O Gott, ich wüsste die Antwort darauf nur zu gerne.

»Etwas mehr Bescheidenheit täte dir gut«, sagt Niko scherzhaft.

»Hey, immerhin ist mein Handydisplay wegen dir gesprungen.«

»Weil du echt schreckhaft bist. Hätte ich das gewusst, hätte ich mir einen anderen Sitzplatz im CAT gesucht.«

Ich weiß, es ist nur ein Witz, doch allein die Vorstellung gefällt mir nicht. Sie gefällt mir ganz und gar nicht.

»Das wäre ziemlich blöd gewesen«, entgegne ich zu meiner eigenen Überraschung leise. Es muss der Alkohol sein, der mich diesen Gedanken laut aussprechen lässt.

»Ja, das wäre es wirklich«, sagt Niko.

Mehrere Sekunden lang starren wir einander einfach nur an.

Dann fragt er: »Und ich kann deine Meinung wirklich nicht ändern?«

Die kleine Romantik-Romi in meinem Kopf rappelt sich auf, schwingt wieder ihre rosafarbenen Pompons und schreit gierig nach Karamellkeksen. In Wirklichkeit will sie natürlich etwas ganz anderes.

»Heute nicht mehr«, antworte ich und kann dabei selbst das Bedauern in meiner Stimme hören. »Ich muss jetzt los.«

»Soll ich dich noch ein Stück begleiten?«

»Danke, aber ich bin schon ein großes Mädchen.« Ich zwinkere ihm zu und verabschiede mich, wenn auch wehmütig.

Romantik-Romi lässt die Arme sinken. »Wie kannst du nur eine spätabendliche Einladung von Niko zu Kaffee und Mikrowellenkuchen ausschlagen?«, fragt sie in meinem Hinterkopf bitter enttäuscht.

Halt die Klappe, Romantik-Romi!

Der Wecker auf meinem Nachtkästchen ist noch der aus Schulzeiten. Ein Wunder, dass er noch funktioniert, schließlich habe ich ihn nicht nur einmal genervt in aller Herrgottsfrüh durch mein Zimmer geworfen.

Als ich am nächsten Morgen aufwache und auf seine Anzeige blinzle, ist es bereits elf Uhr am Vormittag.

Elf Uhr!

Ich kann mich nicht erinnern, wann ich zuletzt so lange geschlafen habe.

In Dublin war ich selbst an Sonntagen immer früh wach, um all das nachzuholen, was ich unter der Woche wegen meiner Arbeit für Regiotastic nicht geschafft hatte. Wäsche waschen, Wohnung aufräumen und Freunde treffen.

Im Laufe der Zeit wurde es ganz normal, dass mich meine innere Uhr spätestens um sieben Uhr geweckt hat.

Nicht so an diesem Morgen.

Ich habe geschlafen wie ein Baby. Tief und fest. Auch wenn ich mich nicht erinnern kann, wovon ich geträumt habe, spüre ich, dass da etwas war. Die Erinnerungen daran flattern durch meinen Kopf, doch ich bekomme sie nicht zu fassen. Mein Bauchgefühl lässt mich jedoch erahnen, von wem der Traum handelte. Sein Gesicht ist das Erste, was mir wieder in den Sinn kommt.

Als Zweites erinnert mich mein Bauchgefühl daran, dass auch eine leckere Kombination aus Sekt und warmem Apfel-Streusel-Kuchen kein Abendessen ersetzt. Habe ich Bauchschmerzen, oder ist das nur der Hunger? Ich weiß es noch nicht.

In der Küche meiner Eltern durchforste ich den Kühlschrank nach einem anständigen Frühstück und entscheide mich für zwei Scheiben Vollkornbrot und eine Erdbeer-Ingwer-Marmelade, die meine Mutter selbst gemacht hat. Dazu koche ich mir eine Tasse Tee. Im Haus meiner Eltern gibt es sogar Assam-Tee, wie ich beim Blick in die Küchenschränke feststelle. Bestimmt ein Mitbringsel von Tante Poldi. Papa bevorzugt sonst fruchtige Tees und Mama Kräutermischungen, die sie sich selbst zusammenstellt. Je nach Bedarf ihres Energiehaushaltes.

Mit dem Vollkorn-Erdbeer-Ingwer-Brot tapse ich in den Flur und vergewissere mich, dass meine Eltern ein Seminar haben. Das Schild an der Tür bittet mich erneut darum, sie nicht zu stören. Aber wie schon gesagt, es würde mir im Traum nicht einfallen, selbst wenn das Schild nicht dort hinge.

Bei meiner zweiten Tasse Assam lese ich am Handy die tagesaktuellen Nachrichten. Erst die heimischen, dann ertappe ich mich dabei, wie ich automatisch zu einem irischen Nachrichtenportal wechsle und die Schlagzeilen überfliege. So ganz bin ich doch noch nicht in Wien angekommen.

In meinen Mails entdecke ich neben Newslettern und Werbung auch eine Nachricht von Florian Brehm. Er gehört zum Gründerteam von Regiotastic, und er war es auch, der mich damals in München eingestellt und später nach London mitgenommen hat.

Wir haben in Dublin eng zusammengearbeitet, und obwohl er mein Chef war, gab er mir immer das Gefühl, mit ihm auf Augenhöhe zu sein. Florian hat mir stets gezeigt, dass er mein Wissen und meinen Einsatz schätzt, weshalb es mir umso schwerer gefallen ist, seine Firma und Dublin zu verlassen. Doch meine Entscheidung war getroffen. Sogar, als er mir finanzielle Anreize in Aussicht stellte mit der Absicht, mich damit zum Bleiben zu überreden, musste ich sein Angebot dankend ausschlagen.

Wichtig, steht im Betreff. Ich klicke die Nachricht an und lese leise murmelnd: »Hey, Romi! Wir sollten uns noch einmal über deine Entscheidung unterhalten. Liegt es an Dublin? Hast du Heimweh? Das Büro in Wien ist klein, aber vielleicht vorerst eine Lösung, die uns beiden gerecht wird? Ruf mich an! xoxo Florian.«

»Guten Morgen«, sagt meine Mutter plötzlich trotz der Uhrzeit. Sie weht in die Küche in einem gelbgrün gemusterten Kleid, das aussieht wie ein großes Tuch, in das sie sich gewickelt hat. Vielleicht eine afrikanische Landestracht? So fröhlich, wie sie mich anstrahlt, scheint zumindest *sie* einen guten Morgen zu haben.

»Habt ihr ein Seminar?«, frage ich und biete ihr etwas von dem Tee an, den sie jedoch ablehnt.

»Einen Wochenend-Schwerpunkt-Workshop«, antwortet sie und holt einen Krug aus dem Kühlschrank, der mit Wasser und ein paar dunklen Steinen gefüllt ist. Bestimmt sind sie energetisch aufgeladen und geben Schwingungen an das Wasser ab. Oder so ähnlich. »Das Thema ist: Sexuelle Energien gegen Berufsstress.«

Ich runzle die Stirn und frage mich, was für Menschen einen solchen Kurs an einem Sonntagvormittag buchen. Will man da nicht lieber mit der Zeitung und einem dampfenden Kaffee am Frühstückstisch sitzen und sich von der Arbeitswoche erholen? Abgesehen davon, wie soll sexuelle Energie gegen Berufsstress helfen? Oder leiten meine Eltern die Teilnehmer etwa an, wie sie mit dem Kollegen oder der hübschen Sekretärin eine Affäre beginnen können?

Ich frage lieber nicht nach.

»Es ist eine wirklich nette Runde, und wir haben noch eine Stunde vor uns. Willst du dich vielleicht zu uns gesellen? Es ist ein Kurs für Singles und Paare.«

Ich sehe meine Mutter an. Sie scheint das Angebot wirklich ernst zu meinen. In mir schrillen sämtliche Alarmglocken los. So gern ich meine Eltern auch habe, werde ich mich immer davor hüten, auch nur einen ihrer Kurse zu besuchen. Sexueller Schwerpunkt hin oder her. Selbst wenn es eine nette Runde ist, wie sie sagt, muss diese leider auf meine Anwesenheit verzichten.

»Ich passe lieber«, antworte ich, lächle sie aber dennoch an.

Meine Mutter scheint weder überrascht noch enttäuscht zu sein. »Falls du es dir doch überlegst, komm einfach rüber.«

»Mach ich.« Bestimmt nicht.

Dann ist Mama auch schon wieder mit dem Steinewasser in Richtung Garage aka Seminarraum verschwunden.

Sofort greife ich nach meinem Handy und wähle eine Nummer, obwohl ich eigentlich nicht vorhatte, diese so schnell anzurufen. Es dauert, bis sich die verschlafene Stimme meiner Schwester meldet.

»Ja?«

»Ich bin's. Romi. Hör mal, Mama und Papa machen da gerade so ein Seminar. Irgendetwas mit sexuellen Energien und Berufsstress.«

»Hat dich Mama gefragt, ob du mitmachen willst?« Obwohl Steffi noch nicht ganz wach sein kann, scheint sie genau zu wissen, was los ist.

»Hat sie.«

»Dann mach schon.«

»Wie bitte?«

»Frag mich endlich, ob du bei mir wohnen kannst.«

Ich brauche einige Sekunden, um zu verstehen, was sie da eben gesagt hat. Dann aber frage ich voller Erleichterung: »Kann ich eine Weile bei dir wohnen?«

Sie seufzt. »Ich hab mich schon gewundert, wie lange du es bei ihnen aushältst.«

Drei Tage später gehe ich den Graben entlang zu jener Quergasse, in der das Teehaus meiner Großtante liegt. Steffi beginnt heute erst später, weshalb ich allein unterwegs bin. Wie schon an meinem ersten Tag komme ich an dem Straßenmusiker vorbei, der bereits damals mit seiner Violine die Passanten unterhalten hat. Er spielt wirklich gut, auch wenn ich mich mit Klassik nicht unbedingt auskenne.

Es ist bitterkalt, wie in Wien üblich Ende November. Ich trage Schal, Stirnband und Wollhandschuhe, jedoch nicht die aus Merinowolle, die ich am Adventmarkt gesehen habe. Die waren mir dann doch zu teuer.

Die Vorstellung, bei diesen Temperaturen mit bloßen Fingern Violine spielen zu müssen, um ein paar Euro zu verdienen, gefällt mir gar nicht.

Vergangene Woche habe ich dem Musiker das Restgeld nach meinem Stopp bei Starbucks gegeben. Ich kann mich nicht einmal mehr daran erinnern, wie viel es war. Das ist erst sechs Tage her, aber seither hat sich einiges verändert. Seit drei Tagen wohne ich bei meiner Schwester und trinke morgens keinen schwarzen Kaffee mehr, sondern Assam-Tee Letzteres hätte ich mir bis vor einer Woche nie und nimmer vorstellen können. Mittlerweile bilde ich mir sogar ein, dass Schwarztee mich ebenso munter macht wie mein geliebter Espresso.

Ich wühle in meiner Handtasche und hole einen Fünfeuroschein hervor, was mit Strickhandschuhen gar nicht so einfach ist. Hoffentlich wird der Mann das Geld für etwas Sinnvolleres verwenden als dafür, sich einen überteuerten doppelten Espresso zu kaufen. Ich frage mich, ob er Student ist, der sich mit der Musik etwas dazuverdient, oder ob Straßenmusiker sein richtiger Beruf ist. Angesichts der eisigen Temperaturen nimmt er bestimmt nicht genug ein, um davon zu leben.

Das Stück ist gerade zu Ende, und der Mann nickt mir dankbar zu, als ich das Geld in den offenen Violinenkoffer vor ihm lege. Zum Dank stimmt er eine Melodie an, die mir bekannt vorkommt. Nach wenigen Takten kann ich sie zuordnen. Es ist eine Interpretation von Ellie Gouldings *Love me like you do*. Grinsend bleibe ich einen weiteren Moment stehen und lausche der Musik. Er spielt wirklich gut. Dann reiße ich mich los und gehe weiter. Einerseits ist mir langsam zu kalt, andererseits muss ich ins Teegeschäft.

Vom heutigen Tag an darf ich neben meiner Großtante hinter dem Verkaufstresen stehen. Zum einen
soll ich den Umgang mit den Kunden lernen, zum anderen mich mit den Teesorten vertraut machen, die
in Dosen in den Wandregalen einsortiert sind. Langsam beginne ich, das System zu verstehen, nach dem
Tante Poldi die Dosen geordnet hat. Doch das ist erst
die halbe Miete.

Im Gegensatz zu ihr kann ich die Kunden nur schwer
beim Teekauf beraten. Im Laufe des Vormittags stoße
ich mit meinem Wissen regelmäßig an meine Grenzen. Vor allem bei jenen Kunden, die keinen konkre-
ten Wunsch haben, sondern sich eine Sorte empfehlen lassen wollen oder nach einem spezifischen Aroma
fragen. Die etwas Blumiges, etwas Herbes oder kräftig
Aromatisches bevorzugen.

Meine Großtante weiß in jeder Situation sofort,
wonach sie greifen muss. Sie lässt die Kunden an den
geöffneten Dosen riechen, zeigt ihnen die Blätter und
lässt ihnen auf Wunsch eine Tasse davon aufbrühen.
Geschickt weckt sie ihr Interesse für ihre hochwerti-
gen Tees. Eine Gabe, die sich auch Steffi im Laufe der
Jahre angeeignet hat, wie ich bereits feststellen durfte.

»Kannst du mir einen Tipp geben, wie ich die Sorten am schnellsten kennenlerne?«, frage ich meine
Tante, als wir für einen kurzen Augenblick alleine
sind. »Und sag bitte nicht, ich soll sie alle probieren.
Es sind zu viele, und bloß weil ich sie einmal verkostet
habe, kann ich mir nicht merken, wonach sie schmecken.« Es ist frustrierend, das zuzugeben, doch es ist
leider die Wahrheit.

»Einen besseren Tipp habe ich leider nicht«, antwortet sie ernüchternd und tätschelt mir dabei den Arm. Dann schiebt sie jene Teedose ins Regal zurück, die sie für die letzte Kundin hervorgezogen hat. »Aber niemand erwartet von dir, dass du innerhalb von ein paar Wochen alles über die Sorten weißt und sie am Geschmack wiedererkennst. Das wäre zu viel verlangt.« Dann öffnet sie eine Lade unter dem Verkaufstresen, die leicht schief hängt, und holt eine Broschüre hervor. »Ich würde dich gerne zu diesem Seminar anmelden.«

Seminar? Solange es keines von meinen Eltern ist, kann ich mir das gerne mal ansehen.

Neugierig überfliege ich die Vorderseite des Prospekts. Offenbar ist es von einer Teeakademie in Hamburg, die verschiedene Ausbildungen zum Thema Tee anbietet. Ich öffne das Heft und studiere das Angebot.

»Ich kenne die Kursleiterin«, erklärt meine Großtante. »Sie hat viel Ahnung, und ich denke, ihre Seminare wären eine gute Möglichkeit für dich, dein Wissen zu erweitern.« Sie nimmt mir die Broschüre aus der Hand, blättert ein paar Seiten zurück und tippt auf eine bestimmte Stelle. »Ich habe nachgefragt, für den Basiskurs zum Tee-Sommelier ist gerade ein Platz frei geworden. Er beginnt in zwei Wochen.«

Etwas überrumpelt sehe ich sie an. Wollte nicht sie mir alles beibringen? Nicht, dass es mich stören würde, für ein Seminar nach Hamburg zu reisen, doch ich bin davon ausgegangen, dass Tante Poldi und Steffi mich ausbilden.

»Wenn du glaubst, dass mir der Kurs etwas bringen wird, werde ich ihn gerne besuchen.«

»Das ist gut«, sagt Tante Poldi lachend. »Ich habe dich nämlich längst angemeldet.«

In dem Moment betritt neue Kundschaft das Geschäftslokal. Während meine Großtante sich der Frau zuwendet, die offensichtlich eine Stammkundin ist, nehme ich den Prospekt, den sie auf den Verkaufstresen gelegt hat, und gehe damit nach hinten in die Küche.

Dort ist Steffi, die neue Sorten probiert, die uns ein Großhändler aus Frankfurt zur Verkostung zugeschickt hat. Das Sortiment soll vergrößert werden, bis im Frühjahr die Ernte der neuen Saison eintrifft. Offenbar vertraut Tante Poldi bei dieser Aufgabe Steffis Geschmack.

»Wie läuft es?«, frage ich interessiert und beobachte, wie meine Schwester sich auf einem Block Notizen macht.

Sie ist ganz in Gedanken vertieft, antwortet mir aber dennoch: »Es sind ein paar gute Sorten dabei.« Dann nimmt sie auch schon einen Schluck des nächsten Tees, als wollte sie sich von mir nicht von dieser kleinen Zeremonie ablenken lassen. Sie schlürft, zieht die Flüssigkeit durch die Zähne und spuckt sie dann in einen großen Becher. Bei ihr sieht das nicht einmal so unappetitlich aus, wie es sich für mich angefühlt hat. Wieder kritzelt sie etwas kaum Leserliches auf das Papier.

»Ich will auch gar nicht lange stören«, sage ich und hoffe, ihre Aufmerksamkeit zwischen der Verkostung zweier Teesorten zu erhaschen. »Ich wollte dich nur fragen, ob es dich stört, wenn ich das Zimmer ein wenig … einrichte.«

Ich rechne schon fast damit, dass Steffi mit ihrer direkten Art fragen wird, ob ich mir denn nicht eine eigene Wohnung suchen will. Schließlich will ich langfristig in Wien bleiben, und Tante Poldi zahlt mir ein Gehalt, mit dem ich mir zumindest eine kleine Wohnung in der Nähe des Teegeschäfts leisten könnte.

Stattdessen antwortet Steffi ziemlich unbeeindruckt: »Klar, warum nicht?«

Erst glaube ich, sie hätte mir nicht zugehört, doch offenbar ist es wirklich keine große Sache für sie.

»Ich dachte nur, ich frage dich, bevor ich … mir ein richtiges Bett kaufe.«

In den vergangenen drei Nächten habe ich auf einem aufklappbaren Gästebett geschlafen. Es knarzt bei jeder Bewegung, und die Matratze ist so unbequem, dass ich schon überlegt habe, ob Steffi das Bett extra besorgt hat, um mich schnell wieder loszuwerden. Doch offenbar nicht.

»Schon gut«, murmelt sie, während sie wieder ihre Eindrücke zu dem verkosteten Tee aufschreibt. Als sie fertig ist, sieht sie kurz zu mir auf. »Ich hatte für das Zimmer ohnehin noch nie eine Verwendung, und so wird es wenigstens gebraucht.«

Ich lasse mir ihre Worte durch den Kopf gehen. Warum ist sie in eine so große Wohnung mit zwei Schlafzimmern gezogen, wenn sie keine Verwendung für das zweite hat? Noch dazu ist die Lage ausgesprochen gut, weshalb die Miete für eine Singlefrau bestimmt nicht günstig sein dürfte.

»Ich zahle auch gerne einen Anteil der Miete«, sage ich, weil wir bislang noch nicht darüber gesprochen haben. Sie soll nicht glauben, dass ich sie ausnutzen will.

»Es ist eine Eigentumswohnung«, antwortet Steffi beiläufig und wendet sich dem nächsten Verkostungsbecher zu. »Aber wenn du etwas zu den Betriebskosten beisteuern willst, können wir später darüber reden.« Sie klingt, als hätte sie jetzt keinen Gedanken dafür übrig. Die Verkostung ist ihr sichtlich wichtiger als unser Gespräch. Gleichzeitig wirkt es, als würde sie auf eine finanzielle Beteiligung meinerseits keinen allzu großen Wert legen.

Ich nicke, auch wenn sie mich gar nicht mehr ansieht, sondern sich längst wieder dem Tee zugewandt hat. In meiner Hosentasche beginnt mein Handy zu vibrieren. Ich verlasse die Küche, um Steffi nicht weiter zu stören. Als ich am Display den Anrufer erkenne, gehe ich ins Büro, wo ich ungestört reden kann.

»Hallo, Florian.«

»Romi, Romi, Romi, wie läuft's in Wien?« Seine Stimme klingt gehetzt, als wäre er unterwegs und ihm gerade eben eingefallen, dass er sich ja schnell mal bei mir melden könnte. Dabei erwarte ich nichts von ihm. Wir sind im Guten auseinandergegangen, haben uns gegenseitig nur das Beste für unsere berufliche Zukunft gewünscht.

»Gut«, antworte ich knapp, aber freundlich. »Und in Dublin?«

»Hervorragend«, sagt er schnell, »auch wenn es nicht mehr das Gleiche ist, jetzt, wo du weg bist.«

Ich verdrehe die Augen und setze mich auf Tante Poldis alten und etwas abgewetzten Schreibtischstuhl.

Scheint, als würde das ein längeres Gespräch werden. Wobei ihn wohl kaum interessieren wird, ob ich gut in Wien angekommen bin.

»Die erste Woche ist vorbei. Hat dich schon wieder das Fernweh gepackt?«

»Unsinn!«, entgegne ich etwas trotzig.

»Hast du mir nicht erst vor zwei Monaten erklärt, dass es dich eigentlich in den Süden zieht?«, fährt Florian fort. Im Hintergrund höre ich Verkehrslärm, in weiter Entfernung eine Polizeisirene und Gehupe.

»Streng genommen liegt Wien südlich von Dublin«, antworte ich verstimmt. Ich will mir von Florian nicht vorhalten lassen, dass ich vor Kurzem noch mit anderen Plänen geliebäugelt habe. Ja, es hätte mich gereizt, mal einige Zeit im Süden zu verbringen. Bei wärmeren Temperaturen und ständigem Sonnenschein. Aber wenn man tagelange irische Regengüsse ertragen muss und schon keine Lust mehr auf Gummistiefel und Regenjacke hat, ist das doch eine völlig normale Reaktion.

»Du warst genervt von der ständigen Kälte«, sagt Florian, als müsste er meinem Gedächtnis auf die Sprünge helfen. »Willst du mir etwa sagen, in Wien wäre das Wetter um diese Jahreszeit so viel besser? Hör zu, ich habe mit den Investoren gesprochen. Die Pläne für Spanien und Portugal werden konkreter. Du kannst doch Spanisch, oder?«

»*Sí, señor*!« Meine ehemalige Spanischlehrerin würde die Hände über dem Kopf zusammenschlagen, würde sie das hören. Wegen Spanisch bin ich immer nur haarscharf in die nächste Klasse versetzt worden, doch auch mein Schulenglisch war nicht besonders gut und hat sich erst während meiner Zeit in London und Dublin perfektioniert.

»Dann kann ich mit dir rechnen?«, fragt Florian hoffnungsvoll. »Die Investoren wollen dich im Boot haben. Du hast gezeigt, dass du Regiotastic in neuen Ländern gut einführen kannst.«

Einen Moment lang ist es still zwischen uns. Nur der Straßenlärm Dublins dringt durch die Leitung. Florian erwartet eine Antwort von mir. Doch kann ich ihm die geben? Vor einem Jahr hätte ich mich über ein solches Angebot gefreut. Die Aufgabe, die Expansion des Unternehmens in weiteren Ländern zu begleiten, hat mich immer gereizt.

»Tut mir leid, Florian«, antworte ich schließlich, »das Angebot kommt ein paar Monate zu spät.«

Es ist kurz vor fünf Uhr am Nachmittag, als ich mich mit Einkäufen beladen die Stiege zu Steffis Wohnung in den ersten Stock hochquäle. Steffi und der Graf sind noch im Geschäft, bis es um achtzehn Uhr schließt, während meine Großtante und ich früher nach Hause gegangen sind.

Gerade als ich den Stiegenabsatz der Etage erreiche, kommt jemand aus Steffis Nachbarwohnung. Ich lasse fast die Einkaufssackerl fallen, als ich sein Gesicht sehe.

»Also, jetzt fühle ich mich aber langsam verfolgt«, sagt Niko und schultert einen Rucksack. In der einen Hand hält er eine Haube, in der anderen ein aufgewickeltes Seil.

Ich fasse es nicht. Niko ist Steffis Nachbar?

»Du wohnst hier?«, frage ich etwas barsch. Ich deute auf die Wohnungstür, aus der er eben gekommen ist.

»Nein, ich bin eingebrochen und habe eine Kletterausrüstung gestohlen.« Er hebt das Seil hoch und grinst. »Die Schuhe sind zwar schon ziemlich alt und riechen interessant, aber ich konnte einfach nicht widerstehen.«

Er macht sich über mich lustig. Doch woher hätte ich wissen sollen, dass er gleich neben meiner Schwester wohnt? Nur weil ich ihn vor einigen Tagen in der Nähe getroffen habe, bedeutet das doch noch lange nicht, dass er Tür an Tür mit ihr lebt.

Dass er jetzt Tür an Tür mit mir lebt!

»Also? Verfolgst du mich?«

»Was?«

Niko schmunzelt. Offenbar war seine Frage nicht ganz ernst gemeint. »Ich hab dir doch meine Visitenkarte gegeben. Du hättest mich auch anrufen können, statt mich zu stalken. Das wäre einfacher gewesen.«

Ich erinnere mich an die Karte, die immer noch in meiner Manteltasche steckt. Die Tage im Teehaus waren so erlebnisreich, dass ich sie ganz vergessen hatte.

»Meine Schwester wohnt hier«, erkläre ich und deute auf die mittlere Wohnungstür des Stockwerks. »Und ich vorübergehend auch.«

Niko blinzelt mehrmals. »Steffi ist deine Schwester?«, fragt er sichtlich überrascht.

Ich nicke.

»Ihr seht euch nicht sehr ähnlich«, stellt er fest. Es klingt wie ein Vorwurf, weshalb ich mich fast schon dafür entschuldigen will.

»Findest du?«

Er zuckt mit den Schultern, erwidert aber nichts.

Etwas unbeholfen stehen wir uns gegenüber. Er war ganz offenbar dabei, das Haus zu verlassen, und meine Einkäufe sollten schnell in den Kühlschrank. Dennoch macht keiner von uns Anstalten, das Gespräch zu beenden und getrennte Wege zu gehen.

»Du kletterst also?«, frage ich stattdessen und deute auf das Seil in seiner Hand. »In einer Halle?«

Niko setzt wieder sein schiefes Grinsen auf. »Nein, eigentlich hatte ich vor, mich wie Tom Cruise in einer geheimen Mission in einen Tresorraum abzuseilen.«

Das würde ich zu gerne sehen. »Du magst *Mission Impossible*?«

Nikos Augen werden größer, offenbar ist er begeistert, dass ich weiß, von welchem Film er spricht. Dann deutet er über seine Schulter auf die Wohnungstür. »Ich hab alle Teile auf DVD«, sagt er. »Wenn wir gleich loslegen, sind wir mit unserem Fernsehmarathon zum Frühstück fertig.«

Romantik-Romi erwacht in meinem Oberstübchen aus ihrem Dornröschenschlaf. Ein Filmmarathon mit Tom Cruise *und* Niko? Dazu stundenlang quatschen und anschließend ein gemeinsames Frühstück? Das ist fast alles, wovon Romantik-Romi je geträumt hat. Doch ehe sie mich überzeugen kann, sofort Ja zu diesem Angebot zu sagen, besinne ich mich, dass Niko das bestimmt nicht ernst gemeint hat.

»Ein anderes Mal vielleicht«, sage ich daher.

»Schade«, antwortet Niko bedauernd. »Aber dann kann ich mich wenigstens meiner Mission widmen. Ich muss kurz mal die Welt retten.« Er zwinkert mir zu und geht dann an mir vorbei zur Stiege. Auf der ersten Stufe wirft er noch einmal einen flüchtigen Blick zu mir zurück. »Dann sehen wir uns ja jetzt öfter, Nachbarin.«

»Nur, wenn deine Mission erfolgreich ist.«

Eine gute Stunde später hole ich ein Backblech mit köstlich duftenden Zimtsternen aus dem Rohr. Zufrieden betrachte ich die Kekse mit der glatt glänzenden weißen Zuckerglasur. Mit dem süßen Zimtduft in der Nase kann ich es nicht erwarten, mir den ersten in den Mund zu stecken. Als ich mir vorsichtig einen nehmen will, verbrenne ich mir prompt die Finger und beschließe, die Zimtsterne doch noch etwas auskühlen zu lassen.

Um Steffi beim Heimkommen nicht mit einem Chaos in der Küche zu schockieren, habe ich während der Backzeit bereits die Arbeitsplatte gereinigt und alle Zutaten wieder an ihrem Platz verstaut. Ich muss nur noch den Müll rausbringen, weshalb ich mich mit Mistkübel und Wohnungsschlüssel bewaffnet nach draußen begebe.

Am Rückweg treffe ich eine Frau in einem schicken Trenchcoat. Wir grüßen uns kurz und gehen dann fast nebeneinander die breite Stiege hoch.

»Mhm, hier riecht es verführerisch«, sagt sie und schnuppert. »Nach Zimt?«

»Gut erkannt«, antworte ich anerkennend. »Ich habe Zimtsterne gebacken.«

Sie sieht mich an, als überlegte sie, ob es unhöflich wäre, mich nach einem Keks zu fragen. »Herrlich!«, sagt sie dann. »Allein schon wegen der Kekse liebe ich die Adventzeit.«

»Ich auch«, antworte ich grinsend. »Meine Großtante backt immer welche, rückt sie aber erst ab Dezember raus.« Ich gehe zur Wohnungstür und will gerade aufsperren, als mich die Frau interessiert ansieht.

»Du wohnst bei Steffi?«

»Vorübergehend. Sie ist meine Schwester«, erkläre ich.

»Ich bin Charlie.« Sie kommt auf mich zu und reicht mir die Hand. »Tür sechs«, fügt sie hinzu und deutet auf die Nachbarwohnung.

»Steffi hat mir erzählt, dass ihr noch nicht lange hier wohnt.«

Sie nickt, bleibt jedoch vor mir stehen, statt zu ihrer Wohnung zu gehen. Noch immer sieht sie mich erwartungsvoll an.

Ich zögere kurz, frage dann aber: »Willst du einen Keks probieren?«

Ihr Mund verzieht sich zu einem breiten Grinsen. »Gern!«

In Steffis Küche mache ich uns Tee, da meine Schwester keinen Kaffee hat, und lege ein paar Zimtsterne auf einen kleinen Teller.

»Wirklich hervorragend!«, schwärmt Charlie, einen halben Keks noch im Mund. Erst als sie hinuntergeschluckt hat, spricht sie weiter: »Der Mandellikör kommt genau richtig durch. Viele sparen damit, was wirklich schade ist.«

Ich nehme das Kompliment dankend an.

»In der Arbeit habe ich auch schon zwölf verschiedene Kekssorten gebacken«, fährt sie redselig fort und nimmt sich gleich noch einen Zimtstern. »Ich bringe dir gerne ein paar zum Kosten vorbei.«

»Da sage ich nicht Nein«, antworte ich lächelnd. »Wo arbeitest du denn?«

»Ich bin Patissière im Eppensteiner Hotel.«

Beeindruckt sehe ich sie an und freue mich über ihr Kompliment bezüglich meiner Zimtsterne gleich noch mehr.

Panisch fasse ich nach Steffis Arm, um das Gleichgewicht nicht zu verlieren, sodass sie ebenfalls mit den Armen durch die Luft rudert. Doch sie fängt sich schnell, gleicht geschickt mein Schwanken aus und gibt mir Halt.

»Meine Güte, du bist ja noch schlechter als früher«, sagt sie lachend.

»Früher war ich richtig gut«, entgegne ich und versuche, mich wieder an das Gefühl auf dem Eis zu gewöhnen. »Ich war seit Jahren nicht mehr eislaufen.« Dennoch konnte ich Steffis Vorschlag, den heutigen Feierabend am Platz des Wiener Eislaufvereins zu verbringen, nicht ausschlagen. Zu viele schöne Kindheitserinnerungen verbinde ich mit diesem Ort mitten in der Innenstadt. Er ist einer der größten Freilufteislaufplätze der Welt, das Ambiente mit dem angrenzenden Wiener Konzerthaus ist einfach einzigartig.

Stundenlang könnte man hier kreuz und quer fahren. Als Mädchen haben wir es geliebt, hierherzukommen und uns nach dem Eislaufen mit einem heißen Kakao zu stärken.

»Eigentlich ist das wie mit Radfahren«, meint Steffi. »Das verlernt man nicht.«

»Bestimmt brauche ich nur ein oder zwei Runden, dann habe ich den Dreh wieder raus«, sage ich zuversichtlich. Als zwei Kinder, die Fangen spielen, knapp vor uns vorbeirauschen, muss ich mich noch einmal an Steffi festhalten.

Es ist ziemlich viel los, was vermutlich an den Abendstunden und den überraschend milden Temperaturen liegt. Perfekt, um bei ein paar Runden auf dem Eis Abstand zum Arbeitsalltag zu gewinnen.

»Kannst du dich erinnern, dass wir als Kinder immer Pirouetten gedreht haben und von Mama wissen wollten, bei wem sie besser aussehen?«, fragt Steffi und hakt sich mit einem Arm bei mir unter, wie wir es früher gemacht haben.

»Ja, sie hat immer dich gewinnen lassen.«

»Unsinn!«, protestiert meine Schwester. »Das kam dir nur so vor. Sie hat uns immer abwechselnd gewinnen lassen.«

Ich werfe ihr von der Seite einen verkniffenen Blick zu, doch wenn ich ehrlich bin, könnte sie recht haben. Mama war stets sehr diplomatisch und darauf bedacht, keine von uns zu bevorzugen. Unser Verhältnis untereinander war ihr wichtig.

Wir gleiten ein paar Minuten dahin und sprechen über allerlei Dinge, die wir mit dem Eislaufplatz verbinden. Einmal haben wir eine Geldbörse gefunden, die einem Mann während des Fahrens aus der Tasche gerutscht war. Den Finderlohn, den wir von ihm dafür erhielten, haben wir sofort in saure Gummischlangen investiert. Apfelgeschmack für Steffi, Erdbeergeschmack für mich.

Ein anderes Mal ist Steffi von einem Burschen aus unserer Schule gestoßen worden, hingefallen und hat sich dabei den Ellenbogen geprellt. Als ich ihn daraufhin zur Rede stellte, war er nicht einmal bereit, sich bei meiner Schwester zu entschuldigen, weshalb ich ihm wütend einen Kaugummi in die Haare geklebt habe.

»Am nächsten Tag ist er kahl rasiert in die Schule gekommen«, erinnert sich Steffi lachend, »und hat das restliche Schuljahr kein Wort mehr mit mir gesprochen.«

»Geschah ihm recht«, füge ich hinzu, auch heute noch, ohne ein schlechtes Gewissen zu haben.

Steffi mustert mich von der Seite und grinst. »Es ist schön, dass du wieder da bist«, sagt sie und zieht mich ein Stück näher an sich. »Mit dir fühle ich mich wieder ein bisschen wie siebzehn.«

»Wie siebzehn? Verpickelt, mit zu kurzem Pony und diesen Overknees, die du so geliebt hast und die Mama fast in den Wahnsinn getrieben haben?«

»Verpickelt?«, ruft Steffi entsetzt und schubst mich sanft zur Seite, nur um mich im nächsten Moment wieder zu packen, damit ich nicht hinfalle. »Abgesehen davon, wer hat sich denn heimlich meine Stiefel ausgeliehen, obwohl sie erst sechzehn war.«

»Ein einziges Mal!«, stelle ich klar. »Sie waren mir ohnehin zu eng.«

Wir lachen beide, während wir ein weiteres Mal am Künstlerhaus vorbeifahren.

Wir plaudern weiter und landen mit unserem Gespräch irgendwann bei Steffis Wohnung.

»Ist sie nicht eigentlich zu groß für dich allein?«, frage ich in Anbetracht der beiden Schlafräume.

Meine Schwester schweigt einen Moment. Erst dann erklärt sie mit ruhiger Stimme: »Als ich die Wohnung bezogen habe, dachte ich, ich könnte den zweiten Raum als Kinderzimmer nutzen.«

»Was spricht dagegen?«, will ich irritiert wissen.

»Dass du jetzt darin wohnst«, antwortet sie und versucht, dem Gespräch einen zwanglosen Tonfall zu geben.

Ich kaufe ihr die Begründung nicht ab. Da steckt mehr dahinter.

Steffi seufzt und sieht zu Boden. »So einfach ist das nicht.« Sie schüttelt kurz den Kopf, spricht aber nicht weiter.

Also frage ich sie direkt: »Kannst du keine Kinder bekommen?«

Mama hat nie etwas in die Richtung angedeutet. Vielleicht, weil sie über so etwas nicht am Telefon reden wollte. Vielleicht, weil Steffi es mir selbst sagen sollte. Rückblickend hätte ich über meinen Schatten springen und meine Schwester einfach häufiger anrufen sollen. Dann wäre es mit uns vielleicht nicht so weit gekommen.

»Doch, wahrscheinlich schon«, sagt Steffi nach ei-

ner Weile. »Ich habe nur kapiert, dass ich mich entscheiden muss. Familie oder Teehaus.« Sie blickt wieder auf. Mit einem Gesichtsausdruck, als wäre es
überflüssig, noch weiter darüber zu sprechen.

»Aber ...«

»Nichts aber«, unterbricht sie mich barsch. »Du
hast es doch bei Tante Poldi gesehen. Wie hätte sie
das Teehaus führen und Kinder haben sollen? Sie
hatte doch noch nicht einmal Zeit für eine ihrer vier
Ehen. Mindestens sechzig Stunden in der Woche ist
sie für ihr Geschäft da. Auch wenn es nicht geöffnet
ist, macht es genügend Arbeit. Aber woher sollst du
das auch wissen?«

Ihr letzter Satz ist wie ein Schlag in meine Magen-
grube.

Unsere Beziehung ist noch immer nicht die alte aus
Kindertagen. Steffis Vorwürfe sind so beständig wie in
den letzten Jahren.

Vanillekipferl

... eine Liebe, die verbindet

Zutaten:

280 g glattes Mehl
200 g Butter
60 g Staubzucker
1 Packung Vanillezucker
3 dag Mandeln
3 dag Walnüsse
3 dag Haselnüsse
1 Eidotter
1 Prise Salz
Staub- und Vanillezucker zum Wenden

Zubereitung:

Mandeln, Walnüsse und Haselnüsse fein reiben.
Mehl, Butter, Staubzucker, Vanillezucker, Eidotter und Salz mit der
Nussmischung rasch zu einem Mürbteig verkneten. Anschließend eine
Stunde im Kühlschrank rasten lassen.
Backofen auf 190 Grad vorheizen.
Teig portionsweise bleistiftdick rollen und in 5 cm lange Stücke
schneiden. Diese zu Kipferl formen.
Auf mittlerer Schiene ca. 10 Minuten goldgelb backen.
Staubzucker mit Vanillezucker mischen und die noch warmen Kipferl
vorsichtig darin wenden.

Wenn Leute zwei Stunden lang Bier trinken,
erzählen sie nur Blödsinn –
wenn sie zwanzig Minuten lang Tee trinken,
träumen sie.

(Pavel Kosorin, tschechischer Schriftsteller)

»Tür zu!«, ruft Steffi, als ich die Wohnungstür nicht sofort hinter mir schließe. »Wolfgang und Amadeus sind los!«

An die beiden Namen muss ich mich echt noch gewöhnen.

»Aber wir müssen etwas reintragen«, antwortet mein Vater und hebt mit mir den großen Karton an, in dem mein neues Bett sein soll. Zumindest ein Teil davon.

Er war so nett, mit mir an meinem freien Tag ein paar Sachen für mein Zimmer zu besorgen. Selbst als er erfahren hat, dass wir zu Ikea fahren, hat er nur einmal kurz geseufzt und ist trotzdem mitgekommen. Nach dem Ausflug heute bezweifle ich, dass es überhaupt Männer gibt, die gern Zeit im schwedischen Möbelhaus verbringen.

»Was machst du eigentlich schon da? Solltest du nicht im Geschäft stehen?«, rufe ich in die Wohnung hinein.

Steffi taucht im Flur auf und wirft einen irritierten Blick auf die riesige Verpackung. »Ich bin heute früher gegangen, weil ich noch einen Termin habe«, sagt sie, dann knallt sie die Tür zum Wohnzimmer zu, damit die Wellensittiche nicht ins Stiegenhaus flattern.

»Ich könnte zwei Enkelsöhne mit den Namen Wolfgang und Amadeus haben, aber nein, stattdessen sind es Wellensittiche«, sagt mein Vater, als wir das Möbelpaket abstellen.

Ich verdrehe die Augen. »Sei froh, dass es nur Vögel sind.« Nicht, dass ich nicht gerne Neffen hätte, aber dann bitte mit anderen Vornamen.

Wir laufen die Stiege zu Papas Auto hinunter, wo noch weitere Einzelteile des Bettes und einer Kommode, eine Matratze und ein Teppich darauf warten, in die Wohnung getragen zu werden. Mal abgesehen von allerlei Kleinzeug, das auch irgendwie den Weg in den Einkaufswagen gefunden hat.

Am Ende habe ich mein Sportpensum für das nächste halbe Jahr erledigt und bin froh, dass Steffis Wohnung nur im ersten Stock liegt.

»Die letzte Kiste kann ich alleine tragen«, versichere ich meinem Vater, als nur noch der Kleinkram im Auto ist. Er muss noch etwas erledigen, weshalb er keine Zeit hat, mir bei dem Aufbau der Möbel zu helfen. Aber das ist in Ordnung. Ich bin schon froh, dass dank ihm alles in der Wohnung ist.

»Gut«, sagt er mit einem väterlichen Lächeln. »Wenn ich gleich losfahre, könnte ich es noch vor dem Stoßverkehr schaffen.«

Ich bedanke mich noch einmal für seine Hilfe und verabschiede mich mit einem Küsschen auf seine Wange. »Wir sehen uns dann nächste Woche, wenn ich Mama beim Schmücken helfe.« Meine Mutter liebt Weihnachtsdekoration und hat mich gebeten, ihr beim Schmücken des Hauses zu helfen. Mein Vater und Steffi sind für so etwas nicht zu haben, und abgesehen davon müssen wir viel Mutter-Tochter-Zeit nachholen.

Papa seufzt und macht eine abwertende Handbewegung. »Was sie an dem ganzen Glumpert findet, verstehe ich bis heute nicht.« Dann steigt er auch schon in seinen Wagen und fährt davon.

Ich mache mich daran, die letzte Kiste in die Wohnung zu schleppen. Darin ist nur Zeug, dem ich auf dem Weg bis zur Kasse nicht widerstehen konnte: ein Zierkissen, Duftkerzen, ein Dreierpack Mini-Kakteen, eine faltbare Aufbewahrungsbox und ein Wandspiegel.

Im Stiegenhaus kommt Steffi mir entgegen. Sie trägt einen Jeansrock und dicke Strumpfhosen, dazu einen noch offenen Wintermantel.

»Wo willst du hin?«, frage ich. Insgeheim habe ich gehofft, dass sie mir beim Aufbauen des Bettes helfen könnte. Ich will keine weitere Nacht auf dem Klappbett verbringen müssen.

»Ich sagte doch, ich habe noch einen Termin. Trixi macht mir Strähnchen«, erklärt sie und bleibt nicht einmal kurz stehen. »Und danach gehe ich shoppen. Unser Gespräch gestern hat mich auf die Idee gebracht, dass ich neue Stiefel brauche.« Mit diesen Worten ist sie auch schon zur Haustür hinaus.

Ich seufze. Dann muss ich das Bett eben alleine zusammenbauen. Zur Not schlafe ich auf der neuen Matratze auf dem Boden, statt noch eine Nacht auf dem klapprigen Bett zu verbringen. Ich weiß noch nicht einmal, ob Steffi das nötige Werkzeug hat, und Papa habe ich ganz vergessen, danach zu fragen. Daran hätte ich eigentlich früher denken sollen. Mist!

Ich steige die letzten Stufen in den ersten Stock und stelle die Kiste ab. Gerade will ich die Wohnungstür öffnen, als ich innehalte. Eine Idee geistert mir durch den Kopf. Eine gute?

Warum das nicht herausfinden?

Mit drei Schritten stehe ich vor Nikos Wohnungstür und klopfe zweimal. Drinnen regt sich nichts. Ich
warte dennoch. Bestimmt ist er mit seinem Großvater
am Adventmarkt oder in seiner Werkstatt. Unsinni-
gerweise klopfe ich dennoch ein weiteres Mal an.

Sind das Schritte?

Ehe ich das Geräusch definieren kann, macht Niko
die Tür auf.

»Romi?« Überrascht sieht er sich im Stiegenhaus
um, als würde er noch jemanden erwarten.

»Du bist mir noch Kaffee und Kuchen schuldig«,
sage ich geradeheraus.

Perplex über das plumpe Einfordern starrt er mich
an. Dann räuspert er sich und fährt sich nachdenklich
durchs Haar. »Kaffee habe ich da«, überlegt er laut,
»aber immer noch nur Karamellkekse.«

»Vergiss die Kekse«, entgegne ich, »ich habe eine
Idee, was du mir stattdessen anbieten könntest.«

Fünf Minuten später kommt Niko mit einer Werkzeugkiste, die er vermutlich selbst geschreinert hat,
in Steffis Wohnung. »Ist deine Schwester auch da?«,
fragt er beiläufig.

»Nein, sonst bräuchte ich ja deine Hilfe nicht«, antworte ich und führe ihn in mein Zimmer, wohin ich
schon die Matratze und die Kiste mit dem Kleinzeug
getragen habe. Für den Rest brauche ich Nikos Mus-
kelkraft.

»Du denkst, Steffi hätte dir ein Bett zusammenbauen können?« Er sieht mich mit schief gelegtem
Kopf an.

Was ist denn das? Hat er etwa Vorurteile?

»Zu zweit hätten wir das schon geschafft«, antworte ich selbstsicher, auch wenn ich keine Ahnung habe, ob meine Schwester überhaupt weiß, was ein Schraubenzieher ist. Handwerkliches Interesse oder Geschick wäre mir bislang bei ihr nicht aufgefallen, doch ich habe ja auch keine Ahnung, welche Hobbys sie im Laufe der letzten Jahre entwickelt hat.

Niko scheint nicht überzeugt, kommentiert meine Antwort aber nicht weiter. Stattdessen stellt er den Werkzeugkoffer ab und geht in den Flur zurück, um die Packungen mit den Einzelteilen der Möbel zu holen. Ich helfe ihm dabei.

»Du weißt hoffentlich, dass es eine Zumutung ist, einen gelernten Tischler zu bitten, ein Ikea-Bett zusammenzubauen«, sagt er, als alles in meinem Zimmer steht.

»Ich muss nicht darum bitten«, entgegne ich mit ernster Miene. »Du hast mein Handydisplay kaputtgemacht. Das hier ist nur die Wiedergutmachung.«

»Das wirst du mir ewig vorhalten, oder?«

Ich grinse. »Wenn du willst, gelte ich dir deine Arbeit mit Tee und Keksen ab.«

»Karamellkeksen?«, fragt er wenig beeindruckt und zieht eine Augenbraue hoch.

»Selbst gemachte Weihnachtskekse.«

Nikos Mundwinkel zucken kurz, auch wenn er es sich nicht anmerken lassen will. Niemand kann Weihnachtskeksen widerstehen. »Also gut, legen wir los.«

Zwei Stunden später steht alles an seinem Platz. Zufrieden sehe ich mir das Ergebnis an und kralle meine Zehen in den neuen Hochflorteppich. Ich habe ihn ausgerollt, während Niko sich um das Bett und die Kommode gekümmert hat. Zwar hat er beim Blick auf die Anleitung mehrmals etwas verärgert vor sich hin gemurmelt, hatte aber keine Probleme, die Teile zusammenzubauen.

Außerdem habe ich die Matratze bezogen und den Spiegel mit Hilfe von Nikos Bohrmaschine aufgehängt. Gut, er hat gebohrt, aber ich habe angezeichnet, wo die Löcher hinmüssen.

Dann habe ich eine Duftkerze angezündet, die Mini-Kakteen auf dem Fensterbrett arrangiert, die Duftkerze auf Nikos Wunsch hin wieder ausgeblasen und Bettdecke, Kissen und neues Zierkissen hübsch drapiert.

»Sieht doch toll aus«, sage ich stolz. Das Zimmer wirkt noch schöner und gemütlicher, als ich es mir vorgestellt habe. Dann wende ich mich Niko zu. »Danke fürs Helfen. Hat Spaß gemacht.«

Niko sieht mich an, als wären die letzten zwei Stunden eine Qual für ihn gewesen. Aber er kann mir nichts vormachen, auch er hat Spaß gehabt. Vielleicht nicht daran, das Ikea-Bett zusammenzuschrauben, aber die gemeinsam verbrachte Zeit hat ihm gefallen. Ich habe ihm immer das Werkzeug gereicht und ihn damit geneckt, dass ich das mit Steffi auch problemlos hinbekommen hätte. In der gleichen Zeit. Schließlich ist sie meine große Schwester und kann alles.

»Jetzt hast du dir eine Belohnung verdient«, sage ich und bedeute ihm, mir in die Küche zu folgen.

»Kann ich statt Tee auch Kaffee haben?«, fragt er, als er sieht, wie ich die Porzellanteekanne mit dem hübschen Blumenmuster hervorhole.

»Nein.«

»Ein Bier?«

Ich sehe ihn skeptisch an. »Ich bezweifle, dass meine Schwester Bier im Haus hat.«

»Ich könnte rübergehen und eins holen«, schlägt er vor, doch der Wasserkocher übertönt seine Worte.

»Der Tee wird dir schmecken«, sage ich laut und brühe uns eine fruchtige Kräuterteemischung auf, die Steffi immer zum Frühstück trinkt. Dann hole ich die runde Metalldose aus dem Schrank, die Charlie mir vorbeigebracht hat, nachdem wir vorgestern meine Zimtsterne aufgefuttert hatten. Steffi war ziemlich sauer, weil wir keinen einzigen für sie übrig gelassen haben. Der Zimtduft hing noch verräterisch in der Wohnung.

Ich stelle alles auf ein Tablett und sehe Niko auffordernd an.

»Was?«, fragt er skeptisch.

»Wir weihen mein neues Zimmer ein«, sage ich grinsend und gehe mit Keksen und heißem Tee voraus.

»Auch dein neues Bett?«, ruft Niko mir nach.

Ich kann sein Grinsen dabei hören, antworte jedoch nicht.

Stattdessen setzen wir uns auf meinen flauschigen Teppich, lehnen uns an das Bett und lassen uns Charlies Keksmischung schmecken. Kein Wunder, dass sie in einem Luxushotel in der Innenstadt arbeitet. Wer so backen kann, hat eindeutig fünf Sterne verdient. Oder Hauben? Womit auch immer Konditorinnen ausgezeichnet werden, sie hat alles verdient. Doppelt und dreifach.

»Ich wusste gar nicht, dass Steffi eine kleine Schwester hat, die solche Kekse machen kann«, sagt Niko und stopft sich noch eine Nussecke in den Mund. Seit er die Kekse gesehen hat, hat er sich kein einziges Mal mehr über den Tee beklagt.

»Die hab nicht ich gemacht«, stelle ich klar, auch wenn ich wünschte, es wäre anders, »sondern die Nachbarin aus Wohnung sechs.«

Niko denkt einen Moment lang nach, dann nickt er kurz. »Die von diesem Hotel, oder?«

»Charlie arbeitet als Patissière.«

»Na ja«, wendet Niko ein, »ihrem Mann gehört das Hotel. Dieses und ein Dutzend weiterer in ganz Europa, die Eppensteiner Hotelkette.«

Das hat Charlie nicht erwähnt. Wir waren aber auch so tief in die Diskussion vertieft, welche Kekse die besten sind und welche Mehlspeisen Weihnachtskeksen das Wasser reichen können, dass wir nicht länger über ihre Arbeit oder das Hotel gesprochen haben.

»Cool.« Ich nehme einen Schluck von meinem Tee. Die Mischung ist wirklich gut. Der Hibiskus kommt blumig mit einer leichten Orangennote und einem Hauch Sternanis durch.

Glaube ich.

Gleich morgen werde ich Tante Poldi fragen, ob ich mit meiner Einschätzung richtigliege.

»Bist du heute gar nicht am Christkindlmarkt?«

Niko durchstöbert gerade die Blechdose, offenbar auf der Suche nach einem ganz bestimmten Keks. »Nein, meistens ist mein Großvater alleine am Stand«, erklärt er und hebt triumphierend ein Vanillekipferl hoch. Er sieht aus wie ein kleiner Bub, der seiner Mama den ersten gebackenen Keks abluchsen konnte. Irgendwie süß. »Die liebe ich«, schwärmt er und isst das Kipferl genussvoll.

Ich auch, denke ich.

»Im Moment habe ich viel in der Werkstatt zu tun«, fährt er dann fort. »Ich muss ein paar Aufträge fertig bekommen.«

»Und da hast du nebenbei noch Zeit, um Holzschmuck für den Adventmarkt zu machen?«

Er brummt unzufrieden, aber offenbar nicht, weil er den nächsten erhofften Keks nicht findet. »Ich bin noch nicht lange als Restaurator tätig«, erklärt er. »Erst habe ich die Lehre zum Tischler gemacht und in einer Tischlerei gearbeitet, ehe ich mich für ein Studium zum Restaurator entschieden habe. Mein Ziel war es, danach die Werkstatt hier in der Stadt zu übernehmen, die mein Großvater früher geführt und später meinem Vater übergeben hat.«

Neugierig sehe ich ihn von der Seite an. Auch wenn er vergeben ist, würde ich gern mehr über ihn erfahren. Ich mag ihn und verbringe gern Zeit mit ihm. Wenn auch nur als Nachbarin und Nachbar. »Sieht so aus, als hättest du dein Ziel erreicht.«

»Schon«, antwortet er und schüttelt nachdenklich den Kopf. »Aber so einfach ist es eben doch nicht.

Ich musste ziemlich viel investieren. In Materialien, neue Geräte, eine Sanierung der Werkstatt. Das hat einen Haufen Geld gekostet, weshalb ich in den letzten Monaten häufig Abendschichten eingelegt habe. Dann habe ich die Holzanhänger auf Vorrat angefertigt.«

»Und du hast deine Leidenschaft für Holz von deinem Großvater geerbt?«, frage ich, obwohl das ziemlich offensichtlich ist und er es auf dem Adventmarkt schon angedeutet hat. »Schließlich steckt sie in eurem Nachnamen.«

Als ich ein weiteres Vanillekipferl in Charlies Keksmischung entdecke, nehme ich es heraus und gebe es ihm.

Steffis Porzellantasse mit dem Blumendesign sieht in seinen großen Händen winzig und seltsam aus, doch Niko scheint sein Tee zu schmecken. »Schon«, antwortet er nach einer Weile. »Meine Eltern haben immer viel gearbeitet, deshalb war ich oft bei ihm in der Werkstatt. Er ließ mich schon als Kind mitarbeiten, bestimmt hat das meine Liebe zum Holz geweckt.« Seine Stimme wird bei diesen Worten weicher und wärmer. Als hätte er schöne Erinnerungen an diese Zeit.

Mein Blick fällt auf die Blechdose, die sich schneller leert, als ich gehofft hatte. Nicht nur, weil ich Charlies Kekse nicht mit einem Mal auffuttern wollte, sondern auch, weil sich dadurch die Zeit mit Niko dem Ende zuneigt. Er hat mir geholfen, die Möbel für mein Zimmer zusammenzubauen. Nach der dafür versprochenen Belohnung wird ihn wohl nichts mehr hier halten. Oder?

In dem Moment meldet sich wieder mal Romantik-Romi zu Wort und rät mir, dass es mir eigentlich egal sein kann, ob er eine Freundin hat oder nicht. Wir machen nichts Verbotenes. Selbst wenn er vergeben ist, ist es vollkommen okay, hier als Nachbarn zusammenzusitzen und Kekse zu naschen. Wenn Niko mehr will, muss er sich um seinen Beziehungsstatus Gedanken machen. Beziehungsweise ihn ändern.

»Was arbeiten deine Eltern?«, frage ich, weil es Niko offenbar nicht kümmert, hier mit mir zu sitzen und über persönliche Dinge zu sprechen.

Entspannt legt er seinen Arm auf die Matratze und antwortet: »Meine Mutter ist Krankenschwester und mein Vater Immobilienmakler.«

Überrascht sehe ich auf. »Kein Tischler?«

»Nein, mein Vater ist eher der Verkäufertyp. Wenn er dir beim Möbelaufbauen hilft, dann nur, wenn du zuvor die Wohnung bei ihm gekauft und eine fette Provision liegen gelassen hast.«

Nachdem ich Niko und seinen Großvater ein bisschen kenne, überrascht mich diese Darstellung von seinem Vater. »Ist er der Sohn von deinem Tischler-Großvater?«, erkundige ich mich.

Er nickt kurz. Etwas an seiner Reaktion lässt mich erahnen, dass er mit diesem Verkäufertyp als Vater auch nicht viel anfangen kann. Er macht nicht den Eindruck, als wollte er noch mehr über ihn sprechen. Vielleicht erfahre ich ein anderes Mal, warum das so ist.

»Und in deiner Freizeit kletterst du und schaust Actionfilme?«, frage ich, einerseits um das Gesprächsthema zu wechseln, andererseits um unsere gemeinsame Zeit zu verlängern.

Niko schmunzelt. »Und ich rette die Welt.«

»Stimmt, das hatte ich ganz vergessen, du Superheld.«

Meine Mutter liebt alles, was ihrer Meinung nach die Energien im Haus positiv beeinflusst. Deshalb gibt es überall Grünpflanzen, welche die Luft reinigen, und Spiegel, die die Räume größer wirken lassen und das Chi in die richtigen Richtungen lenken. Harmonische Bilder sollen ein wohliges Gefühl auslösen, Raumdüfte sorgen für ein angenehmes Klima, und eine Salzkristalllampe reinigt – wie die Grünpflanzen, die neben ihr stehen – die Luft.

Zwar ist das Haus nicht nach Feng Shui eingerichtet, doch meine Mutter hat so manchen Tipp der chinesischen Harmonielehre befolgt. So wäre es für sie ein Unding, kaputte Gegenstände aufzuheben, da diese negative Energien binden sollen.

Es gibt nur eine Zeit im Jahr, in der all das in den Hintergrund rückt.

Ich weiß nicht, woher ihre Obsession kommt, doch sie begleitet mich schon mein ganzes Leben lang. Und irgendwie scheint sie im Laufe der Zeit immer intensiver geworden zu sein.

In der Adventzeit ist das Haus nicht wiederzuerkennen. Dann ist alles rot, tannengrün oder goldfarben, und kein reinigender Zitrusduft, sondern das Aroma von Bratäpfeln zieht durch das Wohnzimmer. Leise Meditationsmusik wird durch besinnliche

Weihnachtslieder ersetzt und die gelb-orangene Tages-decke auf der Couch durch eine rote mit kleinen El-chen ausgewechselt. Überall stehen kleine Schneemän-ner, Schlitten, Engel und Tannenbäume. Selbst Spiegel werden mit Tannenzweigen geschmückt und überall rote Weihnachtskugeln aufgehängt.

Nur Weihnachtsmänner kommen nicht ins Blum'sche Haus. »Die gehören nach Amerika, zu uns kommt das Christkind«, pflegt meine Mutter zu sa-gen, und darin stimmt ihr selbst mein Vater zu. Alles andere in dieser Zeit erträgt er mehr oder weniger tap-fer, weil er weiß, dass im Januar der bunte Glitzerspuk ein Ende hat und alles wieder für elf Monate in den Kisten auf dem Dachboden verschwindet.

Ich stehe auf einer kleinen Trittleiter im Haus und befestige nach Anweisung meiner Mutter eine Lich-terkette am Rahmen der Terrassentür. Sie selbst stellt währenddessen überall Kerzen auf. Mein Vater hat sich in sein Büro zurückgezogen, um dem Ganzen zu entkommen. Vermutlich erschlägt ihn später der An-blick der Weihnachtsdeko. Jedes Jahr wird es mehr und mehr.

»Was essen wir heuer an Weihnachten?«, fragt meine Mutter, während sie ein weiteres Windlicht aus Zeitungspapier auswickelt.

»Hast du schon an etwas gedacht?«, will ich wis-sen, während ich mich strecke, um die rechte Türecke zu erreichen. Ich könnte herunterfallen und mir den Arm brechen, doch das würde meine Mutter vermut-lich nur auf die Idee bringen, mir kleine Rentiere auf den Gips zu malen.

»Du darfst in diesem Jahr entscheiden«, erklärt sie.

Als die Lichterkette hängt, sehe ich von der Leiter zu ihr hinunter. Schon früher durften Steffi und ich uns abwechselnd aussuchen, was es am Weihnachtsabend zum Essen gab. Sie war immer für Fisch, während ich Abwechslung wollte. Einmal gab es Fondue, dann Raclette und ein anderes Mal Burger. Es war eine etwas trotzige Art zu zeigen, dass ich mitten in der Pubertät steckte, aber Mama reagierte ausgesprochen cool und machte am Weihnachtsabend die besten Burger der Welt. Mit krossem Speck.

»Wie wäre es mit Fisch?«, schlage ich diplomatisch vor.

Mama zieht die Augenbrauen hoch.

»Ich fand es immer gut, dass du etwas anderes als Steffis Fisch wolltest«, sagt sie.

Tatsächlich? Und ich war immer der Meinung, ich hätte sie mit meinen unchristlichen Essensvorschlägen genervt. »Was möchtest du denn?«

Sie stellt ein weiteres Windlicht auf ein Regal. Bestimmt das dreißigste am heutigen Tag. »Ich fand die Burger damals gut.«

Ich sehe sie prüfend an. Sie lächelt, also scheint sie es ernst zu meinen. »Ich auch«, sage ich.

»Dann ist es entschieden. An Heiligabend gibt es mal wieder Burger.«

»Mit Cheddar«, ergänze ich und merke, wie mir schon beim Gedanken daran das Wasser im Mund zusammenläuft. Die Burger damals waren wirklich sensationell.

»Und Speck.«

»Und roten Zwiebeln.«

Wir grinsen uns an. Ich freue mich schon auf Heiligabend. Nicht nur wegen der Burger.

Das Läuten meines Telefons durchbricht den kurzen, aber vertrauten Moment. Ich hole es aus meiner Hosentasche, es ist Florian. »Da muss ich kurz rangehen«, sage ich und verziehe mich in die Küche, um ungestört reden zu können.

»Hey, Florian. Hab ich dir wegen Spanien nicht schon abgesagt?«, frage ich, weil ich sicher bin, dass er sein Angebot noch einmal wiederholen will. Bestimmt so lange, bis ich zusage – was nicht passieren wird. Kein Geld der Welt wird mich dazu kriegen.

»Romi, Romi, Romi«, beginnt mein Exchef wie schon bei seinem letzten Anruf, »Spanien liegt derzeit noch auf Eis.«

Ach ja? Vor ein paar Tagen hat das noch ganz anders geklungen.

»Ich habe eine viel größere Baustelle, für die ich dich brauche«, fährt er stattdessen fort. Florian kann das richtig gut. Einem das Gefühl vermitteln, unersetzlich zu sein.

»Ich komme nicht nach Dublin zurück. Du weißt, dass ich in Wien bleiben will.« Je deutlicher ich bin, desto eher wird er sein Werben um mich aufgeben. Hoffe ich zumindest.

»Das trifft sich ausgezeichnet«, fällt Florian mir ins Wort. »In Wien ist nämlich Not am Mann, ich meine, Not an der Frau.«

Sein Wortspiel entlockt mir nicht einmal ein müdes Lächeln.

»Das ließe sich doch ideal verbinden«, erklärt er, ehe ich nachfragen kann, wovon er spricht. »Du behältst deine Position bei Regiotastic und bist gleichzeitig in Wien. Eine Win-win-Situation, Romi. Die Chance kannst du dir doch nicht entgehen lassen!«

Und wie ich das kann.

Vor allem ist es eigentlich nur eine Win-Situation, und zwar für ihn. Denn ich wäre weiterhin in seinem Unternehmen tätig, während er mir gleichzeitig das Gefühl gegeben hätte, meinen Willen durchgesetzt zu haben. Dass am Standort Wien tatsächlich Not am Mann ist, bezweifle ich. Florian will mich nur weiter an Regiotastic binden und mir bei nächster Gelegenheit ein Angebot für einen Wechsel ins Ausland unterbreiten, weil er weiß, dass ich meistens Fernweh habe.

»Tut mir leid, Florian, aber da musst du dir jemand anderen suchen.«

Ich höre sein Seufzen in der Leitung.

»Okay, Romi. Warum gehen wir nicht zusammen essen und reden darüber«, schlägt er unnachgiebig vor. »Ich komme nach Wien.«

Freitagabend habe ich Steffis Wohnung für mich alleine. Sie ist mit Angela und Trixi ins Kino gegangen, um einen Liebesfilm zu sehen, der am Tag zuvor Premiere hatte. Ich hätte mitkommen sollen, aber mir steht der Sinn nicht nach Herzschmerz und großer Romantik auf der Leinwand. Nicht heute Abend.

Stattdessen habe ich mir von Charlie ein paar Rezepte und im Supermarkt die Zutaten für eins davon besorgt. Als Erstes stehen Vanillekipferl auf meiner

To-bake-Liste. Das nussig mürbe Gebäck, das nicht nur ich gerne esse.

Vanillekipferl gehören in jede weihnachtliche Keksmischung, das hat rein gar nichts mit Niko zu tun. Er ist auch nicht der Grund, warum ich mir besonders viel Mühe gebe, dass sie gelingen. Je öfter ich mir das vorsage, desto eher werde ich es glauben. Hoffentlich.

Den gekneteten Teig habe ich eine Stunde im Kühlschrank ruhen lassen, damit er sich besser verarbeiten lässt. So steht es in Charlies Rezept. Jetzt ist es an der Zeit, daraus kleine Kipferl zu machen. Die Backbleche sind vorbereitet, der Teig in Rollen geformt. Ich schneide längliche Stücke ab. Die ersten paar lassen sich noch nicht so gut zu Halbmonden formen. Der Teig ist leicht brüchig und klebt, wenn man ihn zu lange in der Hand hält. Aber schließlich habe ich den Dreh raus, und als ich fertig bin, stelle ich die Hitze im Backrohr höher.

Plötzlich knallt es laut, und das Licht im Ofen erlischt. Was zur Hölle war das?

Genervt drehe ich mit teigigen Fingern an den Knöpfen herum. Ich klappe die Tür auf, wieder zu. Es tut sich nichts. Sieht ganz danach aus, als hätte der Ofen eben den Geist aufgegeben.

»Verdammter Mist!«, fluche ich und greife nach einem Geschirrtuch, um mir daran notdürftig die Finger abzuwischen. Wo ist in Steffis Wohnung überhaupt der Stromkasten? Den hätte sie mir bei meinem Einzug ruhig mal zeigen können.

Schließlich finde ich ihn in einer Nische im Flur. Die einzelnen Schalter sind glücklicherweise beschriftet, aber zu meiner Verwunderung alle oben. Sollte nicht einer nach unten gekippt sein? Wäre dann aber nicht auch das Licht in der ganzen Wohnung ausgegangen?

Zur Sicherheit drücke ich alle nach unten und dann wieder nach oben. Steffi wird bestimmt ausrasten, wenn sie an vielen Geräten die Uhrzeit neu einstellen muss.

Zurück in der Küche versuche ich mein Glück erneut mit dem Backrohr, aber vergebens. Welche Knöpfe ich auch immer drehe, es tut sich nichts.

Mein Blick fällt auf die Bleche mit den vorbereiteten Kipferl. Keine Ahnung, wie lange ich die bei Zimmertemperatur stehen lassen kann. Vermutlich nicht mehr allzu lange.

Ich schicke Steffi eine panische Nachricht, bezweifle aber, dass sie die im Kino lesen wird. Und nach dem Film ist es definitiv zu spät und der Teig hinüber.

Vielleicht kann mir ja einer der Nachbarn helfen. Ich laufe in den Flur und auf Socken ins Treppenhaus. Charlie wird mich bestimmt die Bleche in ihr Rohr schieben lassen. Oder aber …

Ich klopfe an Nikos Tür. Dieses Mal dauert es nicht lange, bis er öffnet.

»Ja?«, fragt er verschlafen.

Habe ich ihn geweckt? Aber selbst wenn, das hier ist ein Notfall.

»Steffis Backrohr ist kaputt«, sage ich.

Niko starrt mich mehrere Sekunden lang regungslos an, dann wirft er einen Blick auf seine Armbanduhr.

»Es ist halb neun, was willst du denn jetzt backen?«

»Kekse.«

»Kekse?«

»Vanillekipferl.«

Und schon habe ich seine volle Aufmerksamkeit. »Was ist passiert?«

»Es hat geknallt, und dann war das Licht im Backrohr aus.« Eine technisch korrekte Beschreibung des Problems, wie ich finde.

»Dann wird wohl die Sicherung rausgeflogen sein«, meint er mit einem Schulterzucken.

Ich schüttle den Kopf. »Die ist es nicht. Die Schalter sind alle oben.«

»Der Ofen hängt vermutlich am Starkstrom«, sagt Niko. »Die Sicherung dafür ist hier draußen.« Er zeigt auf einen kleinen Kasten im Stiegenhaus, der mir bisher nicht aufgefallen ist. Dann geht er hin, klappt die Tür auf und drückt die Sicherung wieder nach oben.

»Danke, danke, danke!«, rufe ich und eile zurück in Steffis Wohnung. Die Tür lasse ich hinter mir offen, als unausgesprochene Einladung, dass er mir folgen soll. Ich höre seine Schritte, als ich an den Knöpfen am Backofen herumdrehe. Noch immer tut sich nichts. »Mist! Mist! Mist!« Wütend schlage ich auf die Ceranplatte.

»Dann ist er hin.«

Ich sehe Niko finster an, als hätte er damit das Todesurteil für den Backofen unterschrieben. Und für die Vanillekipferl. »Nein! Das darf nicht sein!«, entgegne ich, als könnte ich damit etwas an der Situation ändern.

Als sein Blick auf die zwei Bleche fällt, auf denen

die Kipferl darauf warten, ins Rohr geschoben zu werden, schlägt er vor: »Du kannst sie bei mir backen.«

Ein paar Minuten später sitze ich in Nikos Küche und sehe dabei zu, wie die Zeit auf dem kleinen Display an seinem Ofen langsam hinunterläuft. Er hat mich nicht herumgeführt, doch auf dem Weg in seine Küche habe ich einen Eindruck von seiner Wohnung bekommen. Sie ist anders geschnitten als Steffis und, wenn ich es richtig erkannt habe, auch etwas kleiner. Passend zu einem Tischler ist alles aus massivem Holz. Die Regale, die Küchenmöbel, sogar die Schüssel, in der Äpfel und Birnen liegen. Dennoch wirkt der Einrichtungsstil nicht zu ländlich, sondern modern. Alles ist aufeinander abgestimmt.

»Du weißt, dass ich mir meine Hilfe bezahlen lasse«, sagt Niko und sieht im Vorbeigehen ins Backrohr. Er hat uns Kaffee gemacht, auch wenn ich so spät am Abend eigentlich keinen trinken sollte. Er selbst hat kurz geschlafen, weil er noch arbeiten muss. Seine Holzanhänger verkaufen sich so gut am Christkindlmarkt, dass er befürchtet, sie könnten ihm vor Weihnachten ausgehen.

»Du meinst, mit Vanillekipferl?«, frage ich grinsend.

Nikos Mundwinkel wandern nach oben. »Ich werde dich nicht aus der Wohnung lassen, wenn du mir nicht mindestens die Hälfte davon dalässt.«

»Die Hälfte?«, rufe ich entsetzt. »Bestimmt nicht.«

»Okay, okay. Dann eben ein Viertel.«

»Aber ich muss sie noch im Zucker wenden«, erwidere ich.

Niko sieht mich prüfend an. »Also gut, du darfst noch einmal zu euch rüber. Ich vertraue dir, dass du nicht die Tür zusperrst und alle alleine aufisst.«

Ich lache. »Versprochen!«

Laut Timer müssen wir noch zwei Minuten warten, bis die Kipferl fertig sind. Der nussige Duft, der sich längst in der Küche ausgebreitet hat, lässt mich schon jetzt unruhig auf Nikos Stuhl hin- und herrücken. Am liebsten würde ich sie sofort vom Blech in mich hineinstopfen.

»Machst du die Anhänger hier in der Wohnung?«, will ich interessiert wissen.

»In der Werkstatt verbinde ich das Kunstharz mit dem Holz und schneide es in die grobe Form«, erklärt Niko. »Die Feinarbeit mache ich meist zu Hause. So kann ich mich immer mal wieder ransetzen, wenn ich gerade Zeit habe.«

»Macht das nicht unheimlich viel Dreck?«

»Typisch Frau«, sagt Niko und lacht herzhaft auf. »Als Mann macht man sich über so was nicht so viele Gedanken. Aber wenn du es unbedingt wissen willst: Ich habe eine Ecke im Wohnzimmer, die nur für meine Arbeit vorgesehen ist. Dann breitet sich der Dreck nicht so aus.«

»Verstehe.«

»Wenn du willst, zeige ich dir gerne mal meine Werkstatt.«

Sein Vorschlag kommt überraschend, aber die Gelegenheit will ich mir nur ungern entgehen lassen. »Gern«, sage ich, und für einen Augenblick glaube ich, etwas in seinem Blick zu erkennen, das auf mehr als eine freundlich nachbarschaftliche Geste hindeutet. Etwas Elektrisierendes ist in der Luft, das … vom Timer des Backofens unterbrochen wird.

Die Ausbildung zur Tee-Sommelière findet in modern gestalteten Räumen in der Hamburger Speicherstadt statt, durch deren Fenster der Blick direkt auf den Zollkanal geht. Glaswände und rustikale Holzstützen, die interessant mit den Backsteinwänden und den hohen, oben abgerundeten Fenstern kontrastieren, trennen die riesigen Zimmer.

Der Großteil der Kursteilnehmer ist aus Deutschland, dazu kommen eine Teilnehmerin aus den Niederlanden und ein weiterer Österreicher. Nach einer kurzen Vorstellungsrunde ist klar, dass ich mich am kürzesten von allen mit Tee beschäftige. Die meisten arbeiten schon lange im Teewarenhandel oder in der gehobenen Gastronomie.

Dorothea, die Leiterin des Kurses, war mehrere Jahre in einem Teehandelsunternehmen tätig, ehe sie ein Jahr in Japan verbrachte und dort die japanische Teezeremonie kennenlernte und studierte. Anschließend ließ sie sich zur Tee-Sommelière ausbilden und hat sich dann mit Teeworkshops selbstständig gemacht.

Zu Beginn des Seminars konzentriert Dorothea sich auf die Theorie. Sie erklärt uns die Unterschiede zwischen der Camellia sinensis, dem sogenannten China-Busch, und der Camellia sinensis var. assamica, dem Assam-Busch. Darüber hinaus gibt es noch weitere Arten, die durchaus unterschiedliche Qualitäten von

Tee hervorbringen. Wir erfahren viel über deren Verbreitung, die Verwendung, den Anbau und die Verarbeitung.

Dorothea schafft es, die theoretischen Fakten äußerst interessant zu vermitteln. Erst später kommen wir zu den Kräuter- und Früchtetees, die eigentlich nur zu den teeähnlichen Aufgussgetränken zählen, da sie keine Blätter der Teepflanze enthalten. Die Kursleiterin wirft mit Zahlen, historischen Daten und Geschichten darüber nur so um sich. Sie erzählt, wie der Tee nach Europa kam und welche Teekulturen und Zeremonien sich in Europa mit der Zeit entwickelt haben. Dorothea hat eine äußerst charmante Art, sodass die Zeit nur so verfliegt.

Am meisten beeindruckt mich, dass nicht die Engländer das Teevolk Nummer eins sind, sondern die Ostfriesen, wenn man sie denn als Volk betrachten will. Sie haben weltweit den größten Teeverbrauch pro Kopf. Wer hätte das gedacht?

Als Dorothea eine Leinwand und einen Beamer vorbereitet, um uns einen kurzen Film zu zeigen, der veranschaulichen soll, wie der Tee angebaut und verarbeitet wird, nutze ich diesen Moment und hole mein Handy hervor, um meine Nachrichten zu checken.

Am Freitag haben Niko und ich uns gegenseitig unsere Telefonnummern in die Handys gespeichert. Für den Fall, dass ich mal wieder dringend Hilfe brauche. Wenn der Ofen streikt oder ich Möbel aufbauen muss. Auch wenn ich gar nicht weiß, wo in meinem Zimmer noch Platz wäre.

Im Nachhinein bin ich mir sicher, dass er an diesem Abend mit mir geflirtet hat. Schon als wir in seiner Küche gesessen sind und darauf gewartet haben, dass die Backzeit der Vanillekipferl verstrich. Leider habe ich in diesem Moment nicht daran gedacht, auf Anzeichen einer Freundin zu achten. Auf herumliegendes Gewand, Handtaschen, Make-up, Fotos von den beiden. Aber wäre mir das nicht sofort aufgefallen?

Vielleicht wohnt sie ja einfach nicht bei ihm.

Aber irgendetwas lässt man doch immer beim anderen liegen, oder?

Wäre ich nicht zu feige, ihn direkt darauf anzusprechen, wüsste ich es. Stattdessen schiebe ich es einfach vor mir her, als würde sich die Sache von alleine regeln. Aber zu meinem Pech hat Niko noch keine Freundin zur Sprache gebracht. Warum sollte er auch?

Auf meinem gesprungenen Display werden drei Nachrichten angezeigt. Die erste ist von Mama, die fragt, ob wir demnächst auf einem Weihnachtsmarkt auf die Jagd nach neuer Weihnachtsdeko gehen wollen.

Die zweite kommt von Florian, der nachhakt, ob ich Ende der Woche Zeit für ein Treffen in Wien hätte.

Und die letzte ist von Niko.

Hallo, Romi, ich bin gerade in der Werkstatt und lasse mir deine Vanillekipferl schmecken. Wie kann ich dich überzeugen, dass du mir Nachschub lieferst? Brauchst du noch ein Regal für dein Zimmer? Oder lassen wir die Werkzeugkiste stehen und gehen zusammen etwas trinken?

*Dann könntest du mir auch erklären, warum du
Marvel besser als DC findest. LG Niko*

Ich unterdrücke das breite, zufriedene Grinsen, das
sich in mein Gesicht schleichen will. Aus Freude darüber, dass er geschrieben hat. Aus Amüsiertheit, weil
er Marvel und DC erwähnt hat. Nachdem ich ihn
am Freitag Superheld genannt habe, haben wir uns
noch länger über verschiedene Comic-Helden unterhalten.

Obwohl der Lehrfilm beginnt, muss ich ihm einfach
zurückschreiben. Jetzt gleich. Nahezu blind tippe ich
unter dem Tisch eine Nachricht.

*Ernsthaft? Dafür brauchst du eine Erklärung?
DC mag gute Serien machen, aber ihre Filme
sind ohne jeglichen Humor und viel zu düster.
Vielleicht könnte ein Schminktischchen meine
Keksproduktion noch einmal ankurbeln.*

Grinsend lege ich das Handy mit dem Display nach
unten auf meinen Oberschenkel. Ich starre wieder auf
die Leinwand und versuche, mich auf die Teeernte im
indischen Darjeeling zu konzentrieren. Eine Stimme
erklärt, dass der First Flush, die erste Ernte im Frühjahr, sehr fein und mild schmeckt. Der Flugtee ist besonders in Europa sehr populär und wird bevorzugt
weder mit Milch noch mit Zucker getrunken. Flugtee,
denke ich und erinnere mich daran, was Tante Poldi
mir bereits erzählt hat. In drei, vielleicht vier Monaten
werde ich erstmals selbst Flugtee trinken.

Ob ich dann schon fähig bin, ihn geschmacklich einschätzen zu können? Ob Tante Poldi darauf überhaupt Wert legt? Oder ob sie lieber Steffis Erfahrung vertraut?

Mein Telefon vibriert kurz. Eine neue Nachricht. Meine Finger kribbeln, und mein Herzschlag wird schneller. Ich ziehe gar nicht in Betracht, dass jemand anderes als Niko geschrieben haben könnte. Aber wenn es so wäre, wäre ich vermutlich sehr enttäuscht.

Schminktischchen? Kannst du nichts Männlicheres gebrauchen? Ein Weinregal oder einen Bierkistenhalter? Wenn ich die Wahl habe, würde ich mich lieber für den Abend ohne Werkzeug entscheiden. Ich hätte einen guten Rotwein, der schon lange darauf wartet, getrunken zu werden. Aber alleine macht das nicht halb so viel Spaß.

Auf der Leinwand vor mir werden gerade die verschiedenen Blattgrößen des Tees erklärt. Obwohl das Thema interessant zu sein scheint, kann ich mich gerade nicht darauf konzentrieren.

Ich muss Niko fragen. Jetzt sofort. Vielleicht ist es gar keine so eine schlechte Idee, das per Nachricht zu machen. Dann kann er mein enttäuschtes Gesicht nicht sehen, wenn ich erfahre, dass die Frau am Bahnhof tatsächlich seine Freundin war.

Und es gibt keine andere Frau, mit der du Rotwein trinken willst?

Schon als ich über den grünen *Senden*-Kreis wische, bereue ich die Frage. Meine Finger waren schneller als mein Kopf. Sie haben einfach getippt und die Nachricht verschickt, ehe ich sie noch einmal lesen konnte.

Und ehe mir klar war, ob ich die Antwort wirklich wissen will.

Und ob ich Niko tatsächlich daran erinnern möchte, dass es nicht richtig ist, mich zu einem Abend mit Rotwein einzuladen, wenn er vergeben ist.

Meine Finger krampfen sich um das Handy. Warum war ich nur so vorschnell?

Mein Pulsschlag verlangsamt sich erst nach ein paar Minuten.

Minuten, in denen keine neue Nachricht kommt.

Meine Augen sind starr auf die Leinwand gerichtet. Trotzdem nehme ich nur am Rande wahr, dass jetzt die einzelnen Produktionsschritte des Tees erläutert werden.

Nach und nach wird mir bewusst, dass ich umsonst warte.

Ich umklammere mein Telefon immer fester. Werfe sogar noch mal einen Blick auf das Display, nur um festzustellen, dass ich keine Nachricht verpasst habe.

Er schreibt einfach nicht zurück.

Trotzig stecke ich das Handy in meine Tasche.

Gerade noch hat er sofort geantwortet, und eine Minute später kommt nichts mehr? Weil ich indirekt nach seiner Freundin gefragt habe? Dachte er, ich wüsste nichts von ihr?

Es ist zehn Uhr abends, als mich das Taxi vom Flughafen vor Steffis Wohnhaus absetzt. Eigentlich wollte ich mit dem CAT heimfahren, doch für Tante Poldi kam das nicht infrage. So spät abends solle ich nicht alleine in Wien unterwegs sein, meinte sie und hat mir ein Taxi bestellt.

Mit der kleinen Tasche, in der meine Sachen für die Übernachtung in Hamburg sind, steige ich die Stufen zum ersten Stock hinauf. Das Haus ist ruhig, sehr ruhig. Im Gegensatz zu meiner Brust, in der es immer noch brodelt. Ich ärgere mich, weil ich mich durch die Gedanken, die seit Nikos Schweigen in mir gären, nicht auf das Seminar konzentrieren konnte. Dabei waren Dorotheas Erfahrungen einzigartig und interessant. Das immerhin habe ich mitbekommen.

Ich muss unbedingt die Kursunterlagen, die sie zum Schluss ausgeteilt hat, noch einmal durchgehen. Tante Poldi hat viel Geld für den Flug und den Workshop gezahlt, ich darf sie nicht enttäuschen. Und nicht nur sie, auch mich. Wenn da nur nicht diese Sache wäre, um die sich ständig alle meine Gedanken drehen.

Ich will gerade den Schlüssel ins Schloss von Steffis Wohnungstür stecken, als mich eine unsichtbare Hand innehalten lässt. Vielleicht gehört sie auch zu Romantik-Romi. Ich mache einen Schritt zurück, lasse den Schlüssel sinken und gehe stattdessen zu Nikos Tür. Im Stiegenhaus herrscht so durchdringende Stille, dass mein Klopfen laut durch das Haus hallt. Dann höre ich Schritte, die sich nähern.

Als Niko mir die Tür öffnet, sieht er mich an, als hätte er bereits mit meinem Erscheinen gerechnet.

»Willst du reinkommen?«, fragt er, obwohl es schon spät ist.

Ich schüttle den Kopf. »Eigentlich muss ich ins Bett«, antworte ich, »morgen ist Mariä Empfängnis, alle haben frei, nur der Handel nicht.« Ich lächle schief. Für uns im Teeladen ist der Feiertag Fluch und Segen zugleich. Weil Weihnachten unweigerlich näher rückt, wird die Hölle los sein, jede Hand wird von früh bis spät gebraucht werden. Aber die Einnahmen in der Vorweihnachtszeit sind wichtig.

Niko nickt, räuspert sich und windet sich etwas, ehe er sagt: »Wegen deiner letzten Nachricht ...«

»Ist schon gut«, falle ich ihm ins Wort. »Ich habe es kapiert. Es ist nur ... du hast mir mehrmals den Eindruck vermittelt, als würde zwischen uns etwas entstehen. Vielleicht habe ich es auch nur falsch interpretiert, und wir verstehen uns einfach nur gut. Aber wenn du vergeben bist, solltest du mir das sagen.«

Jetzt ist es raus. Und es war genauso schwer, wie ich erwartet hatte. Ich hätte es als leichter empfunden, hätte er auf meine WhatsApp-Nachricht geantwortet.

Niko reagiert ein paar Sekunden lang gar nicht, dann runzelt er die Stirn. »Warum denkst du, ich wäre vergeben?«

Seine Frage kommt so unerwartet, dass mir die kleine Reisetasche beinahe aus der Hand rutscht.

Er wird seine Freundin doch nicht verleugnen, oder?

Ich mustere ihn. Nein, so einer ist Niko nicht. Auch wenn ich ihn noch nicht lange kenne, habe ich bei ihm nicht den Eindruck, er würde mir den Single vorspielen, während seine Freundin woanders auf ihn wartet.

»Damals am Bahnhof hat dich eine Frau abgeholt«, erkläre ich meine Bedenken. »Ihr habt euch umarmt und wart sehr vertraut miteinander.«

Niko sieht mich weiterhin wortlos an. Etwas in seinen Augen zeigt mir jedoch, dass er sich nicht ertappt fühlt. Und dass er nicht nach einer peinlichen Ausrede sucht oder mir eine weit hergeholte Erklärung für die Frau auftischen will. Stattdessen beginnt er amüsiert zu lachen, als verstünde er nun alles.

»Ich habe dir doch von dem Geburtstag meiner Mutter erzählt«, sagt er, und für einen kurzen Moment rechne ich wirklich damit, dass er mir erklären will, die junge Frau wäre seine Mutter gewesen. »Meine Schwester hat mich damals abgeholt«, fährt er fort. »Sie wohnt in Salzburg, und wir haben uns in Wien Mitte getroffen, um gemeinsam zur Feier meiner Mutter zu fahren.«

Ich starre Niko an und merke, wie meine Wangen rot werden. Jetzt wird die Sache doch noch peinlich. Nur nicht für ihn, sondern für mich.

»Ich kann dir gern ein Familienalbum zeigen, wenn du mir nicht glaubst«, schlägt er vor. »Auch wenn ich das lieber vertagen würde, bis wir uns besser kennen. Da sind ein paar echt peinliche Kinderfotos von mir dabei.« Er grinst, und ein Teil der unangenehmen Spannung zwischen uns verfliegt.

»Schon gut«, sage ich schnell. Ein wenig muss ich ihm schon vertrauen.

»Willst du wirklich nicht reinkommen?«, fragt er und deutet über seine Schulter. »Die Flasche Rotwein steht bereit. Oder Kaffee?«

Ich schüttle den Kopf. »Auf mich wartet morgen wirklich ein anstrengender Tag im Teehaus.«

Er nickt verständnisvoll. »Vielleicht dann danach, am Abend?«

»Wenn der Tag so wird, wie ich ihn mir vorstelle, werde ich morgen um neun todmüde ins Bett fallen«, sage ich mit einem schiefen Lächeln. »Aber übermorgen habe ich frei.«

»Perfekt!« Nikos Augen strahlen mich an. »Dann halte dir den Tag für mich frei, okay?«

»Gern.«

Obwohl ich noch länger bleiben will, merke ich, wie mich die Müdigkeit überfällt. Auch heute war ein langer Tag, und der Flug mit einigen Turbulenzen war nicht gerade erholsam.

»Schlaf gut, Romi«, sagt Niko, als hätte er meine Erschöpfung bemerkt. Dann lächelt er mich so entzückend an, dass ich für einen Augenblick den morgigen Arbeitstag vergessen und zu ihm in die Wohnung gehen will.

»Schlaf gut, Niko.« Ich muss standhaft bleiben. Uns läuft nichts davon. Jetzt erst recht nicht, wo ich weiß, dass er Single ist. Ich drehe mich um, um in Steffis Wohnung zu gehen. Mein neues Bett ruft nach mir.

Gerade als ich die Tür erreiche, sagt Niko noch: »Tut mir leid, dass du die ganze Zeit geglaubt hast, ich hätte eine Freundin.«

Die Erleichterung darüber, dass ich diese prickelnden Gefühle, die sich seit Tagen in mir anstauen, nicht mehr unterdrücken muss, ist so überwältigend, dass ich einfach zu lachen beginne. »Mir tut es leid, dass ich nicht früher nachgefragt habe.«

»Als würde jemand auf der Straße Flyer verteilen, auf denen steht, dass wir gratis Tee ausschenken«, scherze ich, als Steffi mir im Gang zur Küche entgegenkommt.

In der Stadt ist die Hölle los.

»Ein ganz normaler achter Dezember«, stöhnt sie, bevor sie auch schon in den mit Kunden überfüllten Verkaufsraum weitereilt. Sie hat Nachschub von unseren weihnachtlichen Geschenksets geholt. Sie bestehen aus dreierlei Teesorten in besonders hübschen und winterlichen Verpackungen. Einem kraftvollen Grüntee aus Japan, einem frischen, leicht blumigen Schwarztee aus Nepal und einem zart duftenden, eleganten Oolong Tee aus Taiwan. Auf dem Etikett des Sets steht ein Zitat des chinesischen Philosophen Laotse, das Steffi ausgesucht hat:

Tee hat nicht die Arroganz des Weines,
nicht das Selbstbewusstsein des Kaffees,
nicht die kindliche Unschuld von Kakao.
Im Geschmack des Tees liegt ein zarter Charme,
der ihn unwiderstehlich macht
und dazu verführt, ihn zu idealisieren.

Es scheint, als wäre die Teekombination das ideale Weihnachtsgeschenk für Familie, Freunde und Bekannte. Nahezu jeder Kunde wirft einen Blick darauf, ebenso wie auf die hübschen Teedosen, die individuell befüllt werden können.

In der Küche bereite ich Tees für zwei ältere Damen zu. Sie haben mir erzählt, dass sie sich nach einer gemeinsamen Einkaufstour durch die Wiener Innenstadt bei uns aufwärmen und stärken wollen. Und damit sind sie nicht allein. Alle Tische sind besetzt, und sobald einer von ihnen frei wird, stürzen sich schon die nächsten Kunden auf ihn.

Erst wollte der Graf sich um die Bewirtung der Gäste kümmern, doch schnell war klar, dass seine Erfahrung an der Theke gebraucht wird. Ich war leichter zu entbehren.

Ich gieße unseren exklusivsten Weißtee auf, der einen zarten, frischen Geschmack hat und in der Tasse nahezu kristallklar ist. Die beiden Damen wussten genau, was sie wollen. Dazu richte ich ihnen wie gewünscht Früchtebrot an, das meine Großtante von der gleichen Bäckerei bezieht, aus der auch das mürbe Teegebäck in unserem Sortiment stammt.

Zurück im Verkaufsraum serviere ich den Tee und das Gebäck und kassiere an einem anderen Tisch ab. Kaum dass sich die einen Gäste erhoben haben, haben auch schon zwei neue Platz genommen. Zum Glück habe ich bequeme Schuhe an, aber ich befürchte, dass mir durch das ungewohnt viele Stehen und Herumlaufen abends trotzdem die Füße wehtun werden.

Mit dem benutzten Geschirr und einer neuen Bestellung komme ich zurück in die Küche, wo bereits ein aufgebrühter Assam-Tee auf mich wartet, der mir neue Energie verleihen soll. Mit Koffein. Viel Koffein. Da er bereits abgekühlt ist, schmeckt er bitterer als üblich, doch ich habe ohnehin keine Zeit, um ihn zu genießen. Also kippe ich ihn runter und verschlinge dazu ein Stück von dem Früchtebrot, bevor ich mich um die Wünsche der neuen Kunden kümmere.

»Du schlägst dich gut«, sagt Steffi, die gerade die Küche betritt. Obwohl sie selbst erschöpft aussieht, lächelt sie mir aufmunternd zu. »In der Früh hätte ich noch gewettet, dass du spätestens zu Mittag das Handtuch schmeißt, aber jetzt ist es schon drei Uhr nachmittags.« Sie nickt mir anerkennend zu.

Tatsächlich, der halbe Nachmittag ist bereits um. Die Zeit ist viel schneller vergangen, als es sich für mich angefühlt hat. Zum Glück, denn ich sehne den Feierabend herbei.

»Es ist wirklich anstrengend«, gestehe ich, »aber es macht auch Spaß.«

»Stimmt. Die Badewanne gehört heute Abend übrigens mir!« Damit lässt meine Schwester mich wieder allein.

Ein Vollbad klingt wirklich verlockend, doch wenn ich nachher zu Hause bin, werde ich wohl nur noch ins Bett fallen. Und mich auf den morgigen freien Tag freuen.

Mit schweren Beinen schleppe ich mich am Abend die Stiegen hinauf. Jetzt fühlen sich meine Schuhe gar nicht mehr bequem an, und ich freue mich schon, sie mir von den Füßen zu treten. Den ganzen Tag bin ich im Geschäft zwischen Tresen, Küche und Gästetischen hin und her gelaufen.

Steffi ist noch im Teehaus und stellt neue Geschenksets zusammen. Die Nachfrage danach war so groß, dass fast alle verkauft sind. Der Feiertag hat die Umsatzzahlen in die Höhe schießen lassen, und bis Weihnachten wird es ähnlich stressig und verkaufsintensiv weitergehen.

Ich gebe zu, dass ich froh war, als sie und Tante Poldi mir erlaubt haben, schon nach Hause zu gehen. Nachdem mein Wochenende in Hamburg auch nicht sehr entspannt war, kann ich die Erholung gut gebrauchen.

»Hallo, Romi.« Nikos Stimme kommt aus dem Erdgeschoss.

Ich drehe mich um und sehe, wie er gerade von draußen hereinkommt. Hinter ihm fällt die Haustür ins Schloss. Mit ein paar schnellen Schritten überspringt er mehrere Stufen, um zu mir aufzuschließen.

»Du kommst auch erst jetzt heim?«, fragt er und zieht sich die Strickhaube vom Kopf. Dann fährt er sich durch sein zerzaustes Haar und verwuschelt es damit nur noch mehr.

Mein Herz würde bei seinem Anblick bestimmt schneller klopfen, wenn es nicht so müde wäre. Ich will gerade etwas erwidern, doch ein Gähnen kommt mir dazwischen. »'tschuldigung«, sage ich kleinlaut. Das war nicht gerade verführerisch. »Ich bin so erledigt. Ich muss wirklich ins Bett.«

Niko lässt sich von meinem Zustand offenbar nicht abschrecken. »Und es gibt keine Möglichkeit, dich zu überreden, noch auf ein Glas Wein zu mir zu kommen?«

»Wir sehen uns morgen«, antworte ich bedauernd. »Dafür verspreche ich dir, dass ich dann fit bin.«

Er hat sich ganz offensichtlich eine andere Reaktion erhofft. Dennoch ringt er sich ein Lächeln ab. »Ist gut. Dann hole ich dich um neun Uhr ab, okay?«

»Gern.« Ich drehe mich zu Steffis Wohnungstür und sehe, dass ein rosafarbener Zettel an ihr klebt.

»Was ist das?«, fragt Niko neugierig.

»Charlie will, dass ich noch kurz bei ihr klopfe«, antworte ich, selbst ein wenig verwundert. Vielleicht hat sie ein Päckchen für mich angenommen? Aber habe ich überhaupt etwas bestellt? Mein Hirn läuft auf Notbetrieb und macht sich nicht die Mühe, die Antwort auf die Frage zu finden.

Mir fällt erst auf, dass Niko hinter mir stehen geblieben ist, als ich an Charlies Tür klopfe. Es dauert einen Moment, bis geöffnet wird. Jedoch nicht von meiner netten Nachbarin, sondern von einem Mann in Anzug und mit elegantem Kurzhaarschnitt.

»Hallo, du musst Romi sein«, sagt er und streckt mir eine Hand entgegen. »Ich bin Daniel, Charlies Mann. Gut, dass du kommst, ich habe schon befürchtet, wir ertrinken in den Schnecken.«

Ehe ich verstehen oder nachfragen kann, was er meint, höre ich Charlie aus der Wohnung rufen: »Ist das Romi?«

Daniel bejaht die Frage.

Mutig. Er hat mich vorher noch nie gesehen, ich könnte auch eine Zeugin Jehovas sein.

»Komme schon!«

»Sie war mal wieder im Backrausch«, erklärt Daniel und rollt mit den Augen, als wäre es ein Insiderwitz zwischen uns. Doch sein Lächeln ist liebevoll.

»Die wurden für eine Veranstaltung bestellt«, erklärt Charlie ungeachtet seiner Worte, als sie mit einem Teller voller Nussschnecken hinter ihm auftaucht. »Die kurzfristig abgesagt wurde. Also sitzen wir auf hundertfünfzig Nussschnecken.«

Schon bei dem Anblick des Gebäcks, das Charlie mit Zuckerguss bestrichen hat, läuft mir das Wasser im Mund zusammen. Ich habe seit heute Morgen kaum etwas gegessen. Damit könnte ich mir den Bauch vollschlagen.

»Ich nehme euch gerne ein paar ab«, sage ich nicht ganz uneigennützig, als Charlie mir den Teller überreicht.

Sie sieht an mir vorbei und entdeckt Niko im Stiegenhaus. »Willst du auch welche? Der Germteig schmeckt am ersten Tag am besten, aber natürlich halten sie noch länger.« Ohne eine Antwort abzuwarten, eilt sie zurück in die Wohnung.

»Ich glaube kaum, dass ich die alle heute essen kann«, spreche ich meine Gedanken beim Blick auf den Teller laut aus. Auf ihm liegen acht, nein, sogar neun Nussschnecken.

Daniel lacht. »Das wäre eine Herausforderung. Ich habe nach drei Stück aufgegeben.«

Er ist mir sofort sympathisch, obwohl ich mir ihn anders vorgestellt habe. Er scheint das komplette Gegenteil der quirligen Charlie zu sein. Dann erinnere ich mich, dass er laut Niko der Eigentümer des Eppensteiner Hotels am Ring ist. In so einer Funktion ist es vermutlich besser, wenn man etwas bodenständiger und ausgeglichener ist.

»Damit seid ihr jetzt beide versorgt«, sagt Charlie zufrieden, als sie zurückkommt und Niko ebenfalls einen Teller mit einem Berg aus Nussschnecken gibt.

Dieser bringt angesichts der Menge nur ein knappes, überwältigtes »Danke« über die Lippen. Ich kann immerhin mit Steffi teilen, wenn sie heimkommt. Meine Schwester wird sich bestimmt freuen.

»Ich muss mich entschuldigen, wenn euch meine Frau ihre Mehlspeisen aufdrängt«, sagt Daniel und legt seinen Arm um Charlies Schultern.

Die Geste ist so liebevoll, dass ich einen Stich im Herzen spüre. So einen Mann wünsche ich mir auch an meiner Seite. Instinktiv sehe ich zu Niko hinüber, der sich gerade über die Lippen leckt und vermutlich gar nicht weiß, wie süß er dabei aussieht.

»Aber ich fürchte, ihr werdet noch öfter in diesen Genuss kommen«, fügt Charlie grinsend hinzu.

»Damit kann ich leben«, sagt Niko trocken. »Danke noch mal!«

Wir verabschieden uns, und ich verspreche, Charlie den Teller morgen zurückzubringen. Dann stehen Niko und ich wieder alleine im Stiegenhaus.

»Ich muss mindestens die Hälfte einfrieren, sonst kannst du mich später mit einem Zuckerschock im Spital einliefern lassen«, sagt er. »Oder wollen wir uns zusammen dem Zuckerrausch hingeben?« Er hält mir den Teller verführerisch vor die Nase.

*** Afternoon Tea ***

... ein englisches Ritual, das es zu übernehmen gilt

Der Klassiker der britischen Teekultur ist der Nachmittagstee, der zwischen fünfzehn und siebzehn Uhr serviert wird. Im deutschen Sprachraum wird er gern als Five o'clock Tea bezeichnet, ein Ausdruck, der in der englischen Sprache nahezu unbekannt ist.

Das Ritual geht auf die Herzogin von Bedford zurück, die um 1840 den Nachmittagstee mit einem Snack einführte, um die lange Zeit bis zum Abendessen zu überbrücken. Schnell fanden ihre Freundinnen an dieser Gepflogenheit Gefallen, und sie verbreitete sich auf der Insel.

Der Afternoon Tea wird üblicherweise im Salon an niedrigen Tischen eingenommen, weshalb er umgangssprachlich auch Low Tea genannt wird.

Traditionell werden dazu Milch, Zucker, Zitrone und ein kleiner Imbiss serviert. Beliebt sind Scones, Shortbread und Sandwiches mit leichten Aufstrichen.

> Tee zu servieren
> zeugt von Geschmack für das Erlesene,
> denn Tee macht gesellig und höflich,
> er ist anregend und bescheiden.

(John Galsworthy, britischer Schriftsteller)

Ich weiß nicht, wie genau ich mir die Werkstatt eines Restaurators vorgestellt habe, aber ich hatte mit einer großen Halle gerechnet, mit riesigen Maschinen, um das Holz zu bearbeiten. Ähnlich einer Zimmerei. Vermutlich, weil Niko gelernter Tischler ist.

Doch Nikos Werkstatt sieht mehr aus wie ein großer Hobbyraum. Drei breite Fenster, die zu einem Innenhof gehen, spenden viel Tageslicht, und die Industrielampen an der Decke sorgen dafür, dass auch bei dem winterlich trüben Wetter jeder Winkel ausgeleuchtet wird.

Überall stehen Möbelstücke, die teilweise so aussehen, als hätte Niko sie direkt vom Sperrmüll. Sie haben abgeschlagene Kanten und fehlende Beine oder sind so abgenutzt, dass von der Maserung des Holzes kaum noch etwas erkennbar ist. Andere Stücke wurden offensichtlich schon bearbeitet. Die fehlenden Teile sind ersetzt, die Risse gekittet und die Oberflächen poliert worden.

»Wie lange arbeitest du an so einem Teil?«, frage ich und streiche mit den Fingern über das glatte Holz eines antiken Sekretärs, der vor einem der Fenster steht. Es ist dunkel, leicht rötlich. Das Möbel hat drei breite Schubladen und einen Aufsatz mit weiteren Laden und Kästchen. Darin ließe sich allerlei verstauen.

Niko kommt näher und berührt den Sekretär ebenfalls, als hätte er eine ganz besondere Verbindung zu ihm. »Der war in keinem besonders schlechten Zustand«, erklärt er. »Ich musste nur ein paar Kanten aufarbeiten, die Beschläge ersetzen und dem Holz neuen Glanz verleihen. Nach den passenden

Beschlägen musste ich etwas suchen, aber dann ging es ziemlich schnell.«

»Aus was für einem Holz ist er?«, will ich wissen und versuche, mir ein Bild von dem Haus zu machen, in dem der Sekretär früher stand. Wer war sein Besitzer, woher hatte er das gute Stück?

»Nussholz.«

»Und wie viel ist dieser Sekretär wert?« Nicht, dass ich ihn mir in Steffis Wohnung vorstellen könnte. Er würde nicht zu ihrem modernen Einrichtungsstil passen. Dennoch gefällt er mir.

Niko wiegt den Kopf nachdenklich. »Ich schätze, zwischen fünfzehn- und zwanzigtausend.«

»Euro?«, rufe ich erstaunt.

Niko schmunzelt über meine Reaktion. »Nein, Vanillekipferl.«

Jetzt kann ich mir das Teil noch weniger in Steffis Wohnung vorstellen. Am Ende kacken Wolfgang und Amadeus noch auf den wertvollen Sekretär.

»Sind alle Teile hier so teuer?«, frage ich und sehe mich zwischen den Stühlen, Tischen und Kommoden um.

»Ziemlich«, antwortet Niko ausweichend. »Ich würde auch Möbel von Ikea restaurieren, aber in unserer Wegwerfkultur ist es eher üblich, günstiges Mobiliar durch neues günstiges Mobiliar zu ersetzen.«

Damit hat er vermutlich recht.

Ich denke an mein Bett, das er mir vor Kurzem zusammengebaut hat. Es hat nur ein paar Hundert Euro gekostet. Wenn es mal kaputt ist oder ich es nicht mehr sehen kann, werde ich mir ohne große Sentimentalität ein neues kaufen. Anders wäre es wohl, wenn ich ein antikes Bett hätte, das mehrere Zehntausend Euro wert ist.

In der Werkstatt riecht es nach Holz, Leim und Lacken. Der Boden besteht aus rustikalem Parkett, das perfekt hierherpasst und wirkt, als hätten schon unzählige Möbelstücke auf ihm gestanden.

An einer Wand hängt eine Vielzahl an Werkzeugen in Reih und Glied: Sägen, Hämmer, Scheren, Hobel, Schraubenzieher, Spachtel, Pinsel und Feilen in allen Größen und Varianten. Dazwischen Ohrenschützer und Schutzbrillen. So hat Niko alles, was er für seine Arbeit braucht, sofort parat.

»Benutzt du die alle?«, frage ich skeptisch. Immerhin kann ich auf die Schnelle zwölf feine Pinsel und fünf Spachtel zählen. Von den Sägen ganz zu schweigen.

»Mit dem falschen Werkzeug kann man großen Schaden anrichten«, antwortet Niko geduldig. »Bei dem Wert der Möbel überlege ich oft dreimal, welches das richtige ist.«

Das klingt einleuchtend. Wenn ich ihm eine Fünfzehntausend-Euro-Kommode anvertrauen würde, würde ich auch nicht wollen, dass er sich auf gut Glück mit irgendeinem seiner vielen Werkzeuge daran versucht.

Ich nicke. »Sieht so aus, als hättest du genug zu tun«, sage ich weiter. »Da wirst du deine Investitionen wohl bald wieder drin haben, oder?« Obwohl ich eine betriebswirtschaftliche Ausbildung habe, ist die Restaurationsbranche für mich völlig fremd.

Niko lässt sich mit einer Antwort Zeit, als wäre es ihm unangenehm, darüber zu sprechen. »Die Auftragslage ist nicht schlecht«, erklärt er, »aber der ein oder andere Großauftrag würde mir mehr helfen. Dafür muss man sich aber erst einmal einen Namen gemacht haben. Die Leute vertrauen einem Neuling in der Branche nur ungern so viel Verantwortung an. Was verständlich ist.«

Ich beobachte ihn, wie er sich durch den Raum bewegt. Als könnte er auch mit geschlossenen Augen sehen. Aus der Art, wie er das Holz verschiedener Möbelstücke immer wieder mit seinen Fingern berührt, spricht seine Leidenschaft für den Beruf. Für die Materialien.

»Ich bin mir sicher, dass du den richtigen Weg gehst«, sage ich und meine es so.

Niko lächelt kurz, dann wird sein Gesichtsausdruck wieder ernster. »Es wäre einfacher, wenn die Bank nicht jeden Monat auf eine Kreditrückzahlung warten würde.«

Er hat schon einmal erwähnt, dass er viel Geld in die Werkstatt investieren musste. Jetzt, wo ich alles mit eigenen Augen sehe, kann ich mir vorstellen, dass die Maschinen, die Materialien, die Werkzeuge teuer gewesen sein müssen.

»Kann dein Großvater nicht helfen?«, schlage ich vor.

»Mein Großvater will, dass ich diese Geschäftsräume aufgebe und bei ihm weiterarbeite. Er wohnt außerhalb Wiens und hat jetzt dort eine Werkstatt, in der Platz für uns beide wäre.«

»Aber die Lage hier ist doch gut«, entgegne ich. »Zentral.«

»Eben«, antwortet Niko. »Ich könnte die Werkstatt problemlos verkaufen und wäre damit auf einen Schlag alle Schulden los.«

Etwas in seinem Gesicht sagt mir, dass er das nicht will. Natürlich lasten die Schulden auf ihm, doch in diesen vier Wänden scheint mehr zu stecken als nur Geld. Es ist Leidenschaft, es ist seine Handschrift. Auch wenn ich am Adventmarkt den vertrauten Umgang zwischen Niko und seinem Großvater gesehen habe, kann ich nachvollziehen, dass er seinen eigenen Weg gehen will.

Plötzlich strafft Niko die Schultern und schüttelt damit die bedrückte Stimmung einfach ab. »Übrigens scheint meinem Großvater deine Großtante gefallen zu haben. Ist sie …?« Er wirkt etwas verlegen.

Ich lache erheitert auf. Hat sein Großvater ihn etwa gebeten, sich bei mir nach Tante Poldi zu erkundigen?

»Nein, ist sie nicht«, stelle ich klar. »Er könnte sie ja mal im Teehaus besuchen.«

Sein warmer Blick liegt mehrere Sekunden lang auf mir. Dann nickt Niko. »Ich werde es ihm vorschlagen.«

In dem Augenblick läutet mein Telefon. Etwas umständlich fische ich es aus meiner Handtasche, wo es wieder einmal statt im Handyfach irgendwo zwischen all dem anderen Zeug gelandet ist.

Florian, stelle ich ernüchtert fest. Ich muss nur einmal wischen, dann ist er auch schon wieder verschwunden. Ich schalte das Handy auf stumm, damit er uns nicht noch einmal stören kann, und lasse es wieder in die Tiefen meiner Tasche gleiten.

»Nicht wichtig«, sage ich schnell, auch wenn Niko nicht nachgefragt hat. Ich will keinen Gedanken an Florian verschwenden. Nicht jetzt. Stattdessen komme ich auf unser vorheriges Thema zurück: »Du solltest deinen Großvater aber vorwarnen. Wenn das mit Tante Poldi klappt, wäre er Ehemann Nummer fünf.«

»Du scherzt!«

Meine Antwort ist nur ein Kopfschütteln.

»Wie bitte?«, fragt Steffi mit leisem Entsetzen in der Stimme. Sie sieht von unserer Großtante hilfesuchend zu mir, dann wieder von mir zu Tante Poldi.

Diese lässt der Tonfall meiner Schwester unbeeindruckt. Sie schlichtet weiterhin die Teedosen, die sie zuvor aufgefüllt hat, zurück ins Regal. Das Teehaus ist bereits geschlossen und der Graf nach Hause gegangen. Steffi und ich sind geblieben, da unsere Großtante uns darum gebeten hat. Was sie uns jedoch nun verkündet hat, macht uns fassungslos.

»Das ist in eineinhalb Monaten«, sage ich und kratze mit dem Daumennagel über den Nagellack auf meinem linken Zeigefinger. »Bist du dir sicher, dass das eine gute Idee ist?«

Steffi wirft mir einen wütenden Blick zu. »Natürlich ist das keine gute Idee!«, ruft sie aufgebracht. »Du bist doch gerade mal drei Wochen hier.«

Drei Wochen und einen Tag, denke ich, spreche es aber nicht aus. Ich kann die Emotionen meiner

Schwester durchaus verstehen. Auch wenn unsere Zusammenarbeit in den vergangenen Tagen gut war, scheint sie noch nicht bereit dafür zu sein, mich endgültig an ihrer Seite im Teehaus zu akzeptieren.

»Ich finde das allerdings eine sehr gute Idee«, sagt unsere Großtante mit betont ruhiger Stimme. Beiläufig öffnet sie eine Teedose und riecht an deren Inhalt. Ihrem zufriedenen Gesichtsausdruck zufolge muss sie den Geruch mögen. »Es ist ja nicht so, als würde ich danach nicht mehr mithelfen«, fährt sie fort und kommt damit auf das eigentliche Thema zurück, »es wäre nur ein Datum für die offizielle Übergabe.«

»In eineinhalb Monaten!«, wiederholt Steffi und sieht mich und Tante Poldi an, als hätte diese den Verstand verloren.

Unsere Großtante seufzt. »Wenn *ich* Vertrauen in euch haben kann, warum fällt euch das so schwer?«

»Selbst ich weiß nicht so viel über Tee wie du«, erklärt Steffi ihre Aufregung, »und ich arbeite seit neun Jahren hier.«

»Denkst du, ich wusste nach neun Jahren alles, was ich heute weiß?«, entgegnet unsere Großtante unbeeindruckt. Sie lässt sich nicht aus der Ruhe bringen. »Die Arbeit hier ist ein ständiger Lernprozess. Der Tee verändert sich von Ernte zu Ernte, alles entwickelt sich, und das tut ihr auch.« Sie lächelt Steffi zuversichtlich an.

Einen Moment lang ist es ruhig im Geschäft. Zu ruhig.

Dann sieht Steffi mich durchdringend an. »Sie ist verrückt geworden!«, ruft sie und klingt dabei, als würde es ihr selbst gleich ähnlich ergehen. »Du weißt noch nicht einmal, wie man das Geschäft am Morgen aufsperrt, und sollst in eineinhalb Monaten Eigentümerin davon sein?«

»Hey!« Ich werfe ihr einen finsteren Blick zu und hoffe, dass ihre Bemerkung nicht persönlich gemeint war.

»Nichts für ungut.« Meine Schwester winkt nur ab.

»*Ihr* beiden sollt Eigentümerinnen werden«, betont Tante Poldi. »Und ich bin zuversichtlich, dass ihr dazu in der Lage seid.«

»Wenigstens eine von uns.«

Nicht einmal diesen Kommentar kann ich meiner Schwester verübeln. Gerade erst hat sie sich daran gewöhnt, dass ich zurück in Wien bin, und nun will unsere Großtante uns in Kürze ihr Traditionsteehaus übergeben. Auch mir geht das einen Tick zu schnell. Ich lerne doch gerade erst alles kennen. Die meisten Stammkunden wissen noch nicht mal, wer ich bin, geschweige denn meinen Namen.

Von Steffi hätte ich mir jedoch mehr Selbstvertrauen erwartet. Wie sie bereits gesagt hat, arbeitet sie schon seit fast einem Jahrzehnt mit meiner Großtante zusammen und hat währenddessen viel Erfahrung sammeln können.

»Herr Graf ist ja auch noch da.« Ein schwacher Versuch von Tante Poldi, meine Schwester zu beruhigen.

»Stimmt!« Ganz offensichtlich hat der Versuch keine Wirkung bei Steffi. »Bis Ende Mai, dann geht er in Pension.«

Als meine Großtante zu lachen beginnt, glaube auch ich, dass sie verrückt geworden ist. Oder dass ihre Ankündigung der Geschäftsübergabe Anfang Februar ein Scherz ist. Ratlos sehe ich zu Steffi, doch die findet die Situation weder lustig, noch wird sie misstrauisch.

»Romi ist noch nicht bereit dafür«, sagt sie dann entschlossen.

Auch wenn ich nicht leugnen kann, dass sie recht hat, gefällt es mir nicht, dass sie mich als den Grund nennt, warum die Übergabe verzögert werden sollte. Ich bin es jedenfalls nicht, die gerade ausflippt.

»Ich glaube eher, *du* bist noch nicht bereit«, erwidert meine Großtante überraschend. Scheinbar hat sie den gleichen Gedanken gehabt wie ich.

Mehrere Sekunden lang herrscht Stille.

»Vielleicht«, gibt meine Schwester schließlich resignierend zu.

»Dann wäre das ja geklärt.« Tante Poldi klatscht in die Hände und lächelt erst Steffi und dann mich an. »Es bleibt bei Anfang Februar.«

Ich kann die Spannung in Steffis Kiefer fast in meinem fühlen. Für sie ist die Sache noch nicht erledigt.

»Kann ich mich auf euch verlassen?«, fragt Tante Poldi nun ernster.

»Na, auf mich schon«, antwortet Steffi stutenbissig.

Dann sehen mich beide erwartungsvoll an.

Entschlossen recke ich mein Kinn vor. »Ihr könnt euch auf mich verlassen«, sage ich mit kräftiger Stimme. Die Worte kommen tief aus meiner Brust, und ich meine sie so ernst wie noch nie zuvor etwas.

Meine Großtante nickt zufrieden. »Schön. Dann könnt ihr euch ja mal Gedanken darüber machen, wie ihr das Geschäft weiterführen wollt. Die Kunden sollen ruhig sehen, dass hier dann ein anderer Wind weht. Ein jüngerer.«

Ich schlucke und nage innerlich an einem Gedanken, der mir seit gestern nicht mehr aus dem Kopf geht. Genau genommen seit dem Moment, in dem Niko sagte, mit Großaufträgen könne er sein kleines Einzelunternehmen besser absichern.

»Was haltet ihr davon, wenn wir die Einrichtung auf Vordermann bringen?«

Sowohl Tante Poldi als auch meine Schwester wirken von meinem prompten Vorschlag überrascht. Ich kann in ihren Gesichtern nicht erkennen, was sie gerade denken. Habe ich eine Grenze überschritten? Mich zu schnell an ein Thema gewagt, für das ich noch nicht lang genug hier bin?

»Ich meine, die Möbel sind schon etwas in die Jahre gekommen.« Nun klingt meine Stimme nicht mehr ganz so fest. Ich zuckte fast schon ratlos mit den Schultern. Vielleicht war es doch eine blöde Idee.

»Du kannst nicht hierherkommen und nach drei Wochen das Mobiliar ersetzen wollen«, reagiert Steffi als Erste. »Ist dir schon aufgefallen, dass unsere Klientel keine jungen Hipster wie bei Regiotastic ist?«

»So meinte ich das doch auch gar nicht«, sage ich schnell, ehe meine Schwester sich weiter in ihre Aufregung hineinsteigern kann. Sie war ja ohnehin schon ganz aufgebracht wegen Tante Poldis Plänen für unsere Übernahme.

Natürlich kenne ich unsere Kunden und weiß, was sie sich von einem Wiener Teehaus erwarten.

»Ich will dieses Inventar behalten«, erkläre ich. »Unbedingt sogar! Es geht nur darum, ihm etwas Feinschliff zu geben. Ihm einen frischen Glanz zu verleihen.«

Steffi will gerade zu einem erneuten Konter ansetzen, doch unsere Großtante ist schneller.

»Ich finde die Idee gut«, sagt sie, klingt jedoch nachdenklich. »Ich würde das alte Inventar gerne weiterhin hier im Teehaus sehen, kann aber nicht leugnen, dass es an manchen Ecken und Enden schon ziemlich beschädigt ist.«

Nun scheint auch Steffi zu verstehen, worauf ich hinauswill. »Die Lade unter der Kasse hängt leicht schief«, sagt sie nachdenklich. »Und einer der Tische wackelt, egal, was ich unter das Bein lege. Außerdem hat der Verkaufstisch ausgerechnet an seiner Vorderseite einen hässlichen Kratzer.«

»Das ließe sich ohne großen Aufwand richten«, sagt Tante Poldi. »Wir hätten das schon viel früher in Angriff nehmen sollen.«

Der Punkt ist gekommen, an dem ich meine zweite – wie ich finde – hervorragende Idee aussprechen kann. »Unser Nachbar ist Restaurator. Er würde sich bestimmt freuen, den Auftrag zu übernehmen.«

»Niko?«, platzt es aus Steffi heraus.

»Ja, Niko.«

Meine Schwester presst verkniffen die Lippen zusammen. Hat sie an jemand anderen gedacht?

Tante Poldi wendet sich ihr zu. »Was sagst du dazu? Wäre das in Ordnung?«

Steffi zögert mit einer Antwort, dann nickt sie. »Ja, klar.«

»Gut.« Unsere Großtante sieht uns wieder beide an. »Vielleicht kannst du ihn ja mal fragen, ob er Interesse hätte. Alles Weitere könnten wir dann vor Ort besprechen.«

Ich nicke und versuche, meine Vorfreude zu unterdrücken. Ich kann es gar nicht erwarten, ihm davon zu erzählen.

»Kann eine von euch noch den Geschirrspüler ausräumen?«, fragt Tante Poldi, nachdem alle anderen Themen für heute geklärt scheinen.

»Ich mache das!«, rufe ich etwas zu überschwänglich. In Wirklichkeit will ich nur in die Küche, weil dort mein Handy liegt.

Ich schicke Niko sogleich eine Nachricht:

Ich habe tolle Neuigkeiten für dich!

Nur Sekunden später trudelt seine Antwort ein:

Was hältst du davon, mir übermorgen am Christkindlmarkt davon zu erzählen? Ich bräuchte Hilfe beim Verkauf. Hättest du Lust und Zeit? Am 3. Advent ist immer besonders viel los.

Aus dieser Perspektive ist der Christkindlmarkt eine ganz neue Erfahrung.

Ich beobachte die Ströme an Menschen – Einheimische wie Touristen –, die am Marktstand vorbeiziehen. Ihre neugierigen Blicke streifen dabei die handgefertigten Holzwaren, die Niko und sein Großvater anbieten. Immer wieder bleibt jemand stehen, begutachtet die Stücke genauer und kauft einen Anhänger als Geschenk oder eine Figur als Ergänzung für schon vorhandene Krippen.

Ich habe mir alle von ihnen genauer angesehen. Jede einzelne wurde mit viel Liebe und Detailtreue von Nikos Großvater geschnitzt. Es muss ein großer Aufwand gewesen sein, sie zu fertigen.

»Er arbeitet das ganze Jahr an diesen Figuren«, erklärt Niko. »Er liebt es und bessert sich so ein wenig seine Pension auf.«

»Sie sind wirklich schön«, sage ich und überlege, ob eine Krippe und ein paar Figuren zum kitschigen Weihnachtskram meiner Mutter passen würden. Wir waren noch nie sehr christlich, auch wenn wir jedes Jahr Weihnachten feiern. Für uns ist es eher ein Familientag als ein Tag zum Erinnern an die Geburt Jesu.

»Ich hätte nicht gedacht, dass ich mal am Christkindlmarkt etwas verkaufe«, sage ich und reibe die Hände über meine Oberschenkel, um mir die Finger zu wärmen. Es ist wirklich kalt, auch wenn die Wände der Hütte den eisigen Wind abhalten.

Der Adventstand ist mit Reisig und einer Lichterkette geschmückt. Jetzt, wo es dunkel wird, kommt beides besonders schön zur Geltung. Mit dem Einbruch der Dunkelheit strömen auch immer mehr Besucher auf den weitläufigen Platz vor dem Wiener Rathaus. Die Bim spuckt am Ring im Minutentakt mehr und mehr Menschen aus, die sich durch die Gänge

des Christkindlmarkts und vor allem an den Punsch-
ständen schieben.

»Du machst dich richtig gut«, sagt Niko, nachdem
sich die Kunden, die er gerade beraten hat, verabschiedet haben und weiterziehen. »Wenn mein Opa sieht,
wie du seine Figuren anpreist, wird er mich nächstes
Jahr durch dich ersetzen.« Lachend schiebt er seinen
Schal etwas höher.

»Zu dritt wären wir ein unschlagbares Team.« Ich
grinse Niko an, in dessen Gegenwart sich die letzten
Stunden überraschend kurz angefühlt haben. Sogar
die klirrende Dezemberkälte hat mir fast nichts ausgemacht. Zwischendurch hat Niko uns alkoholfreien,
aber heißen Beerenpunsch zum Aufwärmen besorgt.

»Ich könnte noch Tee verkaufen«, schlage ich vor.
Die Vorstellung gefällt mir irgendwie.

»Meinst du lose verpackten Tee oder aufgebrüh-
ten?«

Ich zucke mit den Schultern. »Vielleicht beides«,
antworte ich. »Man sagt doch, die Getränke- und
Fressstände laufen auf Adventmärkten besonders gut.
Eine Pause an einem Teestand mit einer schönen Tasse
fruchtigen Kräutertee würde dem weihnachtlichen
Einkaufswahnsinn etwas von seinem Stress nehmen.«

»Ich will dir ja nicht die Illusion kaputt machen«,
sagt Niko skeptisch, »aber ich fürchte, das läuft nur,
wenn du Rum reinkippst.«

Ich lache, weil ich mir vorstellen kann, dass er damit recht hat. Nicht alle sind Teeliebhaber.

»Außerdem kostet die Miete für einen Getränke-
stand ein Vielfaches von dem, was wir für einen Kunst-

handwerksstand zahlen«, erklärt er weiter. »Das Geld muss man in den eineinhalb Monaten auch erst mal einnehmen. Und wenn man bedenkt, wie viel Zeit draufgeht, wenn man jeden Tag hier steht, sollte man nüchtern kalkulieren, ob es sich wirklich lohnt.«

Wahrscheinlich hat er auch damit recht.

»Lümmelt ihr hier nur rum, oder verkauft ihr auch etwas?« Nikos Großvater kommt plötzlich durch die Seitentür in die Hütte und wirft einen prüfenden Blick auf seine ausgestellten Figuren.

»Keine Sorge, Herr Holzmann«, sage ich schnell, »ich habe mehrere verkauft und immer sofort nachgeschlichtet.«

Damit entlocke ich ihm ein kleines Lächeln.

»Du scheinst besser im Verkauf zu sein als der hier.« Nikos Großvater zieht ihm dessen Haube über die Augen.

»Das war schon nicht mehr lustig, als ich acht war«, knurrt Niko und richtet seine Mütze.

Ich muss beim Anblick der beiden lachen. Die neckische, aber liebevolle Art, wie sie miteinander umgehen, ist einfach zu komisch.

»Und nenn mich ruhig Peter«, fügt Nikos Großvater an mich gewandt hinzu. »Bei Herr Holzmann fühle ich mich immer so alt.«

»Weil du es bist«, murmelt Niko scherzhaft und hält seine Haube fest, damit Peter sie nicht noch mal hinunterziehen kann. Dann steht er von dem kleinen Stuhl auf. »Ich würde Romi zum Dank fürs Helfen gern noch etwas zu essen spendieren. Ist das in Ordnung?«

»Natürlich«, antwortet Peter. »Ich danke dir für deine Hilfe, Romi. So hatte ich heute Zeit, mit einem alten Freund einen Kaffee zu trinken.«

»Gern geschehen!« Ich verabschiede mich von ihm und folge Niko aus der Adventhütte. Draußen ist es spürbar kälter.

In dem langsam vorbeiziehenden Strom an Besuchern lassen wir uns in Richtung Rathaus treiben. Links von uns spielt Weihnachtsmusik, und von rechts weht der Duft von Punsch zu uns herüber.

»Also, was hättest du gern? Eine heiße Ofenkartoffel? Eine Breze? Buchteln? Eine leckere Knoblauchsuppe?« Niko sieht mich von der Seite an, und mich überkommt für einen kurzen Moment der Wunsch, er würde seinen Arm um mich legen. Nicht nur, weil ich bald durchgefroren bin wie ein Schneemann.

»Wenn ich es mir aussuchen darf, dann Maroni.«

»Maroni?« Niko scheint über meinen bescheidenen Wunsch überrascht zu sein.

»Ich liebe Maroni und hatte heuer noch keine«, erkläre ich.

Die nächste Hütte, an der es heiße Esskastanien zu kaufen gibt, ist schnell gefunden. Ich kann die spitze Papiertüte kaum halten, weil sie so heiß sind. Niko entscheidet sich für Braterdäpfel, auf die der Verkäufer eine ganze Ladung Salz kippt.

»Hast du noch Zeit für einen kurzen Spaziergang?«, frage ich und laufe schon in Richtung Weihnachtswelt, wo ich bereits bei meinem Kommen etwas gesehen habe, was ich Niko zeigen will.

»Klar.«

Die Weihnachtswelt in dem Park neben dem Rathausplatz ist wie jedes Jahr festlich geschmückt und bunt beleuchtet. Schon als Kind war sie immer mein und Steffis Highlight. Damals sah alles noch anders aus, jetzt nimmt der Kleine Eistraum, eine Eislauffläche inmitten des Parks, einen Großteil des Areals ein. Alles hier leuchtet und glitzert. Die Wege durch den Park ebenso wie das Rathaus, das über allem thront.

Die rot leuchtenden Herzen, die in der Ahornblättrigen Platane hängen, sind schon von Weitem zu sehen. Jeder Wiener verbindet den Herzerlbaum unweigerlich mit dem Christkindlmarkt am Rathausplatz und umgekehrt. Ich frage mich, wie viele Tausend leuchtende Kinderaugen ihn schon betrachtet haben. Wie viele Verliebte sich darunter geküsst haben.

»Ich wollte dir doch noch etwas erzählen«, sage ich und schneide damit endlich jenes Thema an, das mir schon den ganzen Tag unter den Nägeln brennt. Jetzt ist definitiv ein besserer Zeitpunkt als zuvor in der Adventhütte, wo wir ständig von Besuchern gestört wurden. »Wir überlegen, im Teehaus ein paar Restaurierungen machen zu lassen.«

Interessiert hebt Niko seinen Blick. »Ach ja?«

»Es ist etwas kurzfristig, weil wir gerne damit fertig wären, bevor Tante Poldi mir und Steffi das Geschäft im Februar übergibt, aber vielleicht könntest du trotzdem den Auftrag übernehmen?«

Niko denkt einen Moment lang darüber nach. »Ich müsste mir mal ansehen, was es zu tun gibt, aber bestimmt finden wir eine Lösung.«

Ich nicke zufrieden. Es würde mir gefallen, wenn wir ihm damit helfen könnten, sein Unternehmen weiter aufzubauen. Aufträge wie dieser könnten seine Selbstständigkeit fördern und ihm finanzielle Sicherheit verschaffen.

»Dann werde ich das mal an Tante Poldi weitergeben. Sie meldet sich dann bei dir.«

»Gern.« Niko lächelt mich dankbar an. Dann deutet er plötzlich zum Fuß des Herzerlbaums. »Schau mal da!«

Ich erkenne sofort, was er meint. Schon der Anblick lässt mich frösteln.

Ein Brautpaar nutzt die Kulisse für Hochzeitsfotos. Skurril ist jedoch, dass die Braut ein schulterfreies Kleid trägt, ihr Gesicht aber so entspannt aussieht, als herrschten wohlige zwanzig Grad. Ich will mir gar nicht vorstellen, wie sehr sie frieren muss

Ein Fotograf, selbst warm in einen dicken Wintermantel gepackt, positioniert das Brautpaar und lichtet es von mehreren Seiten ab. Das Motiv mit dem Herzerlbaum dahinter ist aber auch wirklich einzigartig.

»Was für eine fantastische Idee für eine Winterhochzeit«, sage ich und steuere mit Niko eine gerade frei werdende Parkbank in unmittelbarer Nähe an.

»Für meine Hochzeit würde ich dennoch den Frühling oder Sommer bevorzugen«, meint Niko schmunzelnd und isst den letzten Braterdapfel seiner Portion. Bereits am Weg hierher hat er den Großteil aufgefuttert.

»Ich denke, ich auch«, sage ich. Tolle Fotokulissen gibt es schließlich auch im Sommer. Als wir sitzen, ziehe ich meine Handschuhe aus und beginne, die immer noch heißen Maroni zu schälen. »Willst du eine?«

Niko lehnt dankend ab und sieht genauso wie ich zu, wie der Fotograf dem Brautpaar Bescheid gibt, dass er fertig ist. Sofort eilt eine junge Frau mit einem Mantel zur nun doch sichtbar zitternden Braut und streift ihn ihr über.

Kaum ist das Brautpaar samt Fotograf und Anhang weitergezogen, stürmen andere Pärchen zu dem Herzerlbaum und machen Selfies. Für Verliebte ist das hier der Hotspot am Christkindlmarkt.

»Der Tag mit dir war richtig schön«, sagt Niko plötzlich. »Und das sage ich nicht nur, weil ich vielleicht noch einmal deine Hilfe brauchen könnte.« Er grinst mich von der Seite an.

»Ich hatte auch viel Spaß«, stimme ich ihm zu. »Außerdem hast du mir ja auch geholfen, als Steffis Backrohr den Geist aufgegeben hat.«

Wir sehen einander in die Augen, und ich merke, wie mir plötzlich ganz warm wird. Vielleicht liegt es nur an den heißen Maronen, doch da auch mein Herz schneller zu schlagen beginnt, vermute ich einen anderen Grund dafür. Ich bin gerne in Nikos Nähe.

»Wir sollten öfter etwas zusammen machen«, sage ich leise und hoffe, er denkt genauso. Heute gab es so viele Anzeichen dafür, dass Niko wie ich empfindet. Dass auch er dieses Kribbeln spürt, wenn wir uns zufällig berühren oder anlächeln.

»Wenn dieser Christkindlmarktwahnsinn erst mal vorbei ist, habe ich auch wieder mehr Zeit«, sagt er mit einem entschuldigenden Lächeln.

»So lange kann ich warten«, versichere ich ihm. »Und vielleicht kann ich dich zwischendurch mit Keksen bestechen, mir doch wenigstens ein bisschen deiner Zeit zu schenken.«

Romantik-Romi nickt eifrig und schwingt schon die Teigrolle. Natürlich hätte sie nichts dagegen, für Niko ein paar Extra-Backstunden einzuplanen.

»Unbedingt.«

Da ist es auch wieder. Dieses Prickeln am ganzen Körper. Dieses warme Gefühl, das sich tiefer in mir einnisten will. Alles in mir schreit danach, einen Schritt weiter zu gehen. Ich will Niko küssen. Ich will es schon den ganzen Tag, und wo wäre es romantischer als hier, unweit des Herzerlbaums?

Plötzlich schüttelt es mich. Offenbar war das warme Gefühl in mir nicht stark genug, um gegen diese Eiseskälte anzukommen.

»Du solltest nach Hause gehen und dir eine heiße Dusche gönnen«, sagt Niko und bringt damit die romantisch-rosafarbenen Gedankenblasen in meinem Kopf zum Platzen. Bin vielleicht doch nur ich es, die ein Knistern zwischen uns spürt? Will er mich gar nicht küssen? »Bevor du dich verkühlst und noch krank wirst.«

Ich nicke automatisch, obwohl ich lieber fragen würde, ob das sein Ernst ist. Nicht, dass ich mich nicht auf eine heiße Dusche freue. Doch lieber würde ich etwas ganz anderes tun.

Auch Romantik-Romi ist entsetzt und will Niko am liebsten mit der Teigrolle eins überziehen.

»Hast du Dienstagvormittag Zeit?«, will er auf einmal wissen.

Ich blinzle irritiert. »Da arbeite ich.«

»Kannst du den Vormittag nicht freinehmen?«, fragt Niko. »Ich würde dir gerne etwas zeigen.«

»Was denn?«

»Lass dich überraschen.« Er grinst mich verschmitzt an. »Komm einfach um zehn Uhr zum St. Anna Kinderspital.«

»Okay«, sage ich gedehnt, weil ich nicht weiß, was ich mit dieser Information anfangen soll. Doch wie es scheint, werde ich ihm heute keine weiteren Details mehr dazu entlocken.

»Ich muss langsam wieder zurück zum Stand.« Niko steht auf und nimmt mir die Papiertüte mit den Maronischalen ab, um sie zu entsorgen. »Soll ich dich noch zur Straßenbahn bringen?«

Ich schüttle den Kopf, kann die Enttäuschung, dass dieser Moment so endet, kaum verbergen. »Die paar Schritte schaffe ich auch allein«, entgegne ich etwas trotzig.

Gerade als ich mich abwenden will, greift Niko nach meinem Handgelenk. »Du dachtest doch nicht, ich lasse dich einfach so gehen.«

Und ehe ich kapiere, was er damit meint, zieht er mich an sich und küsst mich. Seine Nase ist genauso kalt wie meine, aber seine Lippen sind warm und salzig von den Braterdäpfeln. Ich weiß nicht, wie lange es dauert, aber als er mich loslässt, wünschte ich, wir hätten noch viel mehr Zeit. Nur an einem wärmeren Ort.

»Ich dachte schon, du wolltest mich gar nicht küssen«, gestehe ich, als er mich anlächelt.

Nikos Grinsen wird breiter. »Das hat man dir auch angesehen.«

»Besonders kuschelig ist es hier aber nicht. Wir sollten das im Warmen wiederholen.«

»Ja, das sollten wir.«

»Prinzessin Sophie, darf es noch etwas Tee sein?« Das Mädchen mit der rosa Masche im Haar hebt die Porzellanteekanne und deutet fragend auf die Tasse, in der nur noch ein Schlückchen Tee ist.

Prinzessin Sophie rückt ihre Papierkrone zurecht und räuspert sich. »Ja, bitte, Lady Mariella.« Dann sieht sie zu, wie der rote Früchteteespiegel in ihrer Tasse steigt.

Als Lady Mariella die Kanne wieder abstellt, beginnen alle am Tisch zu lachen.

Eine ältere Dame, die gerade bei Tante Poldi Tee bestellt hat, sieht amüsiert zu den Mädchen hinüber und lächelt entzückt. »Als junges Mädchen hätte mir eine solche Teeparty zum Geburtstag auch gefallen.«

»Mir auch«, sage ich leise und beobachte die Mädchen, die sich von unserer Kundschaft nicht stören lassen.

Steffi hat die Betreuung der Party übernommen, dafür zwei Tische zusammengerückt und ein weißes Tischtuch darübergelegt. An der Wand daneben hängt eine rosafarbene Wimpelkette, auf der *Happy*

Birthday steht. Überhaupt ist vieles rosa. Die Servietten mit den kleinen Teekannen darauf, die Cupcakes, die Steffi in einer Konditorei bestellt hat, die Blumen in der Tischmitte und die Luftballons, die überall rund um die kleine Gesellschaft angebracht sind. Steffi hat sich richtig ins Zeug gelegt, um die Teeparty für das Geburtstagskind unvergesslich zu machen.

Bestimmt gibt es nicht viele Mädchen, die sich zu ihrem siebten Geburtstag eine Feier in einem Teehaus wünschen. Doch diese sieben blühen in unserem Ambiente regelrecht auf. Sie sind alle hübsch angezogen, mit bunten Kleidern und glänzenden Lackschuhen. Ihre Haare sind geflochten und werden von Spangen und Maschen gehalten. Sophie trägt eine Geburtstagskrone, die Steffi ihr feierlich zu Beginn der Party aufgesetzt hat. Die Mädchen nennen sich Lady, Prinzessin und Dutchess und spielen, sie wären eine Runde englischer Adelsfrauen, die sich zum Afternoon Tea verabredet haben. Einzig das kindliche Gekicher zwischendurch erinnert daran, dass es Mädchen sind, die einen wunderbaren Geburtstagsnachmittag in einem Teegeschäft verbringen.

Steffi hat die Kinder vor einer Stunde in Empfang genommen und sie erst einmal durch das Teehaus geführt. Dabei hat sie ihnen kindgerecht von der Teekultur in anderen Ländern erzählt, wobei die Mädchen sich besonders für den klassischen englischen Nachmittagstee interessiert haben. Also hießen sie fortan nur noch Prinzessin Sophie, Lady Mariella und Dutchess Caroline. Ein Mädchen, das lieber ein weiblicher Ritter sein wollte, hat sich sogar Dame Emma genannt. Die Namen der anderen drei habe ich bereits vergessen. Nicht aber meine Schwester, die sich verhält, dass man glauben könnte, sie wäre eine von ihnen.

»Möchte noch jemand einen Cupcake?«, fragt sie gerade und reicht ihnen die Muffins mit dem rosafarbenen Topping.

Lady Mariella lehnt sich zurück und greift nach dem pinken Fächer mit Glitzersteinchen, den sie nach der Teehausführung gebastelt hat. Während sie sich damit Luft zufächelt, antwortet sie mit gespitzten Lippen: »Nein danke. Sie schmeckten aber vorzüglich.«

Wieder kichern die Mädchen über die ausgefallene Wortwahl.

Steffi nimmt es lächelnd hin. »Dann würde ich vorschlagen, ich räume die Teetassen weg, und Prinzessin Sophie packt die Geschenke aus. Ich bin schon neugierig, was für tolle Sachen sie bekommt. Und anschließend machen wir Perlenarmbänder. Ich habe hübsche Perlen mit Buchstaben besorgt, mit denen ihr eure Namen auffädeln könnt.«

Aufgedreht holen die Mädchen die Geschenke hervor, während meine Schwester gerade noch das Porzellanservice in Sicherheit bringen kann.

»Steffi macht sich richtig gut mit Kindern, findest du nicht auch?« Anscheinend hat auch Tante Poldi die Situation in einem ruhigen Moment beobachtet.

Ich weiß nicht, ob schon oft Kindergeburtstage im Teehaus gefeiert wurden, doch dieser scheint auch für unsere Großtante ein besonderer Moment zu sein.

»Ja, das stimmt.«

»Hätte ich je eine Tochter gehabt, hätte sie bestimmt auch so gefeiert.« Tante Poldi seufzt leicht melancholisch, ringt sich aber dennoch ein Lächeln ab.

Ich erinnere mich an Steffis Worte, dass eine Familie und die Leitung des Teehauses zusammen nicht möglich sind, und überlege.

Ist es wirklich so?

»Warum hast du nie Kinder bekommen?«, frage ich, auch wenn es eine sehr persönliche Frage ist. Doch ich schätze unser Verhältnis als so eng und vertraut ein, dass ich sie stellen darf. »Mit keinem deiner vier Männer?«

Steffi und ich kannten all die Männer, mit denen Tante Poldi verheiratet war, wenn auch nicht besonders gut. Die letzte Ehe wurde vor einigen Jahren geschieden.

»Genau genommen waren es nur drei«, korrigiert sie mich schmunzelnd, da Ehemann Nummer zwei und vier derselbe war. »Aber um deine Frage zu beantworten, das hier war mein Kind.« Sie macht eine ausholende Armbewegung. »Wenn man Montag bis Samstag im Geschäft steht und am Sonntag alles für die kommende Woche vorbereitet, bleibt keine Zeit für eigene Kinder. Und so manche Beziehung ist auch daran gescheitert.«

Ich seufze. Ich hatte gehofft, sie würde mir eine andere Antwort geben.

Steffi hatte also recht. Das Führen des Teehauses ist sehr zeitintensiv, das ist auch mir mittlerweile klar geworden. Selbst wenn das Geschäft geschlossen ist, gibt es drum herum so viel zu tun, dass ich mir nicht vorstellen kann, wie man nebenbei noch ein Kind großziehen soll. Geschweige denn das Muttersein genießen kann.

»Aber ihr seid zu zweit. Ihr werdet bestimmt einen Weg finden, der euer Privatleben nicht so massiv einschränkt«, sagt Tante Poldi mit einem zuversichtlichen Lächeln.

»Bestimmt.« Ich klinge nicht ganz so optimistisch.

»Da fällt mir ein, hast du schon mit Niko gesprochen?«

Fast hätte ich vergessen, ihr davon zu erzählen. Der Kuss hat irgendwie alles andere in meinem Kopf verdrängt. Ich nicke. »Er ist an dem Auftrag interessiert.«

»Sehr gut. Gib mir bei Gelegenheit seine Nummer, dann mache ich einen Termin mit ihm aus.«

Doch ehe ich einen Zettel und Stift holen kann, kommen neue Kunden ins Geschäft.

Als ich um zehn nach zehn in der Kinderspitalgasse vor dem St. Anna Kinderspital auf und ab gehe, befürchte ich schon, Niko hätte unser Treffen vergessen. Wenn ihm etwas dazwischengekommen wäre, hätte er sich bestimmt gemeldet. Oder verspätet er sich einfach nur? Eigentlich kann ich mir nicht vorstellen, dass er unsere Verabredung verbummelt hat. Ich habe mich schon so darauf gefreut.

Ich hoffe, er kommt bald. Schließlich hat Steffi die Hälfte ihres freien Tages für mich geopfert, um mich am Vormittag im Teehaus zu vertreten. Sie hat nicht einmal gefragt, was ich vorhabe, sondern einfach eingewilligt. Ich bin ihr dankbar, auch wenn ich für sie das Gleiche getan hätte.

Vor Kälte zitternd suche ich mit meinem Blick die Straße nach Niko ab. Ich weiß noch nicht einmal, warum er mich hier treffen wollte. Ob er in der Nähe beruflich zu tun hat? Etwa im Kinderspital? Aber das ist ein moderner Bau, ein Restaurator wäre dort wohl überflüssig.

Ich laufe ein weiteres Mal die Straße bis zur Ecke vor und trotte dann zum Haupteingang zurück. Mein Handy vermeldet keine neue Nachricht, und auf meinen vorherigen Anruf hat Niko bislang nicht reagiert.

Ich würde mich wirklich ärgern, wenn unser Treffen ins Wasser fällt. Ich beschließe, ihm noch weitere fünf Minuten zu geben. Wenn er bis dahin nicht hier ist, werde ich ins Teehaus fahren, dann kann sich Steffi noch einen schönen restlichen Vormittag machen.

»Schaut mal da!«, ruft plötzlich eine Kinderstimme von einem Fenster aus.

Ich sehe hoch und entdecke zahlreiche Kinder, die trotz der Kälte die Fenster aufgerissen haben und rausschauen. Hinter ihnen stehen Erwachsene, die sich nach vorne beugen, um etwas zu erkennen.

Dann sehe auch ich, worauf sich alle Blicke richten.

Ein Mann in Superman-Kostüm seilt sich an der vorderen Ecke des Gebäudes ab. Ein Verrückter, der für Aufsehen sorgen will? Dann taucht auch noch Batman in der Mitte des Gebäudes auf. Sein schwarzer Umhang flattert im Wind, und die Kinder beginnen zu jubeln.

Vermutlich doch keine Verrückten, sondern eine geplante Aktion.

Ich versuche zu erkennen, ob Niko in einem der Kostüme steckt. Aber mit den Schulterpolstern ist das schwer zu sagen. Und Batman trägt eine Maske, welche die Hälfte seines Gesichts verbirgt.

»Wonder Woman!«, kreischt ein Mädchen in einem weißen Krankenhaushemd und springt am Fenster auf und ab. Sie deutet aufs Dach hinauf, wo sich eine Frau in entsprechendem Kostüm mit einem Seil gesichert Schritt für Schritt dem Fenster nähert.

Superman hat indessen das erste Fenster mit den Kindern erreicht und klatscht jedes von ihnen ab. Das Strahlen in ihren Gesichtern ist nicht zu übersehen.

Dann seilt sich auch noch ein grüner Superheld an der nächsten Fensterreihe ab, Green Lantern. Und wenige Meter dahinter einer in Rot. Ich trete näher ans Gebäude, weil ich trotz Maske Niko in ihm zu erkennen glaube. Während ich meine Vanillekipferl in seinem Ofen backen durfte, haben wir uns über berühmte Comiccharaktere unterhalten und hatten als Gemeinsamkeit, dass unser beider Lieblingsheld des DC-Universums The Flash ist. Vermutlich, weil wir beide die Serie so mögen. Jetzt sieht alles ganz danach aus, als ob Niko in entsprechendem Superheldenkostüm an der Wand des Kinderspitals hinunterklettert.

Kurz vor dem ersten Fenster hält er inne und sieht mich direkt an. Kurz hebt er die Hand, dann wendet er sich den Kindern zu. Sie begrüßen ihn überschwänglich.

Mir bleibt fast das Herz stehen.

Niko klettert als The Flash verkleidet die Wand eines Kinderkrankenhauses hinunter, um den kleinen Patienten eine Freude zu machen. Ich finde keine Worte, um meine Gefühle zu beschreiben. Ich bin einfach nur überwältigt.

Minutenlang sehe ich zu, wie Niko und die anderen Superhelden mit den Kindern sprechen und nach und nach in das Innere des Krankenhauses klettern. Während sich die ersten Fenster schließen, vermutlich weil es drinnen zu kalt wird, beugt Niko sich im roten Kostüm noch einmal aus dem Fenster und ruft mir zu, dass ich hineinkommen soll.

Schon vom Eingang aus sehe ich den kleinen Auflauf. Die Superhelden stehen mit ihren jungen Fans beisammen, schütteln Hände und lassen sich fotografieren. Superman vergleicht seine Oberarmmuskeln mit denen der Kinder, was so manchen Lacher auslöst.

Der Anblick rührt mich.

Nach und nach treffen weitere Erwachsene in Kostümen ein, die offenbar beim Abseilen geholfen haben. Sie haben Geschenke dabei, die sie an die Kinder verteilen.

Ich bleibe abseits stehen und beobachte mit aufsteigenden Tränen das Spektakel. Als ich das Leuchten in den Augen der Kinder sehe, bildet sich ein dicker Kloß in meinem Hals. Wenn Niko nicht bereits mein Herz erobert hätte, hätte er es spätestens jetzt getan.

»Eine tolle Sache, nicht wahr?« Ein Mann in weißem Kittel, vielleicht ein Arzt, gesellt sich zu mir und betrachtet lächelnd die von Kindern umringten Super-helden.

Ich bringe nur ein Nicken zustande und wische mir unauffällig eine Träne aus dem Augenwinkel. Meine Stimme wäre im Moment zu dünn, um Small Talk zu machen. Wobei natürlich in Wirklichkeit die Ärzte die Superhelden hier sind. Tag für Tag.

Eine gute Stunde später bringen Pfleger und Pflege-rinnen die kleinen Patienten zurück in ihre Zimmer. Es ist ein rührender Abschied, vor allem wegen der Kin-deraugen, die sich kaum von den Comic-Helden tren-nen können. Ein paar von ihnen dürfen sie begleiten, um jene Kinder zu besuchen, die ihr Bett nicht verlas-sen konnten.

Niko gehört nicht zu ihnen. Er kommt mit breitem Grinsen zu mir herüber. »Du bist zwar keine Patientin, aber wenn du willst, darfst du mit mir auch ein Foto machen«, sagt er frech.

»Das kann ich mir natürlich nicht entgehen las-sen«, sage ich mit leicht kratziger Stimme und räus-pere mich schnell. »Wie oft trifft man schon seinen Lieblings-DC-Helden.« Dann machen wir ein Selfie, was etwas überbelichtet, aber immerhin scharf ist. Ro-mantik-Romi seufzt zufrieden, wissend, dass sie dieses Bild noch unzählige Male anschmachten wird.

Niko zieht sich die Maske vom Kopf und wuschelt sich durch sein platt gedrücktes Haar. Er ist etwas verschwitzt, sieht aber trotzdem umwerfend gut aus. Vielleicht sogar noch besser, als ich ihn in Erinnerung hatte.

»Das war eine wirklich schöne Überraschung«,

sage ich. »Unglaublich, wie die Kinder gestrahlt haben.«

»Habe ich richtig gesehen, dass du Tränen in den Augen hattest?«

»Was? Wohl eher nicht. Schließlich seid ihr ja nicht als Marvel-Helden verkleidet. Dann hätte vielleicht die Möglichkeit bestanden.«

Niko lacht so aufrichtig, dass mir erneut das Herz aufgeht. Er legt seinen Arm um meine Schultern und zieht mich an sich.

»The Flash ist cool, aber Iron Man wäre der Hammer gewesen«, füge ich hinzu, während mein Herz bei dem Gefühl der Umarmung einen Salto macht. Natürlich will ich Niko nur necken. Diese Aktion verdient meinen ganzen Respekt, und ich bin unheimlich stolz, dass er ein Teil davon ist.

»Iron Man, der die Wand hinabklettert?«, fragt Niko skeptisch und lässt mich wieder los.

»Iron Man kann alles«, erwidere ich. »Dann eben Spider-Man.«

»Ich werde es für das nächste Mal vorschlagen«, gibt sich Niko versöhnlich.

Ich grinse. Da will ich unbedingt dabei sein.

»Wie bist du eigentlich The Flash geworden?« Ich deute auf sein Kostüm.

Niko räuspert sich und streckt seinen Rücken durch. »Ich wurde von einem Blitz getroffen, während der Explosion eines Teilchenbeschleunigers«, erklärt er, »wodurch ich …«

Bevor er den Satz beenden und damit die Biografie seines fiktionalen Superhelden zu Ende erzählen kann, boxe ich ihm unsanft gegen die Brust. »Das meinte ich nicht!« Das Grinsen kann ich mir dennoch nicht verkneifen.

Niko lächelt. »Hast du noch Zeit, mit mir einen Kaffee zu trinken? Dann erzähle ich es dir.«

Ich werfe einen schnellen Blick auf die Uhr am Krankenhauseingang, nur um festzustellen, dass es schon halb zwölf ist. Eigentlich habe ich Steffi versprochen, dass ich ins Geschäft kommen werde, so schnell es geht. »Ich muss meine Schwester fragen, ob sie mich noch etwas länger vertreten kann.« Sollte ihr das etwas ausmachen, werde ich Nikos Einladung leider ablehnen müssen. Steffi war schon hilfsbereit genug.

»Mach das. Ich ziehe mich in der Zwischenzeit um.«

Wenig später sitzen wir uns in einem nahe gelegenen Café gegenüber, vor mir eine Melange, eine echte Ausnahme, seit ich im Teehaus arbeite. Sobald wir ausgetrunken haben, werde ich zur Arbeit fahren, egal, wie viel lieber ich bei Niko bleiben würde.

»Wir machen das jedes Jahr«, erzählt er, nachdem er von seinem Verlängerten getrunken hat. »Ein Freund vom Klettern hatte die Idee. Er ist selbst Krankenpfleger im St. Anna und hat alles auch organisiert. Ein Spielegeschäft in der Innenstadt unterstützt uns dabei und stellt die Geschenke für die Kinder zur Verfügung. In den letzten zwei Jahren war ich für die Sicherung von Superman zuständig. Heuer durfte ich zum ersten Mal selbst ran.«

Während ich ihm begeistert zuhöre, entgeht mir nicht, dass er mit dem gleichen Stolz in der Stimme davon erzählt, im letzten Jahr *nur* für die Sicherung zuständig gewesen zu sein. Und er hat recht, denn jede helfende Hand ist bei dieser Aktion wichtig.

»Und das Kostüm von Flash hast du gewählt, weil er mein Lieblingsheld ist?« Ein Teil von mir hofft, dass Niko Ja sagt.

Er zögert einen Moment, dann schüttelt er grinsend den Kopf. »Wenn ich ehrlich bin, hatte ich das die letzten zwei Jahre auch schon an«, antwortet er.

Umso besser.

»Ich finde es toll, dass du dich so engagierst«, sage ich anerkennend. Dass Niko hilfsbereit und empathisch ist, wusste ich schon, aber wie groß sein Herz wirklich ist, hat der heutige Vormittag gezeigt.

»Es ist keine große Sache für uns«, meint Niko bescheiden. »Aber wir geben den Kindern damit Kraft und lassen sie den Krankenhausalltag zumindest einen Moment lang vergessen.«

»Willst du mal selbst Kinder haben?«, frage ich neugierig.

Er nickt nur.

»Nikolaus?« Ein Mann tritt an unseren Tisch und sieht auf Niko herab. Er ist um die fünfzig, vielleicht etwas älter, und trägt einen eleganten schwarzen Mantel und einen rot-goldenen Schal.

Bilde ich es mir ein, oder ist Niko zusammengezuckt? Ich beobachte ihn. Sein Kiefer spannt sich an, dann grüßt er knapp.

»Mittagspause hier im Neunten?«, fragt der Mann. »Nicht gerade in der Nachbarschaft der Werkstatt.«

Die süffisante Gehässigkeit in seiner Stimme lässt mich irritiert aufhorchen.

»Seit wann schert es dich, wo ich meine Mittagspause mache?«, antwortet Niko krampfhaft beherrscht.

»Ich dachte nur, du würdest deine Zeit nutzen, damit du deine Schulden bei der Bank abbezahlen kannst.«

Wie erstarrt sitze ich da und beobachte die Situation.

Wer zum Teufel ist das? Und warum sind Nikos Stolz und Selbstbewusstsein plötzlich wie fortgeblasen?

Der Mann wendet sich mir zu. »Wie unhöflich von mir, mich nicht vorzustellen. Armin Holzmann. Ich bin sein Vater.« Er zupft sich den Lederhandschuh von seiner rechten Hand und streckt mir diese entgegen.

Etwas überrumpelt greife ich danach. »Romi Blum«, antworte ich automatisch und ordne das eben Gehörte neu ein. Dass der Mann sein Vater ist, erklärt noch weniger, warum er so herablassend mit Niko spricht.

Dann erinnere ich mich. Nachdem wir meine Möbel aufgebaut hatten, hat Niko erwähnt, dass sein Vater Immobilienmakler sei. Mehr wollte er damals nicht über ihn erzählen. Nun ist mir klar, warum. Das Verhältnis dürfte ziemlich zerrüttet sein.

»Sind Sie eine Kundin meines Sohns?«, will Armin Holzmann interessiert wissen und betrachtet mich genauer.

Ich schüttle den Kopf.

»Sie ist meine Nachbarin«, antwortet Niko für mich.

Sein Vater zieht die Augenbrauen hoch, mustert mich nun noch genauer. »Soso. Eine Nachbarin, mit der du Kaffee trinken gehst?« Er lächelt etwas mitleidig.

Was soll das denn?

Ich will gerade etwas erwidern, als Niko dazwischengeht. »Wir haben uns zufällig in der Nähe getroffen.«

Verwirrt starre ich ihn an. Warum sagt er das? Warum erzählt er seinem Vater nicht, was er zuvor gemacht hat? Vielleicht würde er dann nicht ganz so blasiert mit ihm reden.

»Verstehe.« Armin Holzmann klingt nicht sehr interessiert an dem, was sein Sohn zu sagen hat. Stattdessen wendet er sich wieder mir zu. »Sie haben eine Wohnung im gleichen Haus wie Nikolaus?«

»Ich wohne dort nur vorübergehend«, antworte ich knapp. »Bei meiner Schwester.«

»Vorübergehend bei Ihrer Schwester? Soso.« Nikos Vater greift in seine Manteltasche und holt eine Visitenkarte hervor. »Wenn Sie nach einer dauerhaften Bleibe suchen, melden Sie sich bei mir. Ich habe einige schöne Objekte, die Ihnen gefallen werden.«

Versucht er etwa, mich als Kundin anzuwerben? Glaubt er ernsthaft, ich würde das auch nur in Betracht ziehen, wenn er so mit Niko spricht?

»Das werde ich«, lüge ich und schiebe das Kärtchen in meine Handtasche, wo es in den Tiefen des ganzen

Schnickschnacks untergehen wird. So wie Nikos Visitenkarte, die noch immer in meiner Manteltasche stecken dürfte.

Irgendwie bezweifle ich, dass Visitenkarten bei mir überhaupt einen Sinn haben.

»Dann noch einen schönen Tag«, verabschiedet sich Armin Holzmann von mir. Seinem Sohn schenkt er nur ein beiläufiges Nicken, bevor er das Kaffeehaus verlässt.

Ich blicke ihm nach und warte, bis die Tür hinter ihm zugefallen ist. »Was war das denn?«, frage ich Niko dann entsetzt.

»Mein Vater«, antwortet er, den Blick immer noch auf die Tür gerichtet.

»Aber warum ist er so ein …« Ich beiße mir auf die Zunge, um nicht auszusprechen, was mir durch den Kopf geht. Niko kann es sich bestimmt denken.

Er starrt sein Häferl an. Kurz glaube ich, dass er schweigen wird, doch dann sagt er: »Vor ein paar Jahren hat mein Vater meine Mutter für eine andere Frau verlassen. Eine jüngere selbstverständlich.«

Was nicht viel an dem nicht gerade positiven Bild ändert, das ich mir von Armin Holzmann gemacht habe.

»Zu diesem Zeitpunkt hatte mein Großvater ihm bereits die Werkstatt in der Stadt übertragen. Es grenzt an ein Wunder, dass er sie damals nicht sofort verscherbelt hat.« Niko macht eine kurze Pause, in der er tief Luft holt. »Meine Mutter hat bei der Scheidung auf Unterhalt und weitere Ansprüche verzichtet, im Gegenzug musste mein Vater die

Wohnung auf sie und die Werkstatt auf mich überschreiben.«

»Die Wohnung, in der du jetzt wohnst?«

Er nickt. »Als meine Mutter mit ihrem neuen Lebensgefährten zusammengezogen ist, hat sie sie mir überlassen.« Auch wenn Niko zum Zeitpunkt der Trennung seiner Eltern bereits erwachsen war, hat sie unübersehbar Spuren bei ihm hinterlassen.

»Das erklärt aber nicht, warum er sich so abwertend dir gegenüber verhält.«

Niko zuckt mit den Schultern, als wüsste er das auch nicht. Dann sagt er jedoch: »Vermutlich ist er von mir enttäuscht, weil ich nicht in seine Fußstapfen trete, sondern in die seines Vaters.«

Ich schüttle den Kopf. Das ist noch lange kein Grund. »Wie lange genau ist die Trennung deiner Eltern her?«

»Vier Jahre«, antwortet Niko. »Ich hatte gerade mein Studium zum Restaurator begonnen und war auf die finanzielle Hilfe von ihnen angewiesen, da ich nebenher nicht mehr als Tischler arbeiten konnte. Meinen Vater kümmerte das nicht, und da ich schon volljährig war, konnte ich auch keinen Unterhalt verlangen.« Er macht eine kurze Pause, als haderte er mit sich selbst, ob er weitersprechen soll. Zu meinem Glück tut er es. Ich will mehr von ihm wissen. Alles. »Meine Mutter ist Krankenschwester und hat in dieser Zeit zusätzliche Schichten übernommen, um mich zu unterstützen. Hätte sie auf Unterhalt bestanden, hätte sie es leichter gehabt. Stattdessen habe ich dank ihr die Werkstatt bekommen.«

Ich muss Nikos Mutter gar nicht kennenlernen, um zu wissen, dass ich sie mag. »Das war sehr selbstlos von ihr.«

Niko lächelt sanft. »Ja, sie ist wirklich toll. Du solltest sie mal kennenlernen. Ihr würdet euch mögen.«

»Der Rooibostee hat eine sehr beruhigende und entspannende Wirkung«, erkläre ich einer Kundin, die sich nach seinen Eigenschaften erkundigt hat. »Weil er keine Gerbstoffe hat, können Sie ihn auch länger ziehen lassen, um seinen Geschmack zu intensivieren.«

Ich hole eine der Teedosen mit Rooibostee aus dem Regal. Interessiert riecht die Frau an den rotbraunen Blättern. Die meisten Kunden mögen es, den Duft der Teesorten auf sich wirken zu lassen. Dadurch bekommen sie eine Vorstellung davon, wie der Tee später in der Tasse schmeckt.

»Er hat ein leicht süßliches Aroma und ist besonders mild«, füge ich hinzu.

»Außerdem soll er gegen Kopfschmerzen und Schlaflosigkeit wirken«, hilft mir meine Großtante aus.

Ich lächle sie dankbar an. »Wenn Sie eine noch mildere Sorte wünschen, kann ich Ihnen den grünen Rooibos empfehlen«, fahre ich fort, um der Kundin eine Alternative anzubieten. »Er ist nicht fermentiert und hat einen leichten Zitrusgeschmack.«

»Und schmeckt auch als Eistee sehr gut«, fügt wieder meine Großtante hinzu und reicht mir auch schon die passende Teedose.

Zufrieden entscheidet sich die Kundin für fünfzig Gramm von beiden Sorten zum Probieren. Ich fülle sie ab, während meine Großtante kassiert. Langsam spielen wir uns ein.

Noch während die Frau ihren Kauf in ihrer Tasche verstaut, kommt Peter Holzmann zur Tür herein. Nikos Großvater.

»Hallo«, sage ich etwas überrascht über seinen Besuch. Dann erinnere ich mich daran, dass ich es war, die Niko gesagt hat, sein Großvater solle einfach mal vorbeikommen.

Erst auf den zweiten Blick fällt mir der große Karton auf, den er dabeihat.

»Hallo, Romi«, sagt er nervös lächelnd und stellt ihn auf die Verkaufsfläche unseres Tresens.

»Ich erinnere mich an Sie!«, ruft Tante Poldi erfreut. »Sie sind doch der Mann mit den Krippenfiguren vom Christkindlmarkt.«

»Peter Holzmann«, stellt er sich erneut vor. »Ich habe Ihnen ein kleines Geschenk mitgebracht. Passend zur Weihnachtszeit. Vielleicht wollen Sie es hier im Geschäft aufstellen.« Etwas umständlich holt er aus dem Karton eine Krippe hervor.

Tante Poldi starrt sie perplex an. Die Hütte ist an einer Seite gemauert, hat eine Tür und ein Fenster. Das breite Satteldach bildet einen Unterstand, der für die Krippenfiguren gedacht ist.

»Eine Krippe«, stellt meine Großtante das Offensichtliche fest. Hilfesuchend sieht sie zu mir herüber.

»Die ist sehr schön«, springe ich ein.

»Aber die Figuren fehlen noch«, sagt Peter schnell.

Er kramt in den großen Taschen seiner dicken Winterjacke und holt eine in Zeitungspapier gewickelte Maria, einen Josef und eine Futterkrippe hervor. Mit leicht zittrigen Händen, als wäre er aufgeregt, stellt er alles unter dem Krippendach auf. »Das Jesuskind kommt erst am Vierundzwanzigsten dazu«, erklärt er. Dann lächelt er uns etwas unbeholfen an, zuerst Tante Poldi, dann mich.

Meine Großtante lässt sich mit einer Reaktion etwas zu lange Zeit.

»Die Krippe würde sich hübsch in der Ecke bei den Tischen machen«, schlage ich vor und deute auf die kleine Kommode, die dort steht. Die Schale mit den Kerzen könnte auch anderswo einen Platz finden.

»Gefällt sie Ihnen nicht?«, fragt Peter und schluckt schwer.

»Doch, doch«, antwortet Tante Poldi schnell, »aber ich bin Atheistin.«

Verlegen kratzt sich Nikos Großvater am Kopf. Fast tut er mir ein bisschen leid, vor allem weil ich weiß, wie sehr er seine Krippen und seine Figuren liebt.

»Aber viele deiner Kunden nicht«, werfe ich rettend ein. »Ihnen wird die Krippe bestimmt genauso gut wie dein anderer Weihnachtsschmuck gefallen.«

Schließlich beherrscht Tante Poldi die Kunst der schlichten Dekoration, im Gegensatz zu meiner Mutter.

»Das stimmt.« Sie nickt nachdenklich. »Also gut, dann stellen wir sie auf die Kommode.« Sie lächelt etwas gequält, als wäre sie sich nicht sicher, ob sie das auch wirklich will.

»Was hältst du davon, wenn du Peter zum Dank auf eine Tasse Tee einlädst?«, schlage ich vor, um die etwas angespannte Atmosphäre aufzulockern. »Wenn es so ruhig bleibt, schaffe ich den Verkauf auch alleine.«

»Gern«, sagt Tante Poldi nun schon wieder gelöster.

»Lieber ein anderes Mal«, wirft Peter ein. »Ich muss weiter zum Christkindlmarkt und meinen Enkelsohn beim Verkauf unterstützen.«

»Stimmt ja, Sie sind der Großvater von Niko, nicht wahr?«

»Der bin ich.«

»Wir wollen ihn beauftragen, unser Mobiliar im Geschäft zu restaurieren.«

Ich lächle. Endlich kommt von ihrer Seite etwas Schwung in das Gespräch.

Fasziniert sieht Peter sich im Verkaufsraum um. »Das ist bestimmt eine sehr schöne, wenn auch herausfordernde Aufgabe«, sagt er mit einem Nicken. »Vielleicht kann ich ihn dabei unterstützen.«

»Eine gute Idee. Dass Sie mit Holz umgehen können, sieht man ja.« Meine Großtante deutet auf die Krippe.

Erleichtert seufze ich kaum hörbar. Zum Glück hat sie ihm noch ein Kompliment für sein Geschenk gemacht.

»Also gut, ich muss jetzt leider wirklich los.« Peter verabschiedet sich und verlässt das Teehaus.

»Ein netter Mann, oder?«, fühle ich bei meiner Großtante vor, als er weg ist.

»Ja, sehr nett.« Sie sagt das so, als würde sie über

einen x-beliebigen Kunden sprechen. Dann nimmt sie die Krippe und trägt sie zu der Kommode hinüber. Vielleicht, um auf dem Verkaufstresen Platz zu machen, vielleicht aber auch, um das hübsche Stück angemessen zu präsentieren.

»Ich kann dir über Niko bestimmt seine Telefonnummer organisieren«, schlage ich vor, um herauszufinden, ob sie näher an Peter interessiert ist. »Dann könntet ihr das mit der Einladung zum Tee konkretisieren.«

Meine Großtante sieht mich nicht an, als sie die Schale mit den Kerzen wegstellt und an ihrer statt die Krippe auf der Kommode absetzt. Zufrieden betrachtet sie sie, ehe sie die Schale mit den Kerzen in Richtung Büro bringt. »Ja, mach das«, sagt sie beiläufig und lässt sich damit nicht in die Karten schauen.

Ich werde es auf sich beruhen lassen, schließlich ist sie eine erwachsene Frau, die genug Erfahrungen mit Männern gemacht hat, als dass sie Ratschläge von ihrer Großnichte bräuchte.

Als sie zurück in den Verkaufsraum kommt und wir noch immer alleine sind, wechsle ich das Thema: »Soll ich dann auch gleich einen Termin mit Niko ausmachen, damit er mal vorbeikommt?«

»Das habe ich längst«, antwortet Tante Poldi im Vorübergehen.

»Wie denn das? Ich habe dir doch noch gar nicht seine Telefonnummer gegeben?« Bei unserem letzten Gespräch darüber sind uns leider die Kunden dazwischengekommen.

Ob sie die Nummer aus dem Internet hat? Mit Nikos Namen und Restaurator als Suchbegriff wäre das bestimmt ein Kinderspiel, doch ich bezweifle das. Tante Poldi sitzt nicht gern am Computer, wie sie mir mal erklärt hat.

»Aber Steffi.«

»Steffi hat Nikos Telefonnummer?« Die Frage ist mir zu schnell über die Lippen gerutscht.

Ich überlege kurz. Das macht Sinn. Bestimmt haben die beiden ihre Nummern, falls sie mal nachbarschaftliche Hilfe brauchen.

»Ja, offenbar waren die beiden mal zusammen. Es scheint Steffi aber nicht zu stören, wenn er hier arbeitet.«

Was hat sie da gerade gesagt?

Steffi und Niko waren mal zusammen?

Als Tante Poldi meinen verdatterten Gesichtsausdruck bemerkt, setzt sie fort: »Wenn du mehr darüber wissen willst, musst du schon die beiden fragen.« In dem Moment kommt eine Kundin ins Geschäft, und meine Großtante wendet sich ihr sogleich zu.

Mit angestauten Emotionen, die in meiner Brust zu explodieren drohen, stapfe ich die Stufen in das erste Stockwerk hoch. Seit meine Großtante erwähnt hat, dass Steffi und Niko ein Paar waren, kann ich an nichts anderes mehr denken. Völlig geistesabwesend habe ich sogar einer Kundin statt entkoffeiniertem Schwarztee einen mit Koffein verkauft. Als ich meinen Fehler bemerkt habe, war sie längst gegangen. Ich hoffe nur, der Tee hält sie nachts nicht wach.

Ein paarmal war ich kurz davor, Tante Poldi noch einmal darauf anzusprechen. Ich will wissen, wie lange die beiden zusammen waren und wann sie sich getrennt haben. Doch es hat sich kein geeigneter Zeitpunkt ergeben. Wenn sie überhaupt mehr darüber weiß.

Jetzt stehe ich vor Nikos Tür und starre mehrere Sekunden lang auf das Türschild, ehe ich meine Hand hebe und anklopfe. Ich muss diese Ungewissheit loswerden, die sich wie ein glühender Stein in meinem Bauch anfühlt.

Es dauert nicht lange, da reißt Niko auch schon die Tür auf. Er ist gerade dabei, in seinen Wintermantel zu schlüpfen und sich gleichzeitig den Schal um den Hals zu wickeln.

»Romi! Waren wir verabredet?«

»Nein, aber wir müssen reden«, antworte ich emotionslos.

»Können wir das verschieben? Ich war den ganzen Tag am Christkindlmarkt und muss noch in die Werkstatt, um die Arbeit an einem Schreibtisch zu beenden, den ein Kunde morgen abholen will«, sagt er gehetzt. Er zieht sich die Schuhe an und sucht anschließend nach seinem Schlüssel, den er auf der Kommode unter einer Haube findet. »Und nach dem Telefonat mit deiner Großtante stelle ich mich darauf ein, dass ich wohl so schnell keine Zeit mehr für andere Aufträge haben werde.« Er grinst entschuldigend und will sich gerade an mir vorbei aus der Wohnung schieben. Als ich nicht zur Seite gehe, runzelt er etwas irritiert die Stirn.

»Es ist mir wirklich wichtig«, gebe ich nicht nach.

»Ich komme erst spät zurück. Wahrscheinlich nicht vor zehn oder elf Uhr. Aber wenn du willst, können wir dann reden.« Er wendet sich bereits den Stufen zu.

»Warum hast du nicht gesagt, dass du mit Steffi zusammen warst?«

Mit einem Schlag ist es ganz still.

Jetzt habe ich seine volle Aufmerksamkeit.

Niko hält inne und sieht mich mehrere Atemzüge lang wortlos an. Dann räuspert er sich und sieht hilfesuchend zu Steffis Wohnungstür. »Hat Steffi das nie erwähnt?« Er klingt verunsichert.

Ich schüttle den Kopf. »Warum hätte sie das tun sollen? Sie weiß ja nicht mal, was zwischen uns läuft.« Obwohl wir noch gar nicht definiert haben, was da überhaupt läuft. Aber dass es mehr als nachbarschaftliche Freundschaft ist, sollte uns doch beiden klar sein.

Niko schließt für eine Sekunde die Augen und holt tief Luft, offenbar wenig erfreut darüber, dass ich ihn mit diesem Thema aufhalte. Dennoch macht er keine Anstalten, einfach zu verschwinden. »Das zwischen Steffi und mir war keine große Sache«, erwidert er. »Ich hielt es nicht für erwähnenswert und habe, wenn ich ehrlich bin, auch nicht mehr wirklich daran gedacht.«

Mir klappt der Mund auf. Das ist seine Erklärung? Das?!

Meine ohnehin schon brodelnden Emotionen kochen angesichts seiner Reaktion über. »Wir küssen uns, und du denkst dabei kein einziges Mal daran, dass du schon meine Schwester geküsst hast? Bei der ich wohne? Nur wenige Meter von dir entfernt?«

Jetzt seufzt Niko und wirft einen Blick in Richtung Stufen, als wäre die Treppe sein Fluchtweg. »Es war wirklich keine große Sache, Romi«, betont er noch einmal, »und jetzt entschuldige mich. Ich muss los, sonst stehe ich bis Mitternacht in der Werkstatt und kriege womöglich Ärger mit den Mietern darüber.« Ein kurzes Zucken seines Mundwinkels lässt mich glauben, dass er es bereut, das Thema nicht gleich aus der Welt schaffen zu können, doch dann geht er einfach die Treppen hinunter.

»Aber …«, bringe ich nur fassungslos hervor.

»Wir reden noch einmal darüber, okay?« Er hat schon fast das Erdgeschoss erreicht.

Ich höre, wie sich die Haustür öffnet.

»Oh, hallo«, sagt eine Frauenstimme. Nikos Reaktion darauf kann ich weder hören noch sehen. Dann kommen auch schon Schritte die Treppe herauf.

»Hi, Romi«, sagt Charlie, als sie mich erblickt. »Niko hatte es aber eilig.« Sie lächelt mich an, in der Hand eine Transportbox, die verdächtig einem Kuchenbutler ähnelt. »Du siehst aus, als könntest du ein Stück Kuchen vertragen. Mit extradickem Zuckerguss. Wenn du Tee machst, kümmere ich mich um den Rest.«

Dieses Angebot kann ich nicht ausschlagen.

Nicht in einem Augenblick wie diesem.

»Gern.«

Ich kenne den Club nicht, den Angela für unseren heutigen Mädelsabend ausgesucht hat. Und selbst wenn es ihn schon vor vier Jahren gegeben haben sollte, hätte ich mich wohl kaum hierher verirrt.

Das liegt zum einen daran, dass ich noch nie ein Fan von Diskotheken war, und zum anderen, dass diese Location einfach nur unverschämt teuer ist. Zu Studentenzeiten hätte ich mir so einen Abend ohnehin nicht leisten können, und auch jetzt lege ich nur ungern zwölf Euro für einen Longdrink auf den Tisch.

»Für die nächste Runde besorge ich uns ein paar heiße Typen, die uns einladen«, verspricht Angela und hält ihren Hugo hoch, damit wir anstoßen können.

Zum Glück haben wir bei Steffi bereits eine Flasche Wein getrunken, sonst wäre ich zu nüchtern für diese Musikauswahl und außerdem nach dem Abend pleite.

Die Schuhe, die ich mir von Steffi geliehen habe, sind nicht nur ungewohnt hoch, sondern auch an den Zehen zu eng. Sie wurden mir aufgedrängt, weil sie so toll zu dem Rock passen, den Angela eigentlich für Trixi dabeihatte, die ihn aber partout nicht anziehen wollte. Also wurde er mir aufgezwungen. Aber ich will mich nicht beschweren, das Outfit sieht wirklich großartig aus.

»Die Musik hier ist der Hammer!«, ruft Angela und grinst breit in die Runde. Dann fällt ihr Blick auf die anderen Besucher, als würde sie prüfen, ob ihr zukünftiger Traumprinz unter ihnen ist. Um den dreht sich nämlich alles in den letzten zwei Stunden.

»Geht so«, höre ich Trixi stöhnend neben mir. Ich kann mir nicht vorstellen, dass sich ihr Musikgeschmack mit dem von Angela deckt. Genauso wenig wie ihr Kleidungsstil.

»Da müssen wir wohl beide durch«, sage ich und stoße sie sanft mit dem Ellenbogen an.

Sie lächelt mir leidend zu. »Angela schleppt mich mindestens einmal im Monat in solche Clubs, aber wehe, ich schlage mal vor, in meine Lieblingsbar zu gehen. Die findet sie sterbenslangweilig.«

»Mit der richtigen Gesellschaft ist es nirgends langweilig«, erwidere ich, und wir stoßen erneut an. Trixi trinkt Bier, ich Cuba Libre. Eigentlich wirklich eine Frechheit, was sie hier für ein bisschen Cola und Rum verlangen.

»Wie wär's mit einer Wette?«, schlägt Angela plötzlich vor. »Wer als Erste die Nummer von einem heißen Mann ergattert, kriegt von den anderen das Taxi nach Hause bezahlt. Und, Trixi, die Betonung liegt auf heiß!« Sie grinst siegessicher.

Trixi rollt nur mit den Augen. »Gegen dich haben wir doch eh keine Chance. Mit deinem operierten Barbiekörper entsprichst du genau dem Beuteschema von neunundneunzig Prozent der Männer hier.«

»Ha! Gewonnen!«, ruft Steffi, ehe Angela etwas auf den spitzen Kommentar antworten kann. »Da vorne ist Gregor. Er ist heiß, und ich habe seine Nummer, also legt schon mal zusammen.« Dann marschiert meine Schwester mit ihrem Cocktail durch die Menge auf einen Mann zu, der sich unweit von uns an der Bar mit zwei anderen Männern unterhält.

»Gregor?«, frage ich neugierig.

»Ein Ex von ihr«, winkt Angela desinteressiert ab. »Total langweiliger Kerl.« Sie verzieht das Gesicht.

»Das sagt sie nur, weil er ihr damals den Laufpass

gegeben hat«, ergänzt Trixi mit schiefem Grinsen. »Sie hat es vor Steffi bei ihm versucht.«

In den nächsten zwei Stunden trinke ich noch einen überteuerten Cuba Libre und einen Shot. Natürlich zahle ich beides selbst, denn Angela hat zwar für sich, aber leider nicht für uns Drinks bei einem Typen herausschlagen können. Trixi meint, mit mehr Alkohol im Blut könnten wir die Musik besser ertragen. Mittlerweile dröhnt sie in meinem Kopf, und ich befürchte, dass das auch die ganze Nacht so bleiben wird.

Weil Angelas spendabler Aufriss mit seinen Freunden in eine andere Bar weitergezogen ist und wir uns geweigert haben mitzukommen, lungert sie nun mit sichtbar schlechter Laune neben uns herum.

»Such dir doch einfach einen Neuen«, sagt Trixi angesichts ihrer Miene. »Da laufen doch mindestens zehn Kerle rum, die genauso aussehen wie der gerade eben.«

»Aber die meisten haben ihre Freundin dabei oder schauen nicht zu mir herüber«, meint Angela und schmollt.

Grinsend sehe ich Trixi an, die so tut, als würde sie sich mitleidig eine Träne aus dem Augenwinkel wischen. Dann wird ihr Gesichtsausdruck wieder neutral, und sie zuckt mit den Schultern.

»Mädels, ihr könnt euch das Taxigeld für mich heute sparen«, sagt Steffi, die zu uns an den Tisch gekommen ist, den wir erst vor einer Viertelstunde ergattert haben. Davor mussten wir auf gefühlten zehn Quadratzentimetern neben der Bar stehen. Zu dritt. »Ich verschwinde mit Gregor.«

Sprachlos sehe ich auf. Gregor steht einige Meter abseits und schaut in unsere Richtung. Als er unsere neugierigen Blicke sieht, hebt er grüßend die Hand. Sieht so aus, als wollte er nicht zu uns rüberkommen. Vielleicht, weil er Angela und Trixi bereits kennt.

»Ernsthaft?«, fragt Angela und verzieht das Gesicht, als könnte Gregor das nicht sehen.

»Viel Spaß, Süße«, meint Trixi und gibt meiner Schwester einen Klaps auf den Po.

Ich beobachte, wie Steffi mit Gregor von dannen zieht. Dabei legt er ihr die Hand auf den Rücken. Die Geste sieht vertraut aus.

»Sie hätte es bei einem Mal belassen sollen«, sagt Angela.

»Aufgewärmt schmeckt nur ein Gulasch gut«, stimmt Trixi ihr trocken zu.

Ihre Worte dringen nicht nur aufgrund der lauten Musik kaum zu mir durch. Ich bin in Gedanken. Dann springe ich von meinem Stuhl auf. »Bin gleich wieder da!«

Nur mühsam kann ich mir einen Weg durch die Menge bahnen. Als ich den Ausgang erreiche, ziehen Steffi und Gregor gerade ihre Mäntel an und gehen ins Freie. Ich rufe meiner Schwester hinterher, doch sie reagiert nicht, also folge ich ihnen an dem Türsteher vorbei nach draußen. »Steffi, kann ich noch kurz mit dir reden?«

Überrascht wenden sich beide mir zu.

Dann sagt Gregor mit einem Nicken zur anderen Straßenseite: »Ich besorg uns schon mal ein Taxi.«

Steffi kommt die paar Schritte zurück zu mir. »Was

ist denn? Willst du mich etwa ermahnen, nicht mit fremden Männern mitzugehen?« Sie lacht, offensichtlich auch schon etwas angeheitert. »Keine Sorge, ich kenne ihn.«

»Jaja«, winke ich nur ab. »Ich wollte mit dir eigentlich über jemand anderen reden. Über Niko.«

»Niko?«, fragt Steffi irritiert, als wüsste sie entweder nicht, von wem ich spreche, oder nicht, warum.

»Unseren Nachbarn«, sage ich daher etwas unbeholfen. Ich schlinge meine Arme um meinen Oberkörper, weil es in den letzten Stunden draußen noch kälter geworden ist. Zumindest fühlt es sich so an. Selbst schuld, wenn man im Dezember ohne Jacke und in viel zu kurzem Rock mitten in der Nacht im Freien rumsteht.

»Ich weiß, wen du meinst. Ich kenne nur einen Niko«, erwidert Steffi amüsiert. »Was ist mit ihm?«

»Wart ihr mal zusammen?« Ich will es auch aus ihrem Mund hören. Vielleicht auch in der illusorischen Hoffnung, dass sie Nein sagt. Dass Tante Poldi nur etwas missverstanden hat.

Steffis Gesichtsausdruck wird ernster. Sie zögert, mir eine Antwort zu geben, dreht sich stattdessen um, um nach Gregor Ausschau zu halten. Der beugt sich gerade durch die offen stehende Beifahrertür zu einem Taxifahrer und sagt etwas zu ihm.

»Lass uns morgen darüber reden, okay?«, erwidert Steffi, als sie mich wieder ansieht.

»Können wir?«, ruft Gregor uns zu, doch ich ignoriere ihn.

»Ich fliege morgen wieder nach Hamburg, zur Tee-

Sommelière-Ausbildung«, sage ich mit zitterndem Unterkiefer.

Steffi nickt kurz, bleibt aber stumm.

»Das Taxi wartet.« Gregor ist hörbar ungeduldig. Als ob nicht noch fünf weitere Taxis in der Schlange stehen würden.

Am liebsten würde ich ihm mit Steffis geborgten Stöckelschuhen in den Hintern treten.

»War es etwas Ernstes?«, hake ich nach, ehe sie mich stehen lässt. »Das zwischen Niko und dir?«

»Nein!«, antwortet sie etwas zu schnell. »War es nicht.« Sie blickt zu Gregor, der sie fragend ansieht. »Und jetzt gehe ich. Mir ist kalt.« Damit läuft sie auf die andere Straßenseite zu dem Taxi.

»Worum ging es?«, höre ich Gregor leise fragen.

»Um nichts Wichtiges«, antwortet Steffi. Dann steigen die beiden ein und fahren los.

Ich sehe dem Taxi noch kurz nach, dann eile ich zu dem Club zurück. Der Türsteher lässt mich sofort passieren, als ich ihm meine Hand mit dem Stempel hinhalte. Länger hätte ich es draußen nicht ausgehalten.

»Ich musste deinen Platz fünfmal gegen so einen Angela-Verschnitt verteidigen!«, ruft Trixi, als ich wieder bei den beiden bin. Dann runzelt sie die Stirn. »Warst du etwa draußen?« Vermutlich hat sie das Zittern meiner Unterlippe bemerkt.

»Ja, ich brauche jetzt dringend etwas Wärmendes. Was empfiehlst du?«

»Wodka«, sagt sie bestimmt. »Immer nur Wodka.«

Steffis hohe Schuhe werden zu einer Herausforderung, als ich zu unserer Wohnung in den ersten Stock hinaufgehen muss. Angela und Trixi haben mich mit einem Taxi vor dem Haus abgesetzt. Ich fürchte, ich habe ihnen zu viel Geld für die Fahrt gegeben, weiß es aber nicht mehr genau. Der Alkohol, der in meinem Blut durch meinen Körper zirkuliert, lässt mich weder gerade stehen noch klar denken.

Ich weiß nicht einmal, ob ich überhaupt vorankomme oder mehr Stufen runter- als hochsteige.

Irgendwann erreiche ich das erste Stockwerk doch. Zum Glück ist meine Handtasche klein, sonst würde ich meinen Schlüssel mit Sicherheit nicht so schnell finden. Doch statt damit die Tür von Steffis Wohnung aufzusperren, steuere ich direkt auf Nikos zu.

Seit drei Tagen habe ich ihn nicht gesehen. Seit drei Tagen hat er sich nicht bei mir gemeldet. Von wegen, wir reden noch einmal darüber.

Was wäre so schwer daran gewesen, mir eine Nachricht zu schreiben? Oder mich anzurufen? Oder den Hintern hochzukriegen und an unsere Tür zu klopfen?

Er weiß, dass er etwas falsch gemacht hat, das ist eindeutig.

Am besten, ich frage ihn gleich mal, warum er so tut, als hätte ihn der Erdboden verschluckt.

Ich klopfe mindestens zehnmal an seine Tür. An die Nachbarn, die dadurch aufwachen könnten, denke ich nicht. Als wir ins Taxi gestiegen sind, war es drei Uhr in der Früh. Jetzt ist es vermutlich viertel oder halb vier. Eher halb, die Treppe hat mich aufgehalten.

Verdammt, wann bin ich zuletzt so spät nach Hause gekommen? Und so betrunken?

Erneut klopfe ich, dieses Mal mit jener Hand, in der ich den Schlüsselbund halte. Er scheppert laut, als er gegen das Türblatt knallt. Ich höre gar nicht mehr auf.

»Ruhe hier!«, ruft jemand aus einem höheren Stockwerk.

»Pssst!«, entgegne ich und kümmere mich nicht weiter darum. Die meisten hier kennen mich eh nicht.

Ich lege mein Ohr an die Tür und lausche. War das ein Knarzen des Bodens? Vielleicht Schritte?

Ehe ich die Geräusche deuten kann, verliere ich das Gleichgewicht und lande ziemlich hart auf dem Boden in Nikos Wohnung.

Hätte er mich nicht wenigstens filmreif auffangen können?

»Romi?«

»Gut erkannt«, sage ich mit schwerer Zunge und rapple mich etwas umständlich auf. Die High Heels sind mir dabei keine große Hilfe.

Niko will mir unter die Arme greifen, doch ich stoße seine Hand beiseite.

»Weg da, kann ich selber!«

»Bist du betrunken?«, fragt Niko, als ich endlich wieder auf beiden Füßen stehe.

»Ich? Nö, warum?« Ich versuche, mich am Türrahmen festzuhalten, knicke jedoch mit einem Fuß um und muss noch mal nachfassen. »Diese beknackten Schuhe.« Ich schüttle sie mir von den Füßen, wobei ich erneut fast das Gleichgewicht verliere, und lasse sie irgendwo in Nikos Flur liegen.

»Es ist halb vier, mitten in der Nacht«, sagt Niko und seufzt.

»Super, Uhr lesen kannst du also auch«, antworte ich schwankend. Verdammt, warum dreht sich plötzlich alles? Vorhin im Taxi war doch noch alles gut.

Niko reibt sich die Nase. »Hör zu, ich muss in vier Stunden raus und arbeiten«, sagt er dann.

Ich zucke mit den Schultern, als wäre mir das völlig egal. »Und ich fliege morgen früh nach Deutschland.«

Überrascht zieht er die Augenbrauen hoch. »Dann solltest du dir lieber noch ein paar Stunden Schlaf genehmigen. Ich bringe dich jetzt ins Bett.«

»Aber nicht in deins!«, protestiere ich und hebe den Finger.

»Bestimmt nicht«, entgegnet er. »Wenn du schon kotzen musst, dann in dein Ikea-Bett.« Er hebt meinen Schlüsselbund auf, der mir bei der Bruchlandung offenbar aus der Hand gefallen ist, und schiebt mich aus seiner Wohnung.

»Hey!«, rufe ich, doch dann merke ich, dass er mitkommt.

»Sei leise, Romi, sonst kriegen wir noch Ärger mit den Nachbarn«, ermahnt er mich, während er mich zu Steffis Wohnung führt.

»Mir doch egal. Kenne ich eh nicht.«

»Charlie schon.« Niko sperrt unsere Wohnungstür auf.

»Richtig, Charlie!«, rufe ich schuldbewusst. Plötzlich tut es mir furchtbar leid, dass ich so rücksichtslos und laut war. Ich merke, wie mir Tränen in die Augen steigen. »Ich muss sie fragen, ob ich sie geweckt habe. Ich muss mich entschuldigen.« Sofort will ich die dritte Wohnungstür auf unserer Etage ansteuern, doch Niko packt meinen Arm fester und zieht mich unsanft in Steffis Wohnung. Ich will mich wehren, doch mir entkommt nur ein wenig ladyliker Rülpser.

Wenn es überhaupt so etwas wie einen ladyliken Rülpser gibt.

Niko reagiert nicht darauf und hilft mir stattdessen aus dem Mantel.

»Glaubst du, die Königin muss auch mal rülpsen?«, frage ich nachdenklich, während er den Mantel an die Garderobe hängt.

»Was? Welche Königin?« Niko scheint meinem Gedankengang nicht folgen zu können. Vermutlich ist er zu müde dafür. Oder zu nüchtern.

»Die Queen von England«, sage ich, als wäre das selbstverständlich.

»Ja, ich bin sicher, dass auch sie manchmal rülpsen muss«, sagt er geduldig und führt mich den Gang entlang zu meinem Zimmer. »Willst du noch etwas trinken oder dir die Zähne putzen?«

»Na!«, winke ich ab. Getrunken habe ich genug für heute. »Keinen Durst mehr.«

»Ist Steffi da?«, will Niko wissen, als er die Tür zu meinem Zimmer öffnet.

»Warum? Willst du lieber etwas von ihr als von mir? Ich weiß, dass ihr zusammen wart.«

Einen Moment lang sieht er mich perplex an, dann schüttelt er den Kopf. »Ich wollte nur wissen, ob jemand da ist, der sich um dich kümmern kann.«

»Ich brauche niemanden, der sich um mich kümmert«, entgegne ich und werfe meine Handtasche aufs Bett. Viel mehr auf den Teppich davor. Zielwasser war wohl nicht in meinen Drinks. »Und erst recht nicht dich! Dich braucht keiner! Weißt du, es gibt auch andere Typen, die gut aussehen. Gregor zum Beispiel, der sieht sogar noch besser aus als du.« Okay, das ist gelogen, wenn ich meinen Männergeschmack als Maßstab nehme, aber vielleicht findet Steffi das ja. »Und der ist voll nett und ja, ich weiß nicht, was noch, aber er sieht echt gut aus.« Ich zucke mit den Schultern und lasse mich erschöpft auf meine Matratze fallen.

»Alles klar«, sagt Niko ruhig.

»Du bist aus dem Rennen, Nikolaus!« Ich gähne und schließe todmüde die Augen.

Schneepunsch

*... wer Angst vor Kalorien hat,
gibt lieber noch einen Schuss Rum dazu*

Zutaten:

1 Esslöffel brauner Zucker
20 ml brauner Rum
250 ml Milch
Schlagobers
Zimt

Zubereitung:

Milch in einem Topf erhitzen und den Zucker darin auflösen.
Anschließend mit einem Schneebesen aufschäumen und in ein Glas
gießen. Rum zugeben, mit einer Schlagobershaube garnieren und mit
Zimt bestäuben.

*Tee ist besser als Wein,
denn man trinkt ihn ohne Rausch.*

(Tschung Mung, chinesischer Gelehrter)

Für einen Augenblick weiß ich nicht, ob der Geruch, der mir in die Nase steigt, gut oder schlecht ist. Jedenfalls versucht mein Magen, gegen ihn zu rebellieren. Erst als mir klar wird, dass es nach gerösteten Kaffeebohnen duftet, beruhigt er sich etwas.

Ich entschließe mich, trotz des Pochens in meiner linken Schläfe, das mehr einem Hämmern gleicht, einen Blick zu riskieren. Erleichtert stelle ich fest, dass ich in meinem Zimmer bin, also ist der gestrige Abend doch in keiner Katastrophe geendet.

Ich könnte schließlich auch in irgendeiner Seitengasse liegen. Dort wäre es Mitte Dezember allerdings nicht so kuschelig und warm. Oder im Bett eines Mannes in einer versifften WG. Nein, eindeutig mein Zimmer. Doch was, wenn ich jemanden mitgebracht habe? Vorsichtig taste ich neben mich, doch das Bett ist bis auf mich leer. Zum Glück!

Aber wo kommt der Kaffeeduft her?

»Guten Morgen!«

Mit einem Satz setze ich mich auf und schreie los.

Niko steht vor mir. In Jeans und T-Shirt.

Also, *daran* könnte ich mich bestimmt erinnern. Oder?

»Was machst du hier?«, frage ich mit rasendem Herzen.

»Dir Frühstück bringen und sehen, ob du nicht an deiner eigenen Kotze erstickt bist. Ich habe mir dafür deinen Wohnungsschlüssel geborgt.« Niko hält ein Häferl – vermutlich mit dem köstlich duftenden Kaffee – und einen Teller mit einem Briochekipferl hoch. Seine Lippen sind zu dem Hauch eines schiefen

Lächelns verzogen, als wäre er sich nicht sicher, wie die Stimmung zwischen uns ist.

»Haben wir …?« … uns gestern noch gesehen?, will ich fragen, als die Erinnerungen an den Verlauf der letzten Nacht auch schon von ganz alleine auftauchen.

Mist!

Doppelmist!

»Nein, keine Sorge«, sagt Niko sofort. »Ich habe dich nur ins Bett gebracht.«

»Das weiß ich«, entgegne ich patzig. Ich bin noch immer so sauer auf ihn, dass ich ihn ohnehin nicht rangelassen hätte. Egal, wie betrunken ich war. Außerdem ist Niko nicht der Typ, der eine betrunkene Frau ausnutzen würde. So gut kenne ich ihn mittlerweile.

Ich presse mir die Handballen auf die geschlossenen Augen in der Hoffnung, die Kopfschmerzen wegdrücken zu können. Und vielleicht auch, um Niko auf unerklärliche Weise aus meinem Zimmer verschwinden zu lassen.

Weder das eine noch das andere funktioniert.

Verdammt, wie konnte der gestrige Abend nur so eskalieren? Ich wollte doch nicht zu spät nach Hause kommen, weil ich früh losmuss. Abrupt nehme ich die Hände von meinen Augen, öffne sie, erkenne im ersten Moment aber nur schwarze Sternchen, die um mich herumtanzen. »Wie spät ist es?«, frage ich, nachdem ich ein paarmal geblinzelt habe.

»Halb acht. Du hast gesagt, du würdest heute wegfliegen, deshalb dachte ich …«

»Mist! Mist! Mist!«, falle ich ihm ins Wort und springe aus dem Bett. Mit etwas unsicheren Schritten laufe ich ins Bad, wo mich ein Blick in den Spiegel erst einmal erschrocken die Luft anhalten lässt. Ich stecke noch immer in dem Rock und dem Oberteil von letzter Nacht und habe zudem noch die Schminke im Gesicht. Im ganzen Gesicht natürlich. Und an meinen Handballen, wie ich im nächsten Moment feststelle.

In den darauffolgenden fünf Minuten dusche ich mich nicht nur, sondern putze mir zeitgleich die Zähne und schrubbe mir das Make-up runter. Meine Haare müssen fürs Erste so bleiben, wie sie sind, um sie zu waschen, fehlt mir die Zeit. Ich bürste sie nur schnell durch, ehe ich in ein Handtuch gewickelt zurück in mein Zimmer eile, um nach frischem Gewand zu suchen.

Niko sitzt auf meinem Bett und isst das Briochekipferl, das er mir mitgebracht hat.

»Du bist ja immer noch da«, stelle ich irritiert fest. Ich bin so in Eile, dass es mir nicht einmal peinlich ist, praktisch nackt vor ihm zu stehen.

»Ich dachte, wir reden über das, was gestern passiert ist«, erklärt er. »Und über mich und Steffi.« Bei dem Namen meiner Schwester wird er leiser. Vermutlich denkt er, dass sie im Zimmer nebenan ist. Wenn er wüsste.

»Nicht jetzt«, entgegne ich. »Ich muss los.«

»Aber …«

»Nicht jetzt!«, rufe ich lauter. »Um neun Uhr geht mein Flug! Und jetzt raus aus meinem Zimmer, ich muss mich anziehen.«

Niko starrt mich noch zwei weitere Sekunden lang verdutzt an, dann steht er auf, wirft meine Schlüssel aufs Bett und verschwindet. Die Zimmertür knallt hinter ihm zu und kurz darauf auch die der Wohnung.

Ich seufze auf. Gerade habe ich echt keine Zeit für Drama.

Erst mal muss ich meinen Flieger erwischen.

»Wer von euch trinkt gerne Tee?«, fragt Steffi an den Tresen gelehnt.

»Ich!«, schreien die Kinder wie aus einem Munde. Sie sind vier, fünf Jahre alt, haben bunte Winterjacken an und Minirucksäcke dabei.

Drei Betreuerinnen begleiten die Kindergartenkinder bei ihrem Ausflug.

Tante Poldi und ich kümmern uns währenddessen um den Verkauf, bemerken aber dennoch, wie neugierig und interessiert die Kinder sind.

Momentan ist viel zu tun, passend zur Vorweihnachtszeit. Vor allem die Geschenksets sind immer noch beliebt, ebenso wie sämtliche Teesorten mit Zimt, Nelken und Bratapfelaroma.

Dennoch hat Steffi es sich nicht nehmen lassen, dem Wunsch der Kindergartengruppe nachzukommen und sie in unserem Haus herumzuführen. Die Erzieher wollen, dass die Kinder mehr über Tee erfahren.

»Dann setzt euch mal, und anschließend suchen wir gemeinsam aus, welchen Tee wir später trinken«, schlägt meine Schwester vor und bringt die Kinder zu den Tischen, die sie für sie vorbereitet hat. Die bunten Servietten und Kekse lassen die Kinderaugen noch viel größer werden.

»Wie war die Ausbildung am Wochenende?«, fragt meine Großtante neugierig, als gerade keine Kundschaft da ist.

»Interessant«, antworte ich, was auch stimmt. »Es ging vor allem um Schwarz- und Grüntees sowie ihre unterschiedlichen Charakteristika je nach Anbaugebiet. Wir haben auch ein paar Varianten verkostet und versucht, sie zu bestimmen.«

Tante Poldi lächelt zufrieden. »Es gefällt mir mitzuerleben, wie du eine Leidenschaft für Tee entwickelst«, sagt sie und streichelt mir liebevoll über den Rücken.

»Danke, dass du mir die Chance dafür gibst. Aber es wird dauern, bis ich das Wissen aufgeholt habe, das Steffi mir voraus ist.«

»Darum geht es doch gar nicht. Ihr müsst noch lernen, dass ihr hier nicht miteinander konkurriert, sondern an einem Strang zieht. Dass ihr euch mit euren verschiedenen Eigenheiten gegenseitig ergänzt. Dann steht einem erfolgreichen Fortbestand des Teehauses nichts im Weg.«

Ich nicke, wissend, dass wir das hinbekommen werden. Also, an einem Strang zu ziehen. Die erfolgreiche Weiterführung des Teegeschäfts steht noch in den Sternen. Aber wenn wir alles verinnerlichen, was Tante Poldi uns beibringt, und es umsetzen, dann könnten wir auf einem guten Weg sein.

»Du kannst Steffi ja öfter mit Kindergeburtstagen und Besuchen von Kindergartengruppen ablenken, während du dein Wissen über Tee erweiterst«, schlägt meine Großtante mit einem Augenzwinkern vor. »Das scheint genau ihr Ding zu sein.«

Wir sehen zu meiner Schwester hinüber, die mehrere Teedosen durch die Hände der Kinder wandern und sie daran schnuppern lässt. Währenddessen erklärt sie, welche Sorten sie ihnen zum Trinken vorschlagen würde. Die Mischungen Erdbeer-Granatapfel, Apfel-Gänseblümchen und Holunder-Zitrone machen die Kinder besonders neugierig.

»Dann hole ich jetzt mal heißes Wasser, und ihr probiert in der Zwischenzeit das Teegebäck, das ich euch schon hergestellt habe.«

Die Kinder nicken begeistert. Verständlich, wenn es um Kekse geht.

Tante Poldi kümmert sich währenddessen um eine Kundin, die das Geschäft betreten hat.

Zu sehen, wie meine Schwester umringt von Kindern aufblüht, erinnert mich an ihre Aussage, dass eine Familie und die Führung des Teehauses nicht vereinbar sind. Sie muss ihn nicht einmal laut aussprechen, der Kinderwunsch, der in ihr schlummert, ist im Leuchten ihrer Augen zu erkennen, wenn sie mit Kindern zu tun hat.

Vielleicht hat sie recht. Vielleicht war es Tante Poldi wirklich nicht möglich, das Teehaus und eigene Kinder unter einen Hut zu bringen. Weil ihr die Kraft und die Zeit dafür gefehlt haben.

Doch Steffi ist nicht allein. Ich bin auch da und will ihr gerne dabei helfen, dass sie ihre beiden Träume verwirklichen kann. Eine Partnerschaft und eine mögliche Familie sollen nicht an unserem Teeladen scheitern. Außerdem hat sich die Rolle des Vaters in den letzten Jahren geändert, sodass nicht mehr nur die Frau für die Erziehung der Kinder zuständig ist.

»Romi, bringst du mir bitte noch ein Klebeband? Dieses hier ist gleich aus«, sagt Tante Poldi.

Ich brauche ein paar Sekunden, bis ich mich von meinen Gedanken und dem Anblick der Keks essenden Kinder lösen kann und realisiere, was sie von mir will. Tante Poldi füllt gerade für eine Kundin mehrere Teesorten in Säckchen ab.

»Kommt sofort«, sage ich und gehe zu der Lade, in der wir die Klebebänder üblicherweise aufbewahren. Meine Hand greift ins Leere. »Wo ist die Lade?« Irritiert sehe ich meine Großtante an.

»Ach, stimmt ja! Die hat Niko schon mitgenommen«, sagt sie. »Das Klebeband liegt jetzt hinten im Büro.«

Als ich mit der neuen Rolle zurückkomme, ist die Kundin bereits gegangen. »Was meintest du damit, dass Niko die Lade hat?«, frage ich verwirrt, weil ich dachte, er würde mit der Arbeit bei uns erst später beginnen.

»Er war gestern da, um über die Details des Auftrags zu sprechen«, antwortet Tante Poldi. »Die Lade hat er mitgenommen, um an ihr die Beschaffenheit des Holzes zu prüfen und alles zu besorgen und vorzubereiten, was nötig ist. Außerdem hatte sich der Griff bereits gelöst. Er will ihn in der Werkstatt gleich fixieren.«

»Okay«, sage ich gedehnt, während ich die Information sacken lasse. Ob Niko absichtlich genau an dem Tag hier war, an dem ich in Hamburg war? Weil er mir aus dem Weg gehen wollte?

Nach den Ereignissen am Wochenende würde mich das nicht überraschen.

»Er möchte in den Weihnachtsferien mit den Renovierungsarbeiten starten, weil wir dann ein paar Tage geschlossen haben und er ungestört das Parkett ölen kann.«

Oder weil er dringend das Geld braucht, denke ich. Dieser Auftrag zählt bestimmt zu seinen größeren. Kein Wunder, dass er ihn nicht aufschieben will.

Ob Steffi gestern da war, als Niko sich im Geschäft umgesehen hat? Wie sie wohl auf ihn reagiert hat? Schließlich ist er ihr Exfreund, auch wenn mir noch nicht klar ist, wie ernst ihre Beziehung gewesen ist. Laut Niko ja nicht sehr, und auch Steffi war eher zurückhaltend mit einer diesbezüglichen Auskunft.

Meine Schwester kehrt mit drei Kannen heißem Wasser zu den Kindergartenkindern zurück und setzt ihre kleine Exkursion in die Welt des Tees fort. Ihr warmer Blick gleitet über die Köpfe der Buben und Mädchen, die neugierig die Kannen anschauen und dabei Kekse mampfen.

Etwas in meinem Magen krampft sich zusammen.

Ist es die Beziehung mit Niko, die aufgrund des nicht zu erfüllenden Kinderwunschs gescheitert ist? Niko hat immerhin genickt, als ich ihn gefragt habe, ob er später gern Kinder haben möchte. Sprechen die beiden deshalb nicht über ihre gemeinsame Zeit?

Zwei Tage später ist es so weit. Heiligabend!

Obwohl Tante Poldi sich bislang gesträubt hat, im Teehaus Weihnachtsmusik zu spielen, laufen heute die

Weihnachtslieder rauf und runter. Ihre Auswahl ist wirklich schön und passend zum Ambiente. Hauptsächlich sind es besinnliche Lieder, klassisch arrangiert. Von modernen Songs wollte sie nichts wissen, allen voran von *Last Christmas*.

Mir macht das nichts aus. Ich bin so in Weihnachtsstimmung, dass sie auch eine Weihnachts-CD von Rammstein spielen könnte, wenn es die denn gibt. Ich würde dennoch mit Sternchen in den Augen die Kunden anstrahlen und ihnen besinnliche Feiertage wünschen.

Der Andrang ist so stark wie am achten Dezember. Es ist, als bräuchten sämtliche unserer Kunden noch Last-Minute-Geschenke. Ich bezweifle, dass am Ende des Tages auch nur ein Teeblatt übrig ist.

Tante Poldi, Steffi und ich stehen nebeneinander hinter der Verkaufstheke und versuchen, den Ansturm im Akkord zu bewältigen. Und das mit nur zwei Teewaagen. Zusätzlich zu unserer großen haben wir noch eine digitale aus dem Lager geholt.

Der Graf kümmert sich indessen um diejenigen, die bei uns eine Tasse Tee trinken wollen. Manchmal muss er dabei die wartenden Kunden zurechtweisen, damit sie jenen Platz machen, die ihren Einkauf erledigt haben und den Laden wieder verlassen wollen. Das Gedränge ist so groß, dass ich fürchte, die Kunden vor uns würden von den anderen hinter den Tresen gedrückt werden.

Erst ab zwei Uhr am Nachmittag wird es ruhiger. Nur noch vereinzelt betreten verzweifelte Geschenksuchende das Geschäft. Vermutlich ist die Mehrheit bereits auf dem Weg nach Hause, um die letzten Vorbereitungen für den Weihnachtsabend zu treffen.

Ich bin froh, dass Steffi und ich bei unseren Eltern eingeladen sind und wir weder einen Christbaum schmücken noch uns ums Abendessen kümmern müssen. Auch Tante Poldi verbringt den Abend mit uns, weshalb wir uns später ein Taxi nach Oberlaa teilen wollen.

Mittlerweile haben sie und meine Schwester auch aufgehört, sich über meinen Ugly-Christmas-Sweater lustig zu machen. Am Morgen haben sie die korpulente Katze mit Elchgeweih, die mit einer bunten Lichterkette umwickelt ist, noch schräg gemustert. Dabei wissen sie noch nicht einmal, dass die Lichterkette sogar blinken kann.

Passend zu dem Pulli trage ich einen dunkelgrünen, knielangen Rock und weinrote Strumpfhosen. Meine Haare habe ich zu einem einfachen Zopf geflochten, der von einem roten Band zusammengehalten wird.

Steffi ist klassischer gekleidet. Sie trägt ein Kleid mit rot-grünem Karomuster und dazu die Kette mit dem Holzanhänger, die ich ihr kurz nach meiner Rückkehr nach Wien geschenkt habe. Sie hat nichts mehr dazu gesagt, doch dass meine Schwester sie trägt, bedeutet mir viel.

Um drei Uhr verabschiedet sich der Graf und wünscht uns ein besinnliches Weihnachtsfest. Er fährt direkt zu seiner Tochter, die ihn zum Essen mit ihrem Mann und den Enkelkindern eingeladen hat.

»Ich mache noch schnell im Büro Ordnung«, sagt

meine Großtante, als gerade keine Kunden im Geschäft sind. »In den letzten Tagen ist einiges liegen geblieben.«

Wir haben noch eine Stunde geöffnet, ehe wir das Teegeschäft für die kommenden Feiertage schließen. Ich atme auf bei dem Gedanken. Die kleine Pause wird uns allen guttun.

»Kann ich dich kurz alleine lassen?«, fragt Steffi. »Dann kümmere ich mich um die Küche. Heute will bestimmt niemand mehr einen Tee trinken.«

»Klar, mach nur. Ich halte die Stellung.«

Just als Steffi verschwindet, kommt auch schon ein Stammkunde in den Laden, ein älterer Herr, und kauft seinen Lieblingstee, um über die Feiertage versorgt zu sein. Er wünscht noch ein schönes Weihnachtsfest, dann verlässt er das Geschäft und gibt dabei die Türklinke dem nächsten Kunden in die Hand.

Ich erkenne erst, dass es Niko ist, als er bereits im Laden steht. Es ist das erste Mal seit Sonntag, dass ich ihn wiedersehe. Seit dem Morgen nach der Partynacht, als er mir Frühstück ans Bett gebracht hat und ich ihn weggeschickt habe, weil ich sonst meinen Flug nach Hamburg verpasst hätte.

Mehrmals habe ich überlegt, wer von uns den ersten Schritt machen soll. Er oder ich? *Er* war es, der mir nichts von seiner Beziehung zu Steffi erzählt hat. Dennoch könnte es sein, dass *ich* überreagiert habe. Wie auch immer, in der Zwischenzeit habe ich einen Beschluss gefasst, dem ich treu bleiben will.

Für Steffi.

»Hallo«, sagt Niko unbeschwert.

Ich grüße ebenfalls, wenn auch etwas verhaltener. »Bist du wegen der Renovierung hier?«, frage ich. »Ich kann meine Großtante holen. Sie ist hinten im Büro.«

»Nein, nicht notwendig«, antwortet Niko und winkt ab. »Ich habe vergessen, ein Geschenk für den Freund meiner Mutter zu besorgen, und dachte, ein guter Tee könnte das Richtige sein.«

Soll das eine Ausrede für sein Kommen sein?

Nein, das hätte er nicht nötig.

»Gern«, sage ich betont professionell und spüre, wie mir eine Last von den Schultern fällt. Ich sollte mich nicht mehr in die Sache mit Niko hineinsteigern, sondern sie lieber ausklingen lassen. Ich sollte es für mich tun. »Hast du an eine bestimmte Geschmacksrichtung gedacht?«

Niko überlegt kurz. »Er trinkt gern Früchtetee«, sagt er. »Vielleicht einen mit Beeren?«

»Wir haben eine Waldbeerenmischung, die im Aroma an Uhudler erinnert«, schlage ich vor und hole die entsprechende große Teedose aus dem Regal. Mit einer kleinen Schaufel nehme ich eine Portion der Mischung heraus und halte sie Niko unter die Nase. »Eine sehr kräftige Sorte, in deren Geschmack Heidel- und Holunderbeeren dominieren. Alternativ dazu haben wir eine blumigere Mischung mit Hibiskusblüten. Oder ich kann dir eine mit Himbeeren, Ribiseln und Brombeeren anbieten.«

»Tolle Auswahl«, sagt Niko anerkennend. Sein Blick ist dabei ausschließlich auf mich gerichtet. »Die Waldbeerenmischung klingt perfekt für ihn.«

Ich nicke und fülle ihm hundert Gramm in eins unserer hübschen Säckchen.

»Dann hätte ich noch gerne einen Tee für mich. Etwas Weihnachtliches.«

Mehrmals täglich kommen Kunden mit unspezifischen Wünschen zu uns. Sie wollen etwas Weihnachtliches wie Niko, etwas Fruchtiges oder etwas Blumiges. Manchmal dauert es, bis ich die Mischung gefunden habe, die dem Geschmack der Kundschaft entspricht.

Doch jetzt weiß ich sofort, welcher der richtige Tee für Niko ist. Mit einem Schmunzeln stelle ich eine weitere Teedose auf den Verkaufstresen. Diese Sorte ist wie für ihn gemacht.

»Apfelstücke, Hibiskus, Kaktusblüten, Mandeln, Datteln und Vanille«, zähle ich die Zutaten auf. »Schmeckt fruchtig mit einem Hauch von frisch gebackenen Vanillekipferl.« Ich zwinkere ihm zu.

Er beginnt zu grinsen. »Das klingt, als hättet ihr den nur für mich im Sortiment.«

»Der ein oder andere Kunde mag den Geschmack von Vanillekipferl auch«, sage ich. So wie ich!

Bei seinem warmen Lächeln beginnt mein Herz ungestüm zu flattern. Etwas, das ich partout vermeiden wollte. Die Gefühle, die Niko in mir ausgelöst hat, dürfen nicht wiedererweckt werden. Ich muss einen Schlussstrich ziehen. Doch wenn er mich so ansieht, fällt mir das mehr als schwer.

Schnell verdränge ich alle Gedanken und versuche, mich wieder auf den Tee zu konzentrieren. »Hundert Gramm?«, frage ich und hole schon ein Säckchen unter dem Tresen hervor.

»Ja, bitte.« Niko scheint von meiner plötzlich kühlen Art irritiert zu sein.

Aber ich kann nicht anders. Ich muss mich so verhalten.

Steffi ist nur wenige Meter von uns entfernt in der Küche, auch wenn ich bezweifle, dass sie uns hören kann. Normalerweise schließt sie die Tür, wenn sie dort zu arbeiten hat, damit das Scheppern des Geschirrs nicht in den Verkaufsraum dringt.

Dennoch regt sich mein schlechtes Gewissen, wenn ich daran denke, wie Niko und ich uns eben noch angesehen haben. Mein Herz darf einfach nicht so auf ihn reagieren.

Ich nehme das Geld entgegen und schiebe ihm den Tee und den Kassenzettel über die Theke zu. »Dann wünsche ich dir schöne Feiertage.«

Niko nimmt alles entgegen, bleibt jedoch stehen. »Wollen wir reden?«, fragt er leise.

»Für mich gibt es nichts zu reden«, entgegne ich und spüre gleitzeitig einen Stich in der Brust. Hier und jetzt ist weder der richtige Ort noch der richtige Zeitpunkt, um irgendetwas zu besprechen. »Es wäre schön, wenn wir Freunde bleiben könnten. – Nachbarn«, korrigiere ich mich schnell.

Niko starrt mich einen Augenblick lang regungslos an. Dann nickt er, als würde er meine Entscheidung akzeptieren. »Okay«, sagt er, klingt dabei aber enttäuscht.

Ein Teil in mir würde meine Worte gerne zurücknehmen und ihn umarmen. Er soll sich nicht so fühlen, wie er aussieht. Nicht heute.

»Dann schöne Weihnachten.« Damit dreht Niko sich um und verlässt das Geschäft.

Ich bleibe mit schlechtem Gewissen zurück. Einem schlechten Gewissen ihm und Steffi gegenüber. Und irgendwie auch mir selbst, weil auch ich nicht das habe, was ich eigentlich will.

Wie konnte ich in den vergangenen Jahren die Weihnachtsabende nur nicht mit meiner Familie verbringen? Hatte ich beruflich wirklich so viel um die Ohren, dass ich nicht nach Wien kommen konnte? Genügten mir die Weihnachtsfeiern mit meinen Kollegen und Freunden im Ausland tatsächlich?

Jetzt, wo ich zurück in meiner Heimatstadt und im Kreise meiner Familie bin, kann ich all diese Fragen mit einem klaren Nein beantworten.

Nein, mir hat definitiv etwas gefehlt.

Ich liebe Heiligabend mit der Familie, auch wenn wir das Fest nicht sehr besinnlich feiern.

Im Hintergrund läuft eine CD mit rockigen Interpretationen der gängigen Weihnachtslieder, die mein Vater eingelegt hat. Vorhin haben wir Burger mit Curly Fries und extra kross gebratenem Speck gegessen.

Curly Fries und extrakross gebratener Speck! Beides gibt's nur zu ganz besonderen Anlässen.

Anschließend haben wir jeder einen Kräuterschnaps getrunken, weil wir so voll waren, und jetzt kocht Papa eine Kanne Tee für Tante Poldi. Mama hat darauf bestanden, Schneepunsch für den Rest von uns zu machen.

Ich habe keine Ahnung, was das ist, bin aber für alles offen, was mit Punsch zu tun hat.

Heute trägt meine Mutter ein weißes Kleid und Engelsflügel, die sie beim Hinsetzen stören, weil sie damit jedes Mal an der Stuhllehne hängen bleibt. Dennoch nimmt sie die albernen Dinger nicht ab, weil mein Vater sie nur noch mit »Mein Engel« anspricht.

Steffi ist schon langsam genervt von den verliebten Blicken und Kosenamen meiner Eltern, doch für mich macht gerade das mein Zuhause noch heimeliger. Und zum Glück verhalten sie sich nur so, wenn wir unter uns sind. Hoffe ich wenigstens.

»Wollen wir jetzt die Bescherung machen?«, fragt mein Vater, als er die Teekanne auf den Couchtisch stellt.

Wir sind nach dem Essen aufs Sofa umgezogen, weil wir zu faul waren, den Esstisch abzuräumen. Außerdem ist es hier gemütlicher, und auch Buddy hat sich zu uns gesellt, nachdem er beim Essen nicht dabei sein durfte. Er hätte uns den gebratenen Speck bestimmt von den Tellern geschnappt.

Unter dem Weihnachtsbaum, der in allen Farben und Stilrichtungen geschmückt ist und dadurch einen etwas chaotischen Eindruck macht, liegen mehrere hübsch eingewickelte Päckchen.

»Erst stoßen wir noch an«, sagt meine Mutter. Sie kommt mit einem Tablett mit vier Teegläsern herein, die mit etwas Weißem gefüllt sind. Der Schneepunsch!

Schon der herrliche Duft nach Rum und Zimt lässt mir das Wasser im Mund zusammenlaufen. Vor ein paar Minuten dachte ich noch, ich würde nach dem

Burger und den Pommes nichts mehr hinunterbringen. Jetzt ist das Völlegefühl plötzlich verschwunden. Zudem stellt Mama noch eine Schale mit von Tante Poldi gebackenen Weihnachtskeksen auf den Tisch.

»Wann findest du neben allem anderen eigentlich noch die Zeit dafür, Kekse zu backen?«, frage ich und lange nach einem Pistazienkipferl.

»Die backe ich nachts, wenn Boxkämpfe im Fernsehen laufen«, antwortet sie lachend und gießt sich Tee ein. Ich weiß nicht, ob das ihr Ernst ist oder nur ein Running Gag.

»Und wann schläfst du?«, will Steffi wissen und löffelt das Schlagobers mit Zimt von ihrem Schneepunsch.

»Zum Schlafen habe ich in der Pension noch Zeit«, antwortet Tante Poldi und inhaliert den Duft ihres Tees, einer Beerenmischung mit Rumaroma.

Ich nehme einen Schluck vom Punsch und schmelze beim Genuss des zimtigen Schlagobers dahin. »Mhm, der schmeckt unglaublich gut. Wo hast du das Rezept all die Jahre versteckt?« Ich sehe meine Mutter begeistert an, die nur zufrieden lächelt.

»Nirgends«, antwortet Steffi trocken. »Mama hat schon in den letzten zwei Jahren zu Weihnachten Schneepunsch gemacht.«

»Es ist von einer Seminarteilnehmerin«, erklärt meine Mutter und ignoriert Steffis Seitenhieb. Sie ist ganz offensichtlich darauf bedacht, die Stimmung an diesem Abend nicht kippen zu lassen. So wie ich, weshalb ich mir einen Kommentar verkneife. »Und jetzt ist Zeit für die Geschenke.«

Tante Poldi macht den Anfang und schenkt uns allen personalisierte Teedosen mit Bambusdeckel, die sie zudem mit unseren Lieblingsteesorten gefüllt hat. Ich bekomme eine bunte Früchteteemischung.

»Ich weiß nicht, ob das deine liebste Sorte ist, aber ich denke, sie wird dir sehr gut schmecken«, sagt Tante Poldi und gibt mir ein Küsschen auf die Wange.

»Da bin ich mir sicher«, antworte ich mit vollstem Vertrauen. »Abgesehen davon kenne ich meine liebste Sorte selbst noch nicht.«

Meine Großtante lächelt mich liebevoll an. »Du wirst sie bald finden«, sagt sie. »Allerdings wird sie sich immer wieder ändern, weil du ständig neue Mischungen probieren wirst.«

Die Dose meines Vaters enthält eine aromatisierte Schwarzteemischung, deren Duft an gebrannte Mandeln erinnert. Die meiner Mutter einen Maulbeerblättertee, und in Steffis ist ein Oolong-Tee.

Von meinen Eltern bekomme ich einen Tischbrunnen, der die Energien in meinem Zimmer positiv beeinflussen soll. Ich wusste gar nicht, dass in meinem Zimmer eine negative Energie herrscht, doch mir gefällt der kleine Aufbau aus vier steinernen Schalen, über die das Wasser hinabfließt. Hoffentlich muss ich von dem Plätschern nachts nicht ständig aufs Klo. Aber wahrscheinlich kann ich ihn ausschalten.

Ich schenke Mama, Steffi und Tante Poldi flauschige Wollschale aus Irland, in die keltische Muster eingewebt sind. Papa bekommt einen irischen Whiskey, an dem er gleich neugierig schnuppert.

Während meine Eltern und Tante Poldi ein von meinem Vater zusammengestelltes Fotoalbum durchblättern, folge ich Steffi in die Küche, wo sie ihr Glas mit Schneepunsch auffüllt. Buddy trottet uns gemächlich in der Hoffnung nach, ein Leckerli zu ergattern.

»Willst du auch noch einen?«, fragt Steffi.

Ich lehne dankend ab. Der warme Alkohol könnte mir sonst noch stärker zu Kopf steigen. »Ich wollte dir nur schnell dein Geschenk geben.«

Verwundert sieht meine Schwester von ihrem Punsch auf, auf den sie gerade eine dicke Schlagobershaube sprüht. »Noch eins? Wir haben doch eigentlich ausgemacht, uns untereinander nichts zu schenken.«

»Schon«, stimme ich ihr zu. »Trotzdem bekommst du etwas von mir.«

Ein wenig skeptisch sieht Steffi auf meine leeren Hände, dann streut sie Zimt auf ihre Schlagobershaube. »Was denn?«

»Ein Versprechen.«

»Ein Versprechen?« Steffi belächelt mein Geschenk. »Was versprichst du mir denn?«

»Dass ich bleiben werde.«

Nun stellt sie den Zimtstreuer weg und blickt mich direkt an. »In Wien?«

»Und im Teehaus.«

Einen Moment lang sehen wir uns schweigend an. Da sie nicht weiter nachfragt, fahre ich fort: »Ich verspreche dir, das Teegeschäft mit dir gemeinsam zu führen. Mir ist klar, dass ich noch viel lernen muss, aber ich gebe mein Bestes, um eines Tages so gut zu sein wie du.«

Steffi umklammert ihr heißes Glas. Dann hebt sie etwas trotzig das Kinn. »So etwas hast du schon einmal gesagt.«

»Und jetzt verspreche ich es dir«, betone ich. »Du wirst deine Chance bekommen, eine Familie zu gründen.«

Sie zuckt kaum merklich zusammen. »Was?«

»Du hast gesagt, deine letzte Beziehung ist am Kinderwunsch gescheitert«, erkläre ich. »Und dass du glaubst, dass es nicht machbar ist, das Teegeschäft zu führen und Kinder zu haben. Damit hast du auch recht, wenn man alleine ist, wie Tante Poldi es war. Das bist du aber nicht. Ich bin jetzt da. Für dich und für das Teegeschäft.«

Steffi bringt keinen Ton heraus. Offenbar ist sie von meinem Geschenk, das sich so selbstverständlich für mich anfühlt, so überwältigt, dass sie es erst mal sacken lassen muss.

»Es mag noch ein wenig dauern, bis ich so weit bin, aber dann wirst du dir eine Auszeit nehmen können, um eine Familie zu gründen«, setze ich fort. »Ich habe gesehen, wie du mit Kindern umgehst. Bei dieser Geburtstagsteeparty für die Mädchen und auch, als die Kindergartengruppe da war. Du wärst eine tolle Mutter, Steffi, und ich will nicht, dass du dir die Chance darauf wegen des Geschäfts entgehen lässt.«

Ich sehe, wie meine Schwester schluckt, während sie nicht mehr mich ansieht, sondern die zimtbestäubte Schlagobershaube auf ihrem Schneepunsch. Hat sie etwa Tränen in den Augen?

»Denkst du das wirklich?«, fragt sie leise. »Dass ich eine tolle Mutter wäre?«

»Und wie!«, antworte ich lauter als gewollt. »Ich könnte mir keine bessere vorstellen.«

Steffi seufzt leise und schließt die Augen. Dann schüttelt sie leicht den Kopf, als könnte sie sich gar nicht vorstellen, wirklich eines Tages eigene Kinder zu haben. »Das wäre zu schön«, flüstert sie, mehr zu sich selbst als zu mir, und greift an ihre Halskette. Jene mit dem geschnitzten Unendlichkeitszeichen als Anhänger.

»Das Teehaus wird dem nicht im Weg stehen«, bekräftige ich. »Und ich auch nicht. Im Gegenteil.«

Auf ihrem Gesicht breitet sich ein so glückliches Lächeln aus, wie ich es seit meiner Rückkehr nach Wien herbeigesehnt habe. Mit Sicherheit weiß Steffi nicht, was mir das bedeutet.

»Dann fehlt ja nur noch der Mann dafür an meiner Seite«, sagt sie schließlich gelöst.

Ich halte mich zurück, will das Thema Niko nicht direkt ansprechen. »Vielleicht gibt es ja jemanden aus deiner Vergangenheit, der sich dafür eignen könnte«, sage ich mit einem Zwinkern.

Ihr Lächeln wird zu einem Grinsen. »Ja, vielleicht wüsste ich da sogar wirklich jemanden.«

»Mädels, ihr werdet ihn lieben!«, ruft Angela begeistert, als sie zur Tür hereinkommt. In ihrer Hand schwenkt sie triumphierend eine Flasche mit selbst gemachtem Eierlikör.

Gleich dahinter folgt Trixi mit einer Metalldose in

winterlichem Design, in der etwas klappert. »Ich habe Kekse von meiner Mutter mitgebracht.«

»Toll!«, ruft Steffi enthusiastisch. »Wir haben ja erst fünf Kilo von Tante Poldi und weitere fünf von unserer Nachbarin Charlie.«

»Bei einem Zuckerschock bestellen wir einfach Pizza als Gegenmittel«, schlage ich vor.

Trixi und Angela schlüpfen aus ihren Wintermänteln und Stiefeln und folgen uns ins Wohnzimmer.

»Achtung, Wolfgang und Amadeus sind los«, sagt Steffi und holt aus einer Vitrine vier Gläser, die wohl für den Eierlikör gedacht sind.

Die beiden Wellensittiche sitzen indes auf dem Bücherregal auf der anderen Seite des Raumes und betrachten uns misstrauisch. Sie pfeifen aufgeregt und beruhigen sich erst, als wir uns auf dem Sofa und dem Ohrensessel niedergelassen haben.

»Hast du die Weihnachtsfilme dabei?«, fragt Angela Trixi und greift bei den Keksen zu, die bereits auf dem Couchtisch stehen.

Trixi, die sich anlässlich der Weihnachtszeit eine dunkelgrüne und eine rote Strähne ins schwarze Haar gefärbt hat, nickt und holt aus ihrer Tasche mehrere DVDs hervor. »*Versprochen ist versprochen, Stirb langsam* und, mein Favorit, *Bad Santa.*« Sie legt die Hüllen nebeneinander auf den Tisch, damit wir einen Blick darauf werfen können.

»*Stirb langsam?*«, fragt Angela irritiert.

»Weil der an Weihnachten spielt«, erwidert Trixi schulterzuckend.

»Auf Netflix gibt es *Kevin – Allein zu Haus*«, sagt

meine Schwester und zieht die Fernbedienung zwischen den Sofakissen hervor.

»Dann bin ich für *Kevin*«, werfe ich ein und überlege, wann ich den Kultfilm das letzte Mal gesehen habe. Vermutlich als Kind, als er jedes Jahr zur Weihnachtszeit im Fernsehen lief.

Knapp zwei Stunden später ist *Kevin – Allein zu Haus* zu Ende, und Angela greift noch einmal zu ihrem selbst gemachten Eierlikör. Grinsend schwenkt sie die Flasche. Es ist nur noch ein größerer Schluck drin.

»Erst acht Uhr, und die Flasche ist fast leer«, stellt Trixi verblüfft fest.

»Richtig. Wer will den Rest?« Angela kichert.

»Ich passe«, sage ich und lege die Hand auf mein leeres Glas. »Im Gegensatz zu euch muss ich morgen arbeiten.« Tante Poldi und ich übernehmen die Schichten zwischen den Weihnachtsfeiertagen und Silvester, während Steffi und der Graf sich ein bisschen Erholung gönnen können.

Die anderen haben nur wenig Mitleid mit mir und teilen den Likör tröpfchenweise unter sich auf.

»Ich hoffe nur, wir müssen den restlichen Abend nicht auf dem Trockenen sitzen«, sagt Trixi mit erwartungsvollem Blick zu Steffi.

»Rotwein?«, schlägt diese vor.

Während ich mich an Wasser halte, nehmen die anderen das Angebot freudig an.

»Ich denke, jetzt bin ich bereit für Bruce Willis«, sagt Angela sichtlich angeheitert.

Trixi grinst zufrieden, als mein Telefon zu läuten beginnt.

Steffi, die gerade mit der Weinflasche und einem Korkenzieher zurückgekommen ist, sieht mich verwundert an. »Wer ruft denn am Sechsundzwanzigsten um diese Uhrzeit an?«, fragt sie stirnrunzelnd. »Etwa Mama?«

Ich blicke auf das Display meines Handys und schüttle den Kopf. »Mein Exchef«, murmle ich kaum hörbar. Da ich mit ihm nicht vor den anderen sprechen will, stehe ich auf. »Legt schon mal den Film ein. Ich komme gleich wieder«, sage ich und ziehe mich in die Küche zurück.

Erst als ich das Wohnzimmer verlassen habe, nehme ich den Anruf entgegen. »Hallo, Florian.«

»*Merry Christmas*, liebe Romi!«, ruft er fröhlich.

»Dir auch«, antworte ich, stehe in der Küche und tippe mit dem Fuß in schneller Abfolge auf die Fliesen. »Was gibt's denn?«

»Ich wollte nur fragen, wie es dir geht, nachdem unser Treffen in Wien geplatzt ist. Du hast ja auf meine Nachricht nicht reagiert.«

Ich räuspere mich. Die habe ich tatsächlich einfach gelöscht. »Ich hatte viel zu tun«, erkläre ich kühl. Ich habe nicht vor, mich dafür zu entschuldigen.

Florian scheint meine distanzierte Reaktion bemerkt zu haben. Schnell schlägt er wieder einen unbeschwerten Ton an: »Hat dir der Weihnachtsmann wenigstens etwas Schönes gebracht?«

»Bei uns war das Christkind«, korrigiere ich ihn.

»Und jetzt steht schon Silvester vor der Tür«, fährt er ungeachtet meiner Worte fort. »Hast du Vorsätze für das neue Jahr? Falls nicht, ich könnte dir mit ein paar aushelfen.«

»Florian!«, unterbreche ich ihn ungeduldig. »Es ist Weihnachten, willst du mir heute echt mit einem Jobangebot kommen? Ich habe dir doch schon gesagt, dass ich nicht interessiert bin. Mehrmals.« Offenbar hat der Eierlikör meine Zunge gelockert. Aber wenn jemand eine solche Reaktion aushält, dann Florian.

Der Anruf meines Exchefs passt mir gerade überhaupt nicht. Ich wollte den Abend mit Steffi und ihren Freundinnen verbringen. Mit ihnen, ein paar Filmen, vielen Keksen und etwas Eierlikör.

»Cool down, Romi«, sagt Florian unbeeindruckt. »Ich wollte dir wirklich nur frohe Feiertage wünschen. Echt. Wir sprechen uns im neuen Jahr wieder, okay?«

»Okay«, antworte ich kleinlaut und überlege, ob ich überreagiert habe. Florian ist, wie er ist. Er will mich zurück zu Regiotastic holen, das hat er mir bereits mehr als nur einmal deutlich gesagt. Und wenn er etwas will, dann legt er sich richtig ins Zeug. Wahrscheinlich denkt er, ich würde ihn nur abweisen, um bessere Vertragskonditionen herauszuholen, doch er wird schon noch merken, dass es nicht so ist.

»Verdammt!«, ruft Steffi, als ich zurück ins Wohnzimmer komme, wo bereits der Anfang von *Stirb langsam* läuft. »Mir ist der Korken abgebrochen.« Sie hält den Korkenzieher mit dem halben Korken in der Hand und sieht uns hilfesuchend an. »Und jetzt?«

»Bohr ihn noch einmal hinein«, schlägt Trixi vor.

»Lieber nicht«, rät Angela ab. »Wenn der Rest zerbröselt, hast du alles im Wein und kannst ihn wegschütten.«

Das ist nicht die Antwort, die Steffi sich erhofft hat. Ihr Blick wandert zu mir, doch ich zucke nur ratlos mit den Schultern.

»Hast du einen Säbel?«, fragt Trixi.

»Im Ernst?«

»Das habe ich auf YouTube gesehen.«

»Vielleicht hat Niko eine Idee«, schlage ich vor. Ich muss vermeiden, dass die angetrunkene Trixi mit einem Säbel hantiert. Obwohl ich bezweifle, dass Steffi überhaupt einen hat.

Mit der Weinflasche immer noch in der Hand sieht meine Schwester mich irritiert an. »Niko?«

»Er ist doch ziemlich geschickt«, erkläre ich. »Vielleicht kennt er einen Trick.«

Einen Augenblick lang denkt sie darüber nach. Ich fürchte schon, sie könnte ahnen, was zwischen Niko und mir war, doch dann zuckt sie mit den Schultern, meint nur: »Warum nicht«, und macht sich selbst auf den Weg zur Nachbarswohnung.

Als sie weg ist, sehen Angela und Trixi sich vielsagend an.

»Was Niko wohl denkt, wenn Steffi abends mit einer Flasche Rotwein mit abgebrochenem Korken vor seiner Tür steht und ihn um Hilfe bittet?«, fragt Angela und zieht die Augenbrauen hoch.

Trixi kichert leise.

Ein paar Momente später ist Steffi zurück. Mit der Flasche. Ohne Niko.

»Ist wohl nicht da«, sagt sie. »Wir haben also zwei Möglichkeiten: Entweder riskieren wir, dass der Korken vollkommen zerbröselt, oder wir trinken den mexikanischen Kaffeelikör, den ich noch dahabe.«

Die drei entscheiden sich einstimmig für den Kaffeelikör, wohl mit dem Hintergedanken, anschließend so betrunken zu sein, dass ihnen sogar kleine Korkenstücke im Rotwein egal sind.

Die anderen sind bereits mitten in den Actionfilm eingetaucht, als ich unauffällig mein Handy zücke und Niko eine Nachricht schicke.

Du bist wohl nicht zu Hause. Wir hätten deine Hilfe beim Öffnen einer Weinflasche gebraucht.

Seine Antwort lässt auf sich warten. In der Zwischenzeit stopfe ich viel zu viele Kekse in mich hinein und starre auf den Fernseher, wo Bruce Willis den Helden spielt, ohne dass ich viel von der Handlung mitbekomme. Alle paar Sekunden tippe ich auf das Display meines Handys, um Nikos Antwort nicht zu verpassen. Dann endlich kommt sie.

Bin in der Werkstatt. Ich hoffe, ihr habt es auch ohne mich geschafft.

Er ist am Stefanitag in der Werkstatt? Hat er so viel zu tun, oder liegt es daran, dass er dringend Geld braucht, um seinen Kredit abzubezahlen? Kann er sich nicht einmal ein paar freie Tage rund um Weihnachten gönnen?

Hoffentlich hilft ihm unser Auftrag dabei, die finanzielle Durststrecke zu verkürzen.

»Geschafft!«, ruft Steffi plötzlich.

Ich sehe zu ihr. Sie hat sich noch einmal der Rotweinflasche gewidmet.

»Geschafft?«, sagt Trixi irritiert. »Der Korken schwimmt doch im Wein.«

»Na und? Immerhin ist er ganz geblieben, sodass ich euch jetzt einschenken kann.«

Einen Tag später stehe ich mit Tante Poldi im Teehaus und bediene jene Kunden, die es nach den Feiertagen in die Stadt und in unseren Laden lockt. Es sind gar nicht so wenige.

»Wie habt ihr die Feiertage verbracht?«, fragt meine Großtante in einem ruhigen Moment, in dem zwar zwei Gäste an den Tischen eine Tasse Tee genießen, jedoch niemand am Verkaufstresen steht.

»Gestern haben wir einen Mädelsabend gemacht«, erzähle ich. »Zusammen mit Steffis Freundinnen. Wir haben die restlichen Kekse vernichtet, Filme geschaut und Eierlikör getrunken.«

Tante Poldi lächelt. »Das hört sich nach einem guten Ausklang der Festtage an.« Sie nimmt sich einen Weihnachtskeks aus der Schale am Tresen. Eine kleine Menge hat die Feiertage tatsächlich überlebt.

»Das war es. Hattest du auch schöne Tage?«, will ich neugierig wissen.

Meine Großtante zögert mit einer Antwort. Stattdessen greift sie geschäftig nach den Papiersäckchen, in die wir den Tee abfüllen, und schlichtet sie, ob-

wohl sie vorher schon fein säuberlich aufeinander-
lagen.

»Ich habe Peter getroffen«, antwortet sie schließlich
und wirft mir nur einen flüchtigen Blick zu.

Es dauert mehrere Sekunden, bis ich begriffen habe,
von wem sie spricht. Von Peter Holzmann, Nikos
Großvater. »Tatsächlich?«, sage ich wenig geistreich.

»Ja, jetzt, wo er nicht mehr am Christkindlmarkt
arbeitet, hatte er endlich mal Zeit für eine Tasse Tee«,
erwidert sie.

Das klingt ja fast, als hätte sie schon länger auf dieses Treffen gewartet. Dabei war ich mir gar nicht so
sicher, ob sie wirklich an einem Wiedersehen mit ihm
interessiert war.

»Ich weiß, ich bin in keinem Alter, in dem man neue
Männer trifft und sich Hals über Kopf verliebt …«,
beginnt sie, doch ich falle ihr sogleich ins Wort.

»Natürlich bist du das!«, sage ich überzeugt. »Weil
es kein Alter dafür gibt. Sogar mit neunzig kann man
sich noch verlieben. Abgesehen davon ist es nach vier
Ehemännern schon egal, ob noch ein fünfter dazu-
kommt.«

Tante Poldi betrachtet mich einen Augenblick lang
nachdenklich, dann lächelt sie erleichtert. »Vielleicht
fühlt es sich nur so eigenartig an, weil ich selbst nicht
mehr damit gerechnet hatte.«

»Du wirst fünfundsechzig und stehst kurz vor der
Pension«, entgegne ich. »Man sagt Tee doch eine le-
bensverlängernde Wirkung nach. Du wirst bestimmt
hundertzehn, hast also noch viel Zeit, dich den schönen Dingen des Lebens zu widmen.«

Sie legt mir die Hand auf die Schulter und sieht mich mit geröteten Wangen an. »Mal sehen, ob ich wirklich so viel Zeit dafür habe«, meint sie. »Ich will euch hier ja auch noch eine Weile unter die Arme greifen.«

»Das hoffe ich doch!« Alles andere würde mir ziemliche Angst einjagen. Vor allem, wenn Steffi schneller schwanger wird, als ich mir das momentan vorstellen kann. Aber Dinge passieren. In dem Fall müssten wir uns sowieso eine Lösung überlegen, schließlich wird auch der Graf bald in seinen wohlverdienten Ruhestand gehen, und ganz alleine kann ich das Teegeschäft auch nicht führen.

»Die Zeit, die du uns noch unterstützt, kann Peter ja nutzen, um für den nächsten Adventmarkt Figuren zu schnitzen«, schlage ich grinsend vor.

In dem Moment betritt eine Kundin, deren Gesicht mir bereits bekannt vorkommt, das Geschäft. Sie grüßt freundlich und verlangt wie jedes Mal aromatisierten Schwarztee mit Johannisbeergeschmack für ihren Tee am Vormittag und eine beruhigende Alpenkräutermischung für den am späten Nachmittag.

Ich wiege die beiden Sorten ab, während meine Großtante eine Probierpackung Früchtetee auf den Tresen legt. »Ich hoffe, Sie nehmen ein verspätetes Weihnachtsgeschenk an«, sagt sie freundlich. »Für unsere Stammkunden haben wir heuer eine winterliche Teeprobe mit Apfelstrudelgeschmack ausgesucht. Den können Sie ruhig bis zu zehn Minuten ziehen lassen, dann entwickelt er seine Aromen vollständig.«

Die Kundin bedankt sich erfreut, bezahlt und lässt uns wieder alleine. Mal abgesehen von den beiden

Gästen, die noch immer entspannt ihre Tees genießen und dabei Zeitung lesen.

»Apropos, da fällt mir ein, dass Niko einige Fragen zu den Restaurierungsarbeiten hat«, sagt meine Großtante.

Von diesen Fragen hat er gestern Abend nichts erwähnt, denke ich. Aber wir haben einander auch nicht mehr als die beiden Nachrichten geschrieben. Ich hatte zwar überlegt, mich auf seine hin noch einmal zu melden, hatte aber nicht das Gefühl, dass er daran besonders interessiert gewesen wäre. Das mit Niko und mir, das waren kurze, schöne Momente, doch nicht ich bin es, die ihr Glück mit ihm finden soll.

»Ich habe ihm gesagt, er soll darüber mit Steffi oder dir reden«, fährt Tante Poldi fort. »Schließlich ist es schon bald euer Geschäft, und ihr solltet beginnen, die Entscheidungen dafür zu treffen.«

Auch wenn es vermutlich um nicht mehr geht als die Wahl der Griffe für die Laden oder Ähnliches, finde ich es bemerkenswert, wie leicht es meiner Großtante zu fallen scheint, die Verantwortung für *Tee Händler* an Steffi und mich abzugeben. Für das Geschäft, das sie von ihrer Großmutter übernommen hat. Das Geschäft, das ihr Leben war und noch immer ist. Es in andere Hände zu legen braucht nicht nur viel Vertrauen, sondern auch Mut.

»Er will morgen Abend gegen sieben zu euch rüberkommen, um das zu klären«, fügt sie noch hinzu. »Bitte schaut, dass zumindest eine von euch dann zu Hause ist.«

»Keine Sorge, ich kümmere mich darum.«

Ich habe die Entenbrust Sous-vide schon ewig nicht mehr gekocht, dennoch bin ich mit dem Ergebnis bisher weitgehend zufrieden. Ich schmecke die Orangensauce noch einmal ab und füge noch ein paar Spritzer vom frischen Orangensaft hinzu. Perfekt.

Das Röstgemüse ist ebenso fertig wie die Kroketten. Beides halte ich im Backrohr warm, bis Niko kommt. In zehn Minuten will er da sein. Zum Glück hat Steffi den Ofen rasch reparieren lassen.

Die Pfanne am Herd hat die richtige Temperatur erreicht, um die vakuumgegarte Entenbrust von beiden Seiten zwei Minuten scharf anzubraten. Ich lege sie mit der Haut nach unten hinein und lausche dem Zischen, als das Fleisch die Pfanne berührt.

Ein herrlicher Duft breitet sich aus.

Den Tisch in der Küche habe ich bereits gedeckt, die Servietten auf den zwei Tischsets sogar gefaltet. Die Flasche Rotwein, deren Korken sich problemlos herausziehen ließ, steht ebenso wie zwei Weingläser und ein Kerzenständer in der Tischmitte bereit.

Alles ist für ein romantisches Abendessen zu zweit vorbereitet. Wenn die Funken da nicht sprühen und die Gefühle neu entflammen, dann weiß ich auch nicht weiter.

Etwas nervös wende ich die Entenbrust, die anschließend ebenfalls in den Ofen kommen wird. Ich hoffe, alles schmeckt so gut, wie es aussieht, und man merkt, wie viel Mühe ich mir gegeben habe. Eigentlich ist Kochen nicht gerade mein Lieblingshobby. Hauptsächlich, weil ich es hasse, die Küche danach sauber zu machen und die Pfannen und Töpfe abzuwaschen. Heute habe ich alles schon erledigt, mal abgesehen von der Pfanne, in der die Entenbrust noch brutzelt.

Fünf Minuten später ist auch das erledigt. Ich kippe das Fenster, um etwas frische Luft hereinzulassen, dann gehe ich in den Flur und lausche an der Wohnungstür, ob ich Niko schon kommen höre. Jeden Moment könnte es so weit sein.

Und obwohl ich auf der Lauer liege, erschrecke ich, als plötzlich der Schlüssel ins Schloss gesteckt wird und sich die Wohnungstür vor mir öffnet.

»Was machst du denn hier?«, fragt Steffi und klingt etwas verwundert. Vermutlich nicht, weil ich zu Hause bin, sondern weil ich direkt hinter der Tür stehe.

»Ich wollte gerade gehen«, antworte ich und ziehe schnell meine Stiefel und den Wintermantel an.

»Du gehst noch fort?«, fragt Steffi verwundert. »Es ist sieben Uhr.«

»Ich weiß. Ich schlafe heute bei Mama und Papa«, erkläre ich.

Steffi zieht die Augenbrauen hoch. »Du flüchtest von mir ausgerechnet zu ihnen?«

»Nur für eine Nacht«, stelle ich klar. »Sie gehen zusammen essen, und ich habe versprochen, auf Buddy aufzupassen.«

»Wollte Niko nicht gleich kommen, um über die Restaurierungsarbeiten mit uns zu sprechen?«

Offenbar hat Tante Poldi ihr ebenfalls davon erzählt.

»Dann wird er halt mit dir darüber sprechen«, sage ich bestimmt. »Ich bin sicher, du triffst die richtigen

Entscheidungen. In der Küche wartet ein Essen auf euch.«

Ehe Steffi etwas erwidern kann, klopft es schon an der Tür. Perfektes Timing, denke ich und schnappe die Tasche mit meinen Übernachtungssachen. Dann öffne ich die Tür und schiebe mich schnell an Niko vorbei ins Stiegenhaus.

»Du gehst?«, fragt er irritiert.

»Ja, aber keine Sorge, ihr werdet das auch ohne mich schaffen. Habt einen schönen Abend.« Dann gebe ich Niko einen kleinen Schubs, der ihn in die Wohnung befördert, und ziehe die Tür hinter mir zu. Wenn ein Abend in Zweisamkeit, gutes Essen, Kerzenschein und eine Flasche Rotwein ihre Beziehung nicht wieder in Schwung bringen, werde ich Mama um energetische Tipps bitten müssen.

Ich pfeife, damit Buddy zurückkommt. Es ist zu kalt, um noch länger mit ihm spazieren zu gehen. Auch wenn es nahezu windstill ist und ich Haube und Handschuhe trage, fühlen sich meine Finger und Ohren an, als wären sie zu Eiszapfen gefroren. Es sind mehrere Grad unter null. Mindestens. Bei meinen Eltern werde ich mir erst einmal eine Tasse Tee kochen und ein heißes Bad einlassen.

Immer wieder schweifen meine Gedanken zu Steffi und Niko, die seit mittlerweile eineinhalb Stunden zusammen in unserer Küche sitzen sollten. Ob sie wirklich nur über die Restaurierungsarbeiten sprechen oder auch über ihre gemeinsame Vergangenheit? Früher oder später werde ich es wohl erfahren. Und obwohl ich an fast nichts anderes denken kann, weiß ich nicht, was ich wirklich davon halte.

Wünsche ich mir, dass die beiden wieder zusammenkommen? Keine Ahnung. Wünsche ich Steffi, dass sie ihr Familienglück findet? Ja, auf alle Fälle. Aber mit Niko?

Es fühlt sich nicht richtig an, bei dem Gedanken, dass er derjenige sein könnte, neidisch zu werden. Fast schon eifersüchtig. Dennoch werde ich mich daran gewöhnen müssen. Ihr Glück sei ihnen von Herzen vergönnt.

Plötzlich trottet Buddy, der seinem Alter entsprechend schon ein gemächlicher Spaziergänger ist, erneut los. Ich rufe ihm nach, pfeife noch einmal, doch diesmal ignoriert er mich. Dann sehe ich, was er entdeckt hat und worauf er zielgerichtet zusteuert. Auf einen anderen Hund, der weiter vor uns neben seinem Herrchen läuft.

»Buddy! Halt!«, versuche ich, ihn zu stoppen. Doch Buddy, der sonst immer hört, läuft einfach weiter. Es ist nicht mehr weit bis zum Haus meiner Eltern, und für einen Moment hoffe ich, dass es ihm auch zu kalt ist und er einfach nur schnell ins Warme will.

»Hey, Buddy«, begrüßt das andere Herrchen ihn und krault ihm die Ohren. Offenbar kennt er ihn, was nicht verwunderlich ist, da meine Eltern jeden Tag mehrmals Gassi gehen.

Erst als ich näher komme, erkenne ich, dass es Dominik ist, der Buddy streichelt, während dieser den anderen Hund mit wedelndem Schwanz begrüßt. »Du solltest ihn nicht ohne Leine laufen lassen«, meint Dominik, als ich zu ihm aufschließe.

»Normalerweise weicht er nicht von meiner Seite«, verteidige ich mich.

»Trotzdem ist es deine Verantwortung, sollte Buddy jemanden angreifen oder auf die Straße laufen und einen Unfall verursachen«, belehrt mich Dominik.

Ich lege den Kopf schief, will erwidern, dass Buddy niemals jemanden angreifen würde und vor Straßen eher Angst hat, als dass er sie einfach so überqueren würde. Doch wahrscheinlich sieht Dominik als Tierarzt viele verletzte Hunde und meint seine Aussage nicht so herablassend, wie sie in meinen Ohren geklungen hat. »Ich werde ihn das nächste Mal an die Leine nehmen«, verspreche ich.

»Was machst du eigentlich hier?«, fragt Dominik interessiert. »Ich habe gehört, dass du zu Steffi gezogen bist.«

»Stimmt, ich schlafe nur heute Nacht hier«, antworte ich, weil ich nicht weiter ins Detail gehen will. »Wie läuft es bei dir?«

»Alles bestens. Bist du übermorgen auch bei deinen Eltern?«

Ich brauche einen Moment, bis ich mich daran erinnere, dass meine Eltern eine kleine Silvesterfeier veranstalten. Sie haben auch Steffi und mich gefragt, ob wir kommen wollen, doch Steffi hat schon etwas mit Angela und Trixi geplant, wozu ich ebenfalls eingeladen bin.

»Vermutlich nicht«, antworte ich, weil ich mir einen Abend mit Steffi und deren Freundinnen unterhaltsamer vorstelle als mit den Freunden meiner Eltern.

»Ich mache an Silvester Bereitschaftsdienst«, sagt Dominik. »Viele Hundebesitzer sind gerade an dem Tag mit dem Verhalten ihrer Vierbeiner überfordert, genauso wie die Hunde mit dem Feuerwerk und den Böllern. Den meisten kann ich per Telefon helfen, doch meist kommen auch ein oder zwei schwerere Fälle in die Praxis. Jedenfalls werde ich auch deshalb bei deinen Eltern feiern, um jederzeit in die Praxis hinübergehen zu können.«

Schon als Kind war Dominik sehr am Wohl von Tieren gelegen. Egal, ob Hund, Katze oder Regenwurm. Er hat jedem Tier geholfen. Ich dachte, das sei so, weil sein Vater Tierarzt war, doch offenbar kommt bei ihm die Tierliebe aus tiefstem Herzen.

»Das ist wirklich toll von dir«, sage ich anerkennend. »Buddy war früher an Silvester auch immer ganz nervös. Meist hat er sich unter dem Bett meiner Eltern verkrochen und bei jedem Böller aufgejault.«

»Die Leute sollten sich das Geld für diesen Schwachsinn sparen und lieber etwas Vernünftiges damit anstellen«, meint Dominik kopfschüttelnd.

»Zum Beispiel es einfach in noch mehr Alkohol investieren«, schlage ich grinsend vor.

Dominik sieht mich einen Moment lang prüfend an. Offenbar findet er meine Bemerkung nicht witzig. »Denkst du nicht, es wird schon genug getrunken?«

»Das war bloß ein Scherz«, kläre ich ihn auf. Ich hatte ganz vergessen, dass Dominiks Vernunft schon immer größer war als sein Humor. Vielleicht einer der

Gründe, warum das mit uns nicht funktioniert hat. Niko hätte über meine Bemerkung bestimmt gelacht. »Also dann, schönen Abend noch.«

»Dir auch, Romi.«

Ich atme auf. Zum Glück hat Dominik nicht gefragt, wann wir zusammen endlich etwas trinken gehen.

*** Teeanbaugebiete ***

...jede große Reise beginnt mit einem kleinen Schritt
(Konfuzius)

Tee wird in Gebieten verteilt über die ganze Erdkugel angebaut, wobei die Teepflanze ein tropisches beziehungsweise subtropisches Klima benötigt. Der größte Teeproduzent ist China, gefolgt von Indien, Kenia und Sri Lanka. Je näher das Anbaugebiet dem Äquator liegt, desto länger sind die Erntezeiten und desto höher die Erträge.

Grüntee wird vorwiegend in China produziert, aber auch in Japan, dessen Sencha bekannt ist. In Afrika wächst vor allem Rooibostee, aber auch Pflanzen für hochwertige Schwarzteesorten gedeihen dort.

In Europa wird Tee, wenn auch nur in überschaubarer Menge, auf den Azoren angebaut, und seit einigen Jahren auf einer kleinen Teeplantage in Cornwall.

Männer sind wie Tee:
Vorübergehend muss man sie ziehen lassen.

(Französisches Sprichwort)

»Es ist einfach nur schweinekalt«, jammert Angela und bläst in ihre Fäuste, die in altrosafarbenen Strickhandschuhen stecken. »Wir sollten in eine Bar gehen und uns aufwärmen.«

»Silvester feiert man nicht drinnen«, entgegnet Trixi vehement, »sondern am Silvesterpfad.« Sie sieht mich auffordernd an, als erwartete sie von mir Unterstützung.

Ich lächle und halte mich zurück. Mir wäre es am liebsten, wenn wir in unsere Wohnung zurückgingen, uns erst heißen Tee gönnen und dann eine Flasche Sekt köpfen würden. Oder zwei.

Trixi hingegen ist trotz Eiseskälte ganz versessen darauf, mehrere Stationen des Wiener Silvesterpfads abzuklappern. Wir haben am Stephansplatz begonnen und uns mittlerweile bis zum Rathausplatz vorgearbeitet. Es gibt Punsch- und Glühweinstände, Livemusik und Menschen. Viele Menschen. Die alle hier den Jahreswechsel feiern wollen.

Warum man dieses Gedränge, die Kälte und Ungemütlichkeit einer warmen Wohnung vorzieht, ist mir schleierhaft. Sogar kitschige Liebesfilme würde ich mir momentan lieber ansehen.

»Was meinst du, Steffi?«, fragt Angela hoffnungsvoll. Sie hüpft in ihren gefütterten Stiefeln mit Bommeln dran von einem Fuß auf den anderen.

Meine Schwester hat von der kurzen Unterhaltung, die im Lärm der Livemusik fast untergegangen ist, nichts mitbekommen. Sie schreibt schon den ganzen Abend Nachrichten. Wem, will sie nicht verraten, weshalb ich stark vermute, dass es Niko ist. Offenbar hat der gemeinsame Abend samt von mir gekochtem Essen das ausgelöst, was ich erreichen wollte. Ein erneutes Aufkeimen der Gefühle zwischen ihnen. Eine zweite Chance für ihre Beziehung und neue Hoffnung für Steffi, ihren Traum von einer Familie zu verwirklichen.

»Was?«

»Wollen wir in eine Bar wechseln? Hier in der Nähe gibt es einige«, schlägt Angela vor.

»Die sind doch jetzt alle brechend voll«, wirft Trixi ein. »Bleiben wir lieber hier, es ist gerade so eine gute Stimmung.«

Was die Stimmung betrifft, hat sie recht. Die ist wirklich gut. Die Leute um uns herum tanzen zu der Musik, singen mit und lassen sich Punsch und Glühwein schmecken. Die meisten Künstler, die hier auftreten, kenne ich nicht, doch sie machen ihre Sache richtig gut, spielen ein Sammelsurium aus Hits, deren Texte jeder auswendig kennt. Zu Mitternacht soll hinter dem Rathaus ein atemberaubendes Feuerwerk abgefeuert werden, dem alle entgegenfiebern. Noch fast zwei Stunden.

Ich fürchte, meine steifen Zehen und klammen Finger werden mir bis dahin abgefroren sein. Die beiden heißen Beerenpunsche, die ich intus habe, wärmen gerade einmal meine Körpermitte. Zu einem weiteren Getränk habe ich mich bislang nicht aufraffen können. Einerseits, weil ich den Jahreswechsel noch miterleben und mich später dran erinnern will, und andererseits, weil es mir zu mühsam wäre, mich hier durch die Menschenmenge zu den Toiletten durchzudrängeln und dort ewig anzustehen.

»Also, um ehrlich zu sein«, sagt Steffi und kaut nervös an ihrer Unterlippe. Sie zögert, ehe sie weiterspricht, und wirft erneut einen Blick auf ihr Handy. »Ich hätte da eine kurzfristige Einladung zu einer privaten Party.«

»Was?«, ruft Trixi enttäuscht. »Wir wollten Silvester doch zusammen feiern.«

»Schon, aber ich würde da wirklich gerne hin.« Sie wirft mir einen flüchtigen Blick zu, lächelt entschuldigend. »Ihr habt bestimmt auch ohne mich viel Spaß.« Dann umarmt sie ihre Freundinnen und wünscht ihnen einen guten Rutsch.

Als sie sich mir zuwendet, sage ich schnell: »Ich denke, ich breche auch auf. Mama und Papa machen eine kleine Feier, und da ist es bestimmt wärmer als hier.«

Trixi stöhnt auf und dreht sich zu Angela. »Also gut, dann suchen wir uns auch etwas Warmes.«

Wenig später haben wir die geballte Menschenmenge auf dem Rathausplatz hinter uns gelassen. Noch immer strömen von allen Seiten mehr und mehr Besucher zum Silvesterpfad. Einheimische wie auch Touristen. Nicht umsonst gilt die Silvesterveranstaltung als eine der größten Europas.

Während Angela und Trixi in Richtung Innenstadt weiterziehen, trennen sich Steffis und meine Wege bei der U-Bahn-Station.

»Wohin willst du?«, frage ich neugierig, weil Steffi keine Anstalten macht, die Treppe nach unten zur U-Bahn zu nehmen. Mit der wäre sie am schnellsten bei unserer Wohnung. Oder bei Nikos.

»Zu einer privaten Feier beim Museumsquartier«, sagt sie.

»Die Einladung kam wirklich sehr spontan«, erwidere ich, um noch die ein oder andere Information aus ihr herauszulocken.

Das Leuchten in Steffis Augen ist nicht zu übersehen. Schon seit einigen Tagen ist sie auffallend gut drauf. Ist mein Weihnachtsversprechen der Grund dafür? Dass sie weiß, dass ihrem Wunsch nach einer Familie nicht mehr viel im Weg steht? Oder liegt es an dem romantischen Abendessen mit Niko? Steffi lässt sich nicht in die Karten schauen.

»Ich wollte erst nicht zusagen, weil ich schon mit euch verabredet war«, sagt sie schließlich und reibt sich die Hände. »Da wusste ich aber auch noch nicht, dass es heute Nacht minus zehn Grad haben würde. Es ist wirklich zu kalt, um bis Mitternacht oder noch länger im Freien rumzustehen.«

Sie hat recht, auch wenn sich Tausende andere Feierwütige nicht von der Eiseskälte abhalten lassen.

»Wünsch Mama und Papa einen guten Rutsch ins neue Jahr von mir«, fügt sie noch hinzu. »Bestimmt ist das Netz um zwölf überlastet, ich rufe sie morgen an, wenn ich wach bin.« Sie umarmt mich kurz und wünscht auch mir ein schönes neues Jahr, ehe sie in Richtung Museumsquartier weiterläuft.

Eine halbe Stunde später erreiche ich dank der noch häufig fahrenden U-Bahnen mein Elternhaus. In den dreißig Minuten sind meine Gedanken nicht nur wegen des Punsches Karussell gefahren. Immer wieder habe ich Steffi und Niko vor meinem inneren Auge zusammen gesehen. Ich kann verstehen, was die beiden aneinander finden. Steffi ist eine clevere und starke Frau, die ein großes Herz hat und eine liebevolle Mutter sein wird. Und Niko ist warmherzig und engagiert. Er ist ebenso tüchtig und ehrgeizig wie Steffi, dazu humorvoll, gut aussehend und charmant.

Gut, die letzten drei Charakterzüge würden auch auf meine Schwester zutreffen, aber es sind nicht die, die ich an ihr schätze. Bei Niko hingegen …

Verdammt, ich könnte noch ewig so weitermachen. Wodurch es sich erheblich schwieriger gestaltet, ihn aus meinem Kopf zu bekommen. Mal abgesehen von diesem Flattern in meinem Bauch.

»Hallo, Mama. Überraschung«, sage ich, als sie mir die Tür öffnet.

Sie wirkt keinesfalls überrascht über mein unangekündigtes Auftauchen. Stattdessen zieht sie mich ins Haus, um schnell die Tür hinter mir zu schließen. Aus dem Wohnraum dringen Musik und Gesprächsfetzen der Gäste zu uns.

»Meine Güte, du bringst eine Kälte mit«, sagt sie und reibt sich über die Oberarme. »Nimm dir etwas zu trinken und wärme dich erst mal auf. In der Küche stehen noch ein paar Häppchen vom Abendessen.« Sie lächelt mich so warmherzig an, dass mir gleich ein kleines Stück weniger kalt ist. Dann kneift sie mir in die Wange und fügt grinsend hinzu: »Freut mich, dass du noch gekommen bist.«

Ich vermute, sie hat schon das ein oder andere Gläschen Wein getrunken.

Von den Gästen im Wohnzimmer kenne ich nur einen Teil. Die meisten sind Nachbarn, darunter Dominiks Eltern, weshalb ich vermute, dass auch er nicht weit sein kann. Sie unterhalten sich gerade mit den übernächsten Nachbarn, die in die Straße gezogen sind, kurz bevor ich Wien verlassen habe. Den Namen habe ich mir damals nicht gemerkt.

Vor der Terrassentür entdecke ich Papa, der mit Tante Poldi und – mir klappt der Mund auf – Peter plaudert. Nikos Großvater steht in unserem Wohnzimmer.

Meine Mutter hat die Kommode an der Seite leer geräumt und sie in eine kleine Bar verwandelt. Rechts steht eine Teekanne, daneben Fruchtsäfte, eine Weinkaraffe mit Rotwein, ein Weinkühler aus Ton mit einer Flasche Weißwein und außerdem für alle Getränke die passenden Gläser.

Ich nehme die Flasche Weißwein und werfe einen Blick auf das Etikett. Es ist ein Chardonnay vom Weingut Feeberger aus Wien. Noch nie gehört. Dennoch schenke ich mir großzügig davon ein und nehme den ersten Schluck. Er schmeckt frisch, fruchtig und süffig.

Mit dem Weinglas in der Hand geselle ich mich zu Tante Poldi, die mich mit einer Umarmung begrüßt, als hätten wir uns nicht zuletzt am Vormittag im Teehaus gesehen. »Gerade noch rechtzeitig zum Jahreswechsel«, sagt sie und wirft einen Blick auf die große Pendeluhr meiner Mutter an der Wohnzimmerwand. »Schön, dass du da bist.«

»Gleichfalls«, entgegne ich. »Und wie ich sehe, bist

du in Begleitung gekommen.« Ich kann ein Grinsen nicht verbergen, als ich mich zu Peter wende.

»Ihr zwei kennt euch ja schon«, sagt Tante Poldi nur, was aber nicht erklärt, warum sie mir heute Vormittag verschwiegen hat, dass sie ihn auf die Feier mitbringt. Das hätte mich ehrlich interessiert, auch wenn es an meiner spontanen Entscheidung hierherzukommen nichts geändert hätte.

Wie auch immer, ich freue mich für meine Großtante und auch für Peter, sollte sich zwischen ihnen etwas Ernstes entwickeln. In ihrem Alter ist es bestimmt nicht einfach, den Richtigen kennenzulernen. Das ist es ja schon in meinem Alter nicht. Aber nur, weil es mit Niko und mir nicht so geklappt hat, wie ich es mir hätte vorstellen können, werde ich die Hoffnung nicht aufgeben.

»Deine Großtante hat mir erzählt, dass es deine Idee war, Niko den Auftrag für die Arbeiten im Teehaus zu geben«, sagt Peter. Er hält sein Rotweinglas hoch und stößt mit mir an. »Ich danke dir dafür. Das war sehr wichtig für seine Selbstständigkeit.«

Das freut mich zu hören. »Er wird der Einrichtung unseres Geschäfts genau den richtigen Feinschliff geben«, antworte ich überzeugt.

»Bestimmt«, pflichtet Peter mir bei. »Momentan ist er Tag und Nacht in der Werkstatt. Eigentlich wäre er heute zu einer Party bei Freunden eingeladen, aber wie ich ihn kenne, poliert er gerade irgendeine Holzoberfläche.« Er verdreht die Augen.

»Du solltest dich besser um ihn kümmern«, wirft meine Großtante besorgt ein. »Er sollte nicht nur mit

Arbeit ins neue Jahr starten. Auch nicht, wenn er selbstständig ist.«

Peter sieht meine Großtante liebevoll an, als könnte er ihr keine Bitte der Welt abschlagen. »Das werde ich machen. Wenn du auf deine Großnichten ebenso gut aufpasst«, verspricht er lächelnd.

»Selbstverständlich«, bestätigt Tante Poldi und wendet sich mir zu. »Deshalb nehme ich Romi auch nächste Woche mit auf eine Teereise nach Asien.«

»Tatsächlich?« Peter wirkt beeindruckt.

Ich nicke. »Sie meint, ich darf mich nicht als Tee-händlerin bezeichnen, solange ich die Teeplantagen und Fabriken vor Ort nicht mit eigenen Augen gese-hen habe.«

»Da hat sie wohl recht.«

Ich spüre, wie der Weißwein meinen Magen etwas aufmischt. Vielleicht ist es besser, noch etwas zu essen, wenn ich bis Mitternacht durchhalten will. »Ich schau mal nach, was noch in der Küche ist«, sage ich. »Da-mit ich nicht mit knurrendem Magen ins neue Jahr rutschen muss.« Dann stehle ich mich an den ande-ren Gästen vorbei.

In der Küche stoße ich auf Dominik, der gerade telefoniert. Unweigerlich höre ich sein Gespräch mit. Es scheint nicht privat zu sein, weshalb ich wohl auch nicht störe.

»Versuchen Sie, ruhig zu bleiben«, sagt er gerade. »Wenn Sie selbst unruhig sind, überträgt sich das auf Jumbo. Schalten Sie stattdessen das Radio oder den Fernseher ein, damit die Geräusche den Lärm von drau-ßen übertönen. Lassen Sie Jumbo sich verkriechen, wo immer er mag, oder wickeln Sie ihn in eine Decke und bleiben Sie bei ihm. Lassen Sie ihn nur dann alleine, wenn es unbedingt sein muss.« Dominik macht eine Pause, sieht kurz zu mir herüber und lächelt.

Selbst ich kann das aufgeregte Schnattern der Frau hören, die ihn anscheinend wegen ihres Hundes angerufen hat.

»Keine Sorge«, unterbricht Dominik seine Gesprächspartnerin, »wenn Sie Ruhe bewahren, wird auch Jumbo sich entspannen. Ziehen Sie die Vorhänge zu, damit er sich vor den Lichtern nicht erschrickt, und verbringen Sie mit ihm einen Abend wie jeden anderen. Sie werden sehen, dass sich Jumbo dann ebenfalls beruhigen wird.« Als die Frau am anderen Ende der Leitung etwas erwidert, klingt sie schon deutlich entspannter. »Machen Sie das«, beendet Dominik endlich das Gespräch. »Gerne. Einen schönen Abend auch und alles Gute fürs neue Jahr.«

»Hat der Hundeflüsterer Bereitschaftsdienst?«, frage ich lächelnd.

»Ihr erstes Silvester mit Jumbo«, erklärt Dominik. »Sie hatte nie zuvor einen Hund, und Jumbo ist ein leicht nervöser Bernhardiner.«

»Für den Anfang gleich mal ein Schoßhündchen«, stelle ich sarkastisch fest.

Dominik ignoriert meinen Kommentar und fragt stattdessen: »Du hast es also doch noch hierhergeschafft?«

»Sieht so aus«, antworte ich. »Eine kleine, warme Feier war dann doch verlockender, als die ganze Nacht am Silvesterpfad in der Kälte zu stehen.«

Dominik lächelt zufrieden. Das Leuchten in seinen Augen, seit er mich in der Küche entdeckt hat, ist mir etwas unangenehm. Als würde er sich etwas von der Begegnung erhoffen. Aber im Augenblick habe ich keinen Kopf dafür. Nicht, nachdem ich gerade erst verstanden habe, was ich an Niko verloren habe.

Ich räuspere mich, um die Stille zu durchbrechen, und suche nach einem unromantischen Gesprächsthema: »Kannst du dich an das Silvester erinnern, als wir noch ein Paar waren?« Das muss jetzt neun Jahre her sein. Meine Güte, wie viel Zeit ist seit damals vergangen. Und doch kommt es mir, wenn ich zurückdenke, noch gar nicht so lange vor.

»Ich hatte gehofft, du hättest es vergessen«, stöhnt Dominik und greift sich mit genau der Hand an den Kopf, die mich an die besagte Nacht erinnert hat. »Gib's zu, das war der eigentliche Grund, warum du später mit mir Schluss gemacht hast.«

»Das hättest du gerne.« Ich lache bei dem Gedanken daran.

»Es war mir so peinlich«, fährt Dominik fort. »Ich wollte dich mit diesen Raketen beeindrucken, und dann zündet ausgerechnet die letzte viel zu früh.«

»Besser die letzte als die erste«, erwidere ich. »So konnten wir vorher noch ein kleines Feuerwerk sehen.«

Dominik rollt mit den Augen. Im Nachhinein hätte er darauf bestimmt gern verzichtet. »Zum Glück waren meine Eltern damals verreist, sonst hätten sie mich bestimmt einen Kopf kürzer gemacht.«

»Mein Vater hat dich in die Notaufnahme gefahren, obwohl du dich dagegen gewehrt hast, dass ich ihn hole.« Auch wenn ich heute darüber lachen kann, vor allem, weil die Situation glimpflich ausgegangen ist, war ich damals einem Herzinfarkt nahe. Ich war mit der Situation völlig überfordert, bis mein Vater das Ruder übernahm.

»Und du hast ihn trotzdem geholt«, wirft Dominik mir vor.

Als ob mir etwas anderes übrig geblieben wäre. Die Brandwunde an seiner Hand war unübersehbar. Sogar heute fällt die Narbe noch auf, obwohl die Verletzung sofort im Krankenhaus verarztet wurde.

»Was hätte ich sonst tun sollen?«, frage ich achselzuckend. »Du warst so aufgeregt, dass du hyperventiliert hast und ohnmächtig geworden bist.«

»Bin ich nicht!«, protestiert er sofort.

»Doch, ganz kurz.«

»Unsinn!« Dominik versucht, ernst zu bleiben, kann sich aber ein Schmunzeln nicht verkneifen. »Heute ist es mir umso peinlicher, dass ich damals cool sein wollte.«

»Schon gut. So hatte ich nach den Ferien wenigstens eine tolle Geschichte zu erzählen«, beschwichtige ich ihn. Und das war wirklich so. In der Schule wollten alle wissen, wie blutig und verbrannt Dominiks Hand wirklich gewesen war. Richtig sensationsgeil waren alle.

Dominik seufzt und schüttelt langsam den Kopf. Eine Weile lang sehen wir uns einfach nur an. »Auch wenn du nach dem Vorfall nicht mit mir Schluss gemacht hast«, fährt er schließlich fort, »hätte mir schon damals klar sein müssen, dass ich dich nicht halten kann. Du wolltest immer weg, hast von der Welt geträumt, vom Reisen und anderen Ländern. Die wirklich weite Welt ist es dann aber doch nicht geworden, stimmt's?«

Ich halte einen Moment lang inne, bevor ich etwas erwidere. Bestimmt weiß er genau über meinen Weg Bescheid. Unsere Eltern waren schon immer gut befreundet, und Mama hat Dominiks Mutter sicherlich auf dem Laufenden gehalten.

»Was nicht ist, kann ja noch werden«, sage ich ausweichend und beiße mir danach auf die Zunge. Ich sollte so etwas nicht einmal denken. Erst vor einer Woche habe ich Steffi das Versprechen gegeben, hier bei ihr in Wien zu bleiben. Was ich auch wirklich will.

Dennoch kann ich den Teil in mir nicht leugnen, der sich wünscht, ich hätte in den letzten vier Jahren mehr gesehen als nur München, London und Dublin. Ich hätte die Welt erkunden sollen, so wie ich es mir immer gewünscht habe. Doch mit welchem Geld? Eine Weltreise mit sämtlichen Flug- und Hotelkosten hätte ich mir nie leisten können, und von zu Hause aus mit dem Rucksack durch aller Herren Länder zu trampen, habe ich mich nicht getraut.

»Kinder!«, ruft meine Mutter plötzlich und schneit eine Sekunde später schon in die Küche. »Ihr solltet kommen, es ist gleich Mitternacht. Romi, nimm dir noch ein Sektglas aus dem Schrank.« Dann hält sie kurz inne und betrachtet uns beide für einen längeren Augenblick. »Euch beide zusammen an Silvester zu sehen erinnert mich an dieses eine Mal ...«

»Schon gut, Mama!«, unterbreche ich sie, damit sie nicht auch noch die Geschichte von Dominiks Schmach erzählt. Ich schnappe mir ein Sektglas aus dem Oberschrank. »Lass uns gehen, sonst verpassen wir noch den Jahreswechsel.«

»Beeil dich, Wolfgang und Amadeus sind frei!«, ruft Steffi aus der Wohnung, kaum dass ich die Tür aufgeschlossen habe.

Schnell schiebe ich mich durch den Spalt und schließe die Tür gerade noch rechtzeitig. Die beiden Wellensittiche flattern schon zwitschernd in den Flur und lassen sich auf der Garderobe nieder.

»Warum bist du schon hier?«, fragt Steffi und steckt den Kopf aus dem Badezimmer.

»Gleiches kann ich dich fragen«, entgegne ich, trete mir die Stiefel von den Füßen und lege Mantel und Schal ab. Dann gehe ich zu ihr ins Badezimmer und bleibe in der Tür stehen.

»Ich habe hier geschlafen«, sagt Steffi verwundert über meine Frage, während sie sich ihre langen blonden Haare zu einem lockeren Zopf bindet. »Hat Papa nicht sein klassisches Neujahrsfrühstück gemacht, dass du um halb zehn schon wieder hier auftauchst?«

»Frisch aufgebackene Kipferl mit Mamas Beeren-Rum-Marmelade? Doch, aber ich habe drauf verzichtet.«

»Früher hast du die immer geliebt«, sagt Steffi mit hochgezogenen Augenbrauen. »Mir knurrt schon der Magen, wenn ich nur daran denke. Ich bin gleich zu einem Neujahrsbrunch eingeladen.«

Ehe ich nachfragen kann, von wem, fährt sie auch schon munter fort: »Und wie war die Party bei unseren Eltern? Hatten die Pichlers wieder ihre Karaokemaschine dabei?«

»Die waren heuer auf Teneriffa«, antworte ich, während ich überlege, ob Steffi die Verabredung zum Brunch schon mal vorher erwähnt hat. Ich kann mich nicht erinnern.

»Glück gehabt.«

»Tante Poldi war in Begleitung.«

Nun sieht Steffi so überrascht zu mir herüber, dass sie sich die Mascara neben ihr Auge schmiert. Wofür oder für wen macht sie sich eigentlich hübsch? »Sie hat einen Neuen? Wer ist es?«

»Ich weiß nicht, wie ernst es ist«, antworte ich und ignoriere ihre zweite Frage. Ich will nicht diejenige sein, von der sie erfährt, dass unsere Großtante mit Nikos Großvater ausgeht. Das soll schön jemand anderes übernehmen. »Und wie war deine Silvesternacht noch?«, frage ich stattdessen, als sie die Mascara mit einem Tuch wegwischt.

Steffi kann nur schwer ein Grinsen unterdrücken. Sie weicht meinem Blick aus und schiebt sich an mir vorbei aus dem Badezimmer.

Ich folge ihr wie ein Hund.

»Sehr lustig«, sagt sie und holt ihre Handtasche aus ihrem Zimmer. Ihre Augen blitzen. »Es waren ein paar alte Bekannte da.«

Schnell werfe ich einen unauffälligen Blick in ihr Zimmer. Fast hätte ich erwartet, dass in ihrem Bett noch ein Mann liegt. Dass ... Niko dort liegt.

Doch es ist leer.

»Bist du so lieb und sperrst Wolfgang und Amadeus nachher in ihren Käfig?«, fragt Steffi und läuft zurück in den Flur, wo sie sich ihre Schuhe anzieht. Sie wirft einen schnellen Blick auf ihre Armbanduhr. »Ich muss los. Ich habe Niko versprochen, um halb zehn kurz bei ihm vorbeizusehen. Vor dem Brunch.«

»Niko?«, frage ich stimmlos.

»Ja, Niko.« Steffi greift nach ihrer Jacke, zieht sie jedoch nicht an. »Ich habe für ihn eine Liste mit meinen Restaurationswünschen gemacht. Eigentlich wollte ich sie dir davor zeigen, aber du meintest ja, du würdest mir vertrauen. Außerdem hat er schon gedrängelt. Er scheint den Auftrag rasch erledigen zu wollen.«

Ob Steffi von seinen Geldsorgen weiß?

Ich schaffe es gerade einmal, den Mund zu öffnen, doch ehe ich etwas sagen kann, verlässt meine Schwester auch schon die Wohnung.

»Bis später!«, ruft sie noch, dann fällt die Tür hinter ihr ins Schloss.

Überrumpelt bleibe ich im Flur zurück und frage mich, ob sie so schnell verschwunden ist, weil sie unangenehmen Fragen entgehen wollte. Hat Niko ihr erzählt, was zwischen uns war? Ich mache einen Schritt nach vorn und spähe durch den Türspion in der Hoffnung, etwas im Stiegenhaus erkennen zu können. Natürlich sehe ich von hier aus nicht zu Nikos Tür hinüber, sondern nur auf die Treppe.

War der Brunch vielleicht nur eine Ausrede?

»Weißtee wird nur zu zwei Prozent fermentiert«, erkläre ich einer Kundin. »Er schmeckt milder und erfrischender als Grüner oder Schwarzer Tee. Man sagt ihm auch eine kühlende Wirkung nach.« Ich öffne eine Teedose und reiche sie ihr, damit sie einen Blick auf die Blätter werfen und an dem Tee riechen kann.

Die Kundin ist jedoch unentschlossen.

»Vielleicht ist eher einer der aromatisierten Weißtees etwas für Sie?«, schlage ich daher vor. »Wir haben Sorten mit Kokos, Rose, Pfirsich, Lychee, Mango, verschiedenen Beeren und Vanille.« Und vermutlich mit noch ein paar mehr Aromen, die mir gerade nicht einfallen wollen.

»Ich mag Pfirsich.« Die Kundin sieht interessiert auf, und ich mache mich auf die Suche nach der passenden Teedose. Dank der Ordnung, die bereits Tante Poldis Großmutter eingeführt hat, finde ich schnell die richtige Mischung: Weißtee mit Pfirsicharoma. Ich kann mich sogar daran erinnern, wie ich ihn zum ersten Mal probiert habe. Ein wirklich erfrischendes und fruchtiges Geschmackserlebnis.

Als ich den Deckel abnehme, breitet sich der süßliche Pfirsichduft im Verkaufsraum aus.

»Oh, der riecht wirklich gut«, sagt die Kundin sogleich.

»In der Tasse ist der Geschmack des Pfirsichs etwas lieblicher«, sage ich. »Nicht ganz so stark.«

Wenig später kassiere ich nicht nur den Weißtee mit Pfirsichgeschmack ab, sondern auch jenen mit Kokos, der die Kundin ebenfalls allein durch seinen Geruch überzeugen konnte. Als sie unser Geschäft verlässt, kommt schon der nächste Kunde herein. Ich grüße, doch dann verschlägt es mir die Sprache. Mit ihm hätte ich hier nie und nimmer gerechnet.

»Guten Morgen.« Er bleibt vor mir stehen und legt seine Hände auf den Tresen. Er trägt wieder seinen rot-goldenen Schal und schwarze Lederhandschuhe. »Ich glaube, wir kennen uns. Romi, nicht wahr?«

Ich nicke langsam und frage mich, ob er weiß, dass Niko für uns als Restaurator arbeitet. Ist er deshalb hier? Weil er denkt, er sei hier, und ihn sprechen will?

Statt meine Gedankengänge weiterzuspinnen, räuspere ich mich und strecke meinen Rücken durch. »Was kann ich für Sie tun, Herr Holzmann?«

»Ich hätte gerne einen erstklassigen Schwarztee«, erklärt er. Entweder weiß er nichts von Nikos Beziehung zu unserem Teegeschäft, oder er lässt es sich nicht anmerken.

»Einen erstklassigen Schwarztee?«, wiederhole ich irritiert über seine Formulierung. »Dann ist bestimmt ein Darjeeling etwas für Sie.« Die Darjeeling-Sorten sind die teuersten in unserem Sortiment. »Er gilt als der Champagner unter den Tees«, füge ich hinzu, während ich mehrere Teedosen aus dem Regal hole und auf die Theke stelle. Nacheinander zeige ich Nikos Vater die Blattmischungen. »Dieser hier ist ein First Flush, von dem nur einhundert Kilo produziert wurden. Er hat eine leicht süßliche, blumige Note im Abgang.«

Armin Holzmann wirft einen prüfenden Blick in die verschiedenen Dosen, ehe er sich für den First Flush entscheidet. Obwohl er höflich ist, wirken seine Sprache und seine Gesten überheblich.

Während ich ihm den Tee abwiege und verpacke, sage ich beiläufig: »Ich hätte Sie eher für einen Kaffeetrinker gehalten. Espresso, um ehrlich zu sein.« Ich lächle, obwohl ich nicht den Hauch von Sympathie für ihn empfinde. Nicht nur, weil er vor ein paar Wochen so herablassend mit Niko gesprochen hat.

»Und damit hätten Sie richtig getippt«, meint er und legt einen Hunderter auf den Tresen. »Der Tee ist ein Geschenk für meine Freundin.«

Mein Lächeln gefriert. Ob es jene Freundin ist, für die er Nikos Mutter verlassen hat? Wie auch immer, es geht mich nichts an.

»Damit machen Sie ihr bestimmt eine Freude«, sage ich etwas steif und nehme das Wechselgeld aus der Kasse.

»Es ist nur eine Kleinigkeit, weil sie gerne Tee trinkt«, erklärt er. »Ihr eigentliches Geburtstagsgeschenk sind Diamantohrringe.« Sein gönnerhaftes Grinsen lässt in mir Wut aufsteigen.

Während er seiner Freundin teure Geschenke macht, ackert Niko Tag und Nacht und sogar an Feiertagen in seiner Werkstatt, um die Raten für seinen Kredit zahlen zu können, der seine Selbstständigkeit erst möglich gemacht hat.

In dem Augenblick kommt meine Großtante aus dem hinteren Bereich. Sie grüßt Armin Holzmann wie jeden anderen Kunden und räumt dann die Teedosen weg, die noch auf dem Tresen stehen. Es wirkt nicht so, als wüsste sie, wer der Kunde ist.

»Schönen Tag noch«, sagt Armin Holzmann, steckt den Tee in seine Manteltasche und verlässt das Geschäft.

Ich sehe ihm nach, warte darauf, dass meine Großtante etwas sagt. Vielleicht, dass das Peters Sohn war. Sie weiß ja nicht, dass ich es weiß. Doch das tut sie nicht.

Stattdessen blickt sie in die leere Ecke, wo sonst unsere Kunden ihre Tees genießen. Im Moment stehen die Tische und Stühle in Nikos Werkstatt, damit er sie aufpolieren kann.

»Ich überlege, die Ecke mit Pflanzen etwas schöner zu gestalten«, sagt Tante Poldi nachdenklich. »Mit einem Drachenbaum oder einer Monstera. Was hältst du davon?«

»Tolle Idee«, sage ich geistesabwesend. Dann treffe ich einen Entschluss und gehe um die Anrichte herum. »Ich komme gleich wieder«, füge ich hinzu, ehe ich entschlossen auf die Straße trete. Es ist viel zu kalt, um ohne Mantel oder Jacke ins Freie zu gehen, doch das kümmert mich im Augenblick nicht.

»Herr Holzmann!«, rufe ich, noch ehe ich ihn vor mir in Richtung Graben gehend entdecke.

Überrascht dreht er sich zu mir um. »Habe ich etwas vergessen?«

»Nein, nein«, antworte ich hastig, als ich zu ihm aufschließe. Aus meinem Mund kommen aufgrund der Kälte kleine Wölkchen. »Ich wollte Sie nur wegen Niko sprechen.«

Er zieht abwartend die Augenbrauen hoch.

»Sie wissen doch, dass er in seine Werkstatt investieren musste«, fahre ich fort, »und dafür einen Kredit aufgenommen hat.«

»Das ist mir bekannt.«

»Ist Ihnen auch bekannt, dass er Tag und Nacht arbeitet, um dem finanziellen Druck standzuhalten?«

Armin Holzmann blinzelt nur ein paarmal. Offenbar irritiert darüber, dass ich ihn darauf anspreche.

»Er hat kaum noch Zeit für etwas anderes«, füge ich hinzu.

»So ist das, wenn man selbstständig ist. Man bekommt nichts geschenkt«, erwidert er kühl. »Zu meiner Anfangszeit als Immobilienmakler habe ich ebenfalls Tag und Nacht gearbeitet, und sehen Sie, was aus mir geworden ist.« Er breitet die Arme aus, als wollte er sich mir voller Stolz präsentieren.

Am liebsten würde ich ihn mit seinem rot-goldenen Schal erwürgen.

»Niko erwartet sich bestimmt nicht, etwas geschenkt zu bekommen«, verteidige ich ihn und mein Vorhaben. Doch ehe ich weitersprechen kann, kommt Armin Holzmann mir zuvor.

»Sie scheinen nicht zu wissen, dass ich für ihn auf die Werkstatt in Wien verzichtet habe«, sagt er mit hochgereckter Nase. »Ihre Lage ist ausgezeichnet. Ich hätte sie problemlos für gutes Geld verkaufen können.«

Und wofür?, denke ich. Um seiner Freundin ein zu den Ohrringen passendes Diamantcollier zu kaufen?

Ihm bedeutet diese Werkstatt nichts, Niko aber schon. Außerdem hat Armin Holzmanns Verzicht auf die Wohnung und die Werkstatt ihm einen Scheidungskrieg erspart.

Statt ihm das ins Gesicht zu schleudern, beiße ich mir auf die Unterlippe. Eigentlich habe ich kein Recht, mich in Nikos Familienverhältnisse einzumischen. Aber ich will, dass Armin Holzmann endlich mal an seinen Sohn denkt. Vielleicht sollte ich es anders angehen.

»Niko ist im besten Alter«, sage ich, »sowohl um ein großartiges Unternehmen aufzubauen, als auch um eine Familie zu gründen. Ich fürchte jedoch, dass die finanziellen Sorgen Letzteres verhindern.«

Nikos Vater mustert mich argwöhnisch. Meine Worte scheinen etwas in ihm ausgelöst zu haben.

»Ich dachte, Sie wären nicht seine Freundin?« Der Ton in seiner Stimme gefällt mir nicht. Als würde er etwas dagegen haben, wenn es so wäre. Dabei kümmert er sich doch sonst auch nicht um Niko.

»Das bin ich auch nicht«, versichere ich ihm. Glaubt er etwa, ich wäre ihm hinterhergelaufen, nur um etwas für mich selbst herauszuschlagen? »Aber ich denke, etwas väterliche Unterstützung würde Niko viel helfen.«

Dieses Mal antwortet Armin Holzmann nichts darauf. Es ist unmöglich, an seinem regungslosen Gesicht abzulesen, was er wirklich denkt.

»Vielleicht ist es an der Zeit, dass Sie beide wieder aufeinander zugehen.«

»Hast du auch wirklich alles eingepackt?«, fragt Steffi und deutet auf den Koffer, den ich mir von ihr geliehen habe. Er hat genau die richtige Größe für diese Reise. Schließlich brauche ich Kleidung für fast alle Wetterlagen. Erst fliegen Tante Poldi und ich nach Frankfurt, um bei einem Teegroßhandel neue Sorten zu probieren. Eine Schneefront ist vorausgesagt. Anschließend geht es weiter nach Sri Lanka, wo wir bei tropischem Klima eine Teefabrik und zwei Plantagen besuchen wollen.

»Irgendetwas habe ich bestimmt vergessen«, antworte ich und seufze. Zumindest meine Reisedokumente habe ich in meiner Handtasche dabei, das habe ich schon mehrmals überprüft.

Wir stehen vor Steffis Wohnhaus in der Eiseskälte und warten auf das Taxi, das mich zum Flughafen bringen soll.

»Dein Taxi ist bestimmt gleich da.« Steffi wirft einen Blick auf ihre Uhr. »Ich hasse solche langen Flüge. Zum Glück übernimmst du das ab jetzt für mich.« Sie grinst frech.

»Ich freue mich drauf«, sage ich lächelnd. »Ich wollte schon immer mal nach Asien.« Noch bis vor Kurzem gab es zwar andere Ziele, die mich gereizt hätten, doch inzwischen kann ich es gar nicht erwarten, die Gebiete mit eigenen Augen zu sehen, wo unser Tee wächst.

»Und so haben wir alle etwas davon«, meint Steffi zufrieden. »Du kannst reisen und ich in Wien bleiben.«

Etwas daran, wie sie es sagt, fühlt sich für mich gut an. Es gibt mir die Gewissheit, eine richtige Entscheidung getroffen zu haben. Die Vorstellung, in Wien zu bleiben, hatte immer den Beigeschmack, damit meine alten Träume aufzugeben. Schon als kleines Mädchen wollte ich die Welt sehen. Jetzt scheint es, als könnte ich beides in meinem Leben vereinen. Das Teehaus in Wien und die weite Welt.

»Für mich ist das eine großartige Möglichkeit«, sage ich und überspiele mit einem Lächeln die Aufregung, die sich langsam in mir aufbaut. Als ich vor etwa zwei Monaten nach Wien zurückgekommen bin, war ich mir nicht einmal sicher, im neuen Jahr noch in Tante Poldis Teehaus zu arbeiten, geschweige denn habe ich daran gedacht, mit ihr eine Asienreise zu Teeplantagen zu machen. Heute bin ich einfach nur glücklich darüber, dass ich mich beruflich hier eingelebt habe. »Ich bin schon gespannt zu sehen, was mich dort erwartet.«

»Hallo, ihr zwei«, sagt plötzlich Niko, der die Straße entlangkommt.

Er ist schon ziemlich nahe. Ob er etwas von dem gehört hat, was wir gesprochen haben? Ich wünschte, unser Verhältnis wäre noch so wie Ende letzten Jahres, und ich hätte ihm von dieser aufregenden Reise erzählen können. Doch so ist es nicht mehr.

Wir grüßen ihn ebenfalls, als im gleichen Moment das bestellte Taxi neben uns hält.

»Es ist so weit«, sage ich und grinse Steffi an. Ich kann meine Aufregung nicht mehr zurückhalten.

Der Taxifahrer steigt aus. »Zum Flughafen?«, fragt er, öffnet den Kofferraum und nimmt mir den schweren Koffer ab.

Ich nicke.

Meine Schwester fällt mir um den Hals und drückt mich fest. »Ich wünsche dir einen guten Flug«, sagt sie. »Schreib mir nach der Landung in Frankfurt kurz, dass alles in Ordnung ist, okay?«

»Mache ich«, versichere ich ihr.

»Und jetzt los! Du bist schon etwas spät dran«, drängt Steffi und bugsiert mich zur hinteren Autotür.

Ich sehe kurz zu Niko, der eingepackt in Wintermantel und Schal danebensteht und uns beobachtet. Nur schwer löse ich meinen Blick von ihm und setze mich auf die Rückbank des Taxis.

»Viel Spaß!«, ruft Steffi. Dann wirft sie die Tür hinter mir zu.

Mein ganzer Körper kribbelt, als ich die Stufen zu Steffis Wohnung hochsteige. Der Koffer ist noch schwerer als bei meiner Abreise. Er ist bis an sein Maximum mit Souvenirs vollgestopft.

Ich will endlich meiner Schwester von der Reise erzählen, auch wenn sie selbst bereits in Sri Lanka war. Nicht ganz so begeistert und reisefreudig wie ich, wie Tante Poldi bemerkt hat.

Dass Steffi am liebsten daheim ist, wusste ich bereits, und jetzt, da ich den Lebensstandard im Hochland Sri Lankas mit eigenen Augen gesehen habe, kann ich verstehen, dass sie nicht gerne zu den Teeplantagen gefahren ist. Abseits der Touristenstrände leben die Menschen sehr einfach. Dennoch habe ich jeden Tag dort genossen und all die neuen Eindrücke und interessanten Gespräche nur so in mich aufgesogen.

Im kommenden Jahr, hat meine Großtante mir versprochen, will sie mich zu den Teeplantagen in Indien mitnehmen. Es soll ihre vorerst letzte Reise in die Tee-anbaugebiete Darjeeling und Assam werden, die sie mir dann persönlich zeigen will.

Aufgrund eines aufkommenden Monsuns mussten wir ungeplant einen Tag früher abreisen. Zwar hätten wir im Hotel ausharren und darauf hoffen können, dass es nicht ganz so schlimm wird, doch Tante Poldi konnte zwei Plätze für einen früheren Flug organisieren, sodass wir uns entschlossen haben, eher nach Wien zurückzukehren.

Aufgeregt öffne ich Steffis Wohnungstür. Ich habe ihr einen aus Holz geschnitzten und handbemalten Elefanten aus Sri Lanka mitgebracht. Er ist zudem mit vielen bunten Strasssteinchen beklebt.

Auf der Kommode im Flur steht Steffis Handtasche. Offenbar ist sie schon zu Hause, obwohl das Teege-schäft erst vor einer Stunde geschlossen hat. Ich bin gespannt zu erfahren, ob in den letzten Tagen viel los war.

»Ich bin wieder da!«, rufe ich, um mich anzukündigen. Schließlich hätte ich erst morgen zurückkommen sollen. Einen Vorteil hat die verfrühte Rückkehr: Wir haben den ganzen Sonntag Zeit, um über die Reise zu sprechen. Vielleicht bestellen wir uns Pizza oder Thailändisch und entspannen bei einem Film am Nach-mittag. Ich hätte richtig Lust auf einen Schwesterntag im Pyjama.

Es rumpelt im Wohnzimmer, dann höre ich Wolf-gang und Amadeus auch schon aufgeregt zwitschern. Ein paar Sekunden später taucht Steffi im Gang auf und räuspert sich. »Was machst du denn da?«, fragt sie mit kratziger Stimme und streicht ihre langen blonden Haare zurück.

»Wir sind wegen eines angekündigten Monsuns einen Tag früher zurückgeflogen«, antworte ich und stelle den Koffer ab. Ich werde ihn später ausräumen. Oder erst morgen. Jetzt habe ich Lust auf eine Tasse Tee und einen Plausch mit meiner Schwester.

»Du hättest anrufen oder mir wenigstens eine Nachricht schicken sollen«, sagt diese nervös.

»Warum denn?«, frage ich lachend und steuere die Küche an, um Wasser aufzukochen.

»Ich habe …«, stottert Steffi hinter mir.

»Hallo!«, kommt eine Männerstimme aus dem Wohnzimmer.

Ich drehe mich um und sehe in ein fremdes Männergesicht. Nein, ganz fremd ist es nicht. Irgendwie kommt er mir bekannt vor.

»Ich habe Besuch«, vollendet meine Schwester ihren begonnenen Satz.

Mein Blick springt ein paarmal zwischen ihr und dem Mann hin und her. Steffi, die gerade noch ihre Haare mit den Fingern durchgekämmt hat. Der Mann, dessen Hemd zerknittert ist und über die Hose hängt. Steffi, die außergewöhnlich aufgekratzt war. Der Mann, der etwas verlegen lächelt. Die Stille zwischen uns, die immer drückender wird.

»Ich wusste nicht, dass ich störe«, bringe ich hervor, um irgendetwas zu sagen.

»Tust du nicht«, versichert Steffi mir schnell. Dann wendet sie sich ihrem *Besuch* zu. »Warum gehst du nicht ins Wohnzimmer zurück? Ich komme gleich nach.«

Er nickt kurz und verschwindet.

Steffi und ich gehen in die Küche. Sie nimmt den Teekessel und füllt ihn mit Wasser, als wäre ich dazu nicht mehr in der Lage. Oder als müsste sie einfach irgendetwas tun, um ihre Nervosität zu überspielen.

»Du betrügst Niko?«, flüstere ich aufgeregt.

»Was?« Steffi reißt die Augen auf. »Nein! Wie kommst du denn darauf?«

Ich deute zur Tür, als stünde der Mann immer noch da. »Vielleicht wegen dem da?«

»Das ist Gregor«, erklärt sie.

Ich zucke mit den Schultern und schüttle ahnungslos den Kopf. Gregor, Gregor ... Es dämmert mir. Das Gesicht, das mir nicht ganz unbekannt ist. Dann macht es »Klick«, und ich erinnere mich an den Mann, mit dem sie Mitte Dezember diesen unsäglichen Club verlassen hat. Das ist er.

»Warum triffst du ihn?«, will ich wissen. Der vorwurfsvolle Ton in meiner Stimme überrascht selbst mich.

»Na, hör mal!« Steffi stemmt die Hände in ihre Taille. »Seit wann geht es dich etwas an, wen ich treffe?«

»Das tut es nicht«, entgegne ich immer noch aufgebracht. »Aber ich dachte, du wolltest eine Familie gründen. Mit Niko.«

»Niko?« Steffi wirft den Kopf zurück und bricht in schallendes Gelächter aus.

Irritiert starre ich sie an. »Ist Niko etwa nicht ...« Ich kann den Satz nicht vollenden, so dumm komme ich mir gerade vor. Aber haben nicht alle

Anzeichen darauf hingedeutet? Ich bin zu überrumpelt, als dass ich auch nur einen klaren Gedanken fassen kann.

Nur langsam kriegt meine Schwester sich wieder ein. Sie schnappt immer noch nach Luft. »Und wir haben uns schon gewundert, warum du dir die Mühe mit dem Abendessen gemacht hast«, sagt sie lachend. »Nicht, dass die Ente nicht hervorragend war, aber so ganz klar war uns nicht, womit wir das alles verdient hatten.«

Ich versuche, das eben Gehörte zu ordnen.

»Du und Niko, ihr seid nicht zusammen? Er war es nicht, mit dem die Beziehung zerbrochen ist, weil du ihm dem Wunsch nach einer Familie wegen des Geschäfts nicht erfüllen wolltest?« Ich muss es noch einmal von ihr hören. Ich brauche diese Bestätigung, um endgültig zu realisieren, auf welch falschem Dampfer ich war.

Meine Schwester schüttelt den Kopf, immer noch erheitert über meine Missinterpretation. »Nein, das mit Niko lief nicht lang. Wir wussten beide schnell, dass nicht mehr daraus werden würde. Er ist wirklich nett, aber es hat einfach nicht gefunkt.«

Ich erinnere mich, dass auch Niko das kurze Verhältnis, das sie hatten, so bezeichnet hat. Ich dachte jedoch, weil er mich nicht beunruhigen wollte. Offenbar war es die Wahrheit.

»Gregor ist derjenige, mit dem ich eine Familie planen wollte«, stellt Steffi klar. »Und wieder planen will«, korrigiert sie sich leise, als wollte sie nicht, dass dieser sie vom Wohnzimmer aus hört.

Ich schlage die Hände vors Gesicht. »O Mann«, stöhne ich. Kann ich hier irgendwo die Zeit zurückdrehen? Oder einfach im Erdboden versinken?

»Aber kann es sein, dass du etwas für Niko empfindest?«, fragt Steffi und klingt, als wüsste sie längst Bescheid.

Ich schaue zwischen den Fingern hindurch zu ihr. Ihr kann ich nichts vormachen. Sie hat mich schon als Kind immer durchschaut. »Vielleicht«, murmle ich.

Plötzlich läutet es an der Wohnungstür, und mein Herz schlägt sofort schneller. Ich nehme die Hände herunter.

»Ein Zeichen!«, ruft Steffi und grinst breit. »Ich werde mich mit Gregor in mein Zimmer verziehen.« Sie zwinkert mir noch einmal zu und läuft dann davon.

Ich kralle meine Finger in meinen Pulloversaum, um das Zittern zu unterdrücken, als ich in den Flur gehe.

Das kann kein Zufall sein.

Das muss Schicksal sein.

Ob Niko gesehen hat, dass ich zurückgekommen bin? Vielleicht vom Fenster aus? Hat er darauf gewartet? Auf mich?

Ich lege eine Hand auf die Türklinke und hole noch einmal tief Luft. Als ich die Tür öffne, fällt mir ein, dass ich mein Aussehen noch einmal im Spiegel hätte kontrollieren sollen. Egal, zu spät.

»Hallo, Romi!« Charlie lächelt mich freundlich an. »Ich hoffe, ich störe nicht?«

Ich brauche zwei Sekunden, um zu kapieren, dass es nicht Niko ist, der vor mir steht. Schnell schlucke ich meine Enttäuschung hinunter und setze ein Lächeln

auf. »Nein, gar nicht. Ich bin gerade erst heimgekom-
men. Was gibt's denn?«

»Um ehrlich zu sein, habe ich eine Bitte an dich«,
erwidert sie. Sie knetet nervös ihre Hände. »Für Donnerstag hat sich im Hotel spontan eine größere Gesellschaft angekündigt, die sich typisch englischen Tee für
ihre Tagung wünscht. Könntest du uns dabei unterstützen?«

»Natürlich.«

»Super!« Charlie wirkt erleichtert. »Wäre es möglich, dass du am Montag ins Hotel kommst, damit wir
die Details besprechen? Ich habe mir auch schon ein
paar Rezepte für englisches Teegebäck herausgesucht,
die ich Probe backen will. Eine zweite Meinung beim
Verkosten wäre hilfreich.«

Ich grinse. »Da bin ich gerne dabei!«

»Wäre der späte Nachmittag für dich in Ordnung?«

»Ich werde da sein.«

Charlie nickt zufrieden. »Perfekt. Dann bis Montag.«

Ich sehe ihr noch kurz nach, wie sie in ihrer Wohnung verschwindet. Dann gehe ich zu Nikos Wohnungstür. Wenn er nicht zu mir kommt, dann gehe ich
eben zu ihm. Ich will einfach nur dieses dumme Missverständnis aufklären, dass ich dachte, er und Steffi
wären mehr als nur Nachbarn, das würde mir fürs
Erste genügen.

Das Blut rauscht durch meinen Körper, als ich an-
klopfe. Ich warte und lausche. Nichts. Nach einer
Weile versuche ich es erneut. Vielleicht hat er mein
Klopfen beim ersten Mal nur überhört.

Es tut sich immer noch nichts.

Nach gefühlten fünf Minuten hebe ich erneut die Hand, halte aber inne und gehe enttäuscht in unsere Wohnung zurück.

Am nächsten Vormittag mache ich mich mit der Bim auf den Weg zu Nikos Werkstatt. Zwar weiß ich nicht, ob er da sein wird, doch die Chancen dürften so schlecht nicht stehen. An einem Sonntag ist die Werkstatt eigentlich die einzig logische Schlussfolgerung, nachdem ich ihn auch nach dem Frühstück nicht in seiner Wohnung angetroffen habe. Den kurzen Gedanken, er könnte mich nicht sehen wollen und deshalb meine Kontaktversuche ignorieren, verdränge ich ganz schnell wieder.

Ich habe mich dazu entschieden, persönlich mit ihm zu sprechen, statt ihm eine Nachricht zu schicken. Ich wüsste ohnehin nicht, wie ich schriftlich formulieren sollte, was ich ihm sagen will.

Als ich vor der Werkstatt stehe, schlägt mein Herz noch schneller als ohnehin schon. Dennoch drücke ich entschlossen die Tür auf.

Der Geruch von Holz und Leim dringt in meine Nase, als ich Nikos Reich betrete. Eine Klingel schlägt automatisch an, sobald sich die Tür öffnet.

»Bin gleich da!« Nikos Stimme kommt aus dem hinteren Bereich seiner Werkstatt.

Als normaler Kunde würde ich wohl hier stehen bleiben und auf ihn warten. Doch einerseits kenne ich mich hier aus und weiß, wo er ist, und andererseits bin ich mit den Nerven längst völlig am Ende. Am liebsten hätte ich mich den ganzen gestrigen Abend vor seine Tür gesetzt, um nicht zu verpassen, wenn er heimkommt.

»Hallo, Niko!«, sage ich, als ich ihn über einen Arbeitstisch gebeugt entdecke. Das Teil in seinen Händen erkenne ich sofort. Es gehört zur Wandvertäfelung vom Teegeschäft.

Fast schon erschrocken sieht er auf. »Romi!« Er braucht einen Moment, um meine Anwesenheit zu realisieren. Dann legt er den Pinsel beiseite und säubert sich die Hände an seiner Hose. »Was machst du denn hier?«

»Dich suchen«, antworte ich fröhlich, »und finden.« Ich grinse, doch zu meiner Irritation erwidert Niko meine Freundlichkeit nicht.

Er wirkt überhaupt sehr müde und hat Schatten unter den Augen. Bestimmt arbeitet er zu viel.

»Irgendwie bist du mir zwischen gestern Abend und heute Morgen aus der Wohnung entwischt«, sage ich, um die Stimmung aufzulockern.

»Ich war gar nicht zu Hause«, murmelt er.

»Sag bloß, du hast hier geschlafen?« Ich lache leise. Vielleicht sogar etwas verzweifelt, weil es sonst bedeuten würde, dass er bei einer anderen Frau übernachtet hat.

»Ist einfacher so.«

Seine Worte schneiden in meine Brust. Ist das sein Ernst? Er schläft in der Werkstatt?

»Ich muss euren Auftrag fertig machen«, sagt er und deutet auf den Teil der Wandvertäfelung vor sich.

»Ist es wegen des Geldes?«, frage ich nervös. »Ich

kann mit meiner Großtante sprechen. Wir können einen Zahlungsplan erstellen, damit du Zwischenrechnungen stellen kannst.«

»Lass mal, ich schaffe das schon«, winkt er ab und wendet sich wieder seinem Arbeitstisch zu, als wollte er mich von nun an ignorieren. Statt jedoch nach dem Pinsel zu greifen, hält er einfach inne. »Du hast mir gar nicht erzählt, dass du verreist. Oder warst du für einen neuen Job unterwegs?«

»Was?« Ich sehe ihn verwirrt an.

»Ich hab dich doch gesehen, als Steffi dich ins Taxi gesetzt hat«, erklärt Niko.

Ist er deshalb so schroff? Weil er denkt, ich hätte im Ausland eine neue Stelle angenommen?

»Ich habe keinen neuen Job«, sage ich und muss lächeln. Meine Güte, hier häufen sich aber die Missverständnisse. Wenigstens können wir jetzt endlich alle aus dem Weg räumen.

»Wäre auch seltsam gewesen, wenn Steffi so cool darauf reagiert hätte«, murmelt Niko.

Warum hat er noch immer diese miese Stimmung?

»Ich habe meine Großtante nach Asien begleitet. Wir waren auf mehreren Teeplantagen«, stelle ich klar. »Es war ziemlich aufregend. Vielleicht trinken wir mal zusammen einen Tee, und ich erzähle dir davon.«

Niko hebt nur kurz den Blick. »Ja, vielleicht.«

Was zum Teufel ist nur los mit ihm?

»Außerdem ist da noch etwas, worüber ich mit dir sprechen will«, fahre ich leicht genervt, aber immer noch optimistisch fort. »Ich habe vor meiner Reise gesagt, dass ich mit dir nur befreundet sein will. Das war aber nur, weil ich dachte, du würdest …«

»Hast du mit meinem Vater gesprochen?«, fährt Niko mich an.

Ich brauche einen Moment, bis ich verstehe, was er mich eben gefragt hat.

»Ja, habe ich«, antworte ich und erinnere mich wieder an das Gespräch mit Armin Holzmann auf der Straße vor unserem Teehaus. Damals, als ich noch dachte, Niko und Steffi würden wieder zusammen sein und eine Familie gründen wollen. Und dass ich Niko bei seinen finanziellen Problemen helfen könnte. »Das war ein Missverständnis«, füge ich schnell hinzu.

»Du hast meinen Vater gebeten, mir Geld zu geben, weil ich dem Druck nicht standhalte«, wirft er mir grantig vor.

Natürlich kann ich mich nicht mehr an meine genauen Worte erinnern, bezweifle jedoch, dass sie so gelautet haben.

»Letztens stand mein Vater vor der Tür, um Fotos für ein Exposé zu machen«, fährt Niko fort.

»Exposé?« Ich verstehe nicht.

»Er will meine Wohnung verkaufen«, klärt Niko mich verärgert auf. »Er will, dass ich mit dem Erlös meine Schulden begleiche. Wenn es nach ihm ginge, sollte ich mir eine billige Einzimmerwohnung suchen.«

»Das habe ich ganz bestimmt nicht gewollt«, verteidige ich mich, auch wenn es bestimmt nicht das ist, was Niko hören will.

»Es ist egal, was du gewollt hast.« Er wird lauter, was für ihn völlig ungewöhnlich ist. Ich kann es ihm nicht mal verübeln. »Ich will nichts von meinem Vater! Ich brauche weder seine Hilfe noch deine. Meine finanzielle Situation geht einzig und allein mich etwas an.«

»Natürlich«, sage ich beschwichtigend, doch er ist so in Rage, dass er mir nicht zuhört.

»Sehe ich tatsächlich so aus, als wäre ich überfordert? Als würde ich dem Druck nicht standhalten?«

Er lässt mir keine Zeit für eine Antwort.

»Ich kenne meine finanzielle Misere sehr gut, aber ich bin drauf und dran, etwas daran zu ändern. Oder warum, glaubst du, arbeite ich hier Tag und Nacht? Warum, glaubst du, verkaufe ich Holzschmuck am Christkindlmarkt? Weil es mir Spaß macht, kein Leben neben der Arbeit zu haben?«

»Niko, es tut mir ehrlich leid.«

Um einen Streit zu vermeiden, ist es längst zu spät. So eine Situation habe ich als Letztes gewollt. Mein Ziel war es, nach diesem Besuch in Nikos Werkstatt alles zwischen uns geklärt zu haben. Vielleicht wird es ja sogar so sein. Aber ganz anders, als ich es mir erwartet und erhofft habe.

Was er dann sagt, versetzt mir einen schmerzhaften Stich im Herzen.

»Ich bin dir dankbar für den Auftrag von eurem Teegeschäft, aber ansonsten bin ich fertig mit dir, Romi.«

»Ich war noch nie in einem so schönen Hotel«, sage ich staunend, als Charlie mich durch das Foyer zu einer breiten geschwungenen Treppe führt. Überall stehen Holztische und -stühle mit dunkelrotem Bezug. Vereinzelt sind sie von Hotelgästen belegt, die Kaffee trinken und Zeitung lesen. Die Rezeption mit zwei Damen in schicken Uniformen ist hell beleuchtet, ich komme mir vor wie in einem Film.

»Ich liebe den klassischen Charme des Hotels«, erwidert Charlie, als wir die Stufen hinaufsteigen, »auch wenn die Einrichtung schon etwas in die Jahre gekommen ist. Erst vor ein paar Tagen hat ein Stuhl unter dem Gewicht eines leicht korpulenten amerikanischen Gastes so laut geknackt, dass ich dachte, er würde gleich unter seinem Hintern zusammenbrechen.« Sie sieht mich an, als wüsste sie nicht, ob sie lachen oder froh sein soll, dass nicht mehr passiert ist.

»Der arme Stuhl«, sage ich mit einem unterdrückten Lachen.

»Stimmt.« Charlie grinst. »Daniel will das gesamte Mobiliar erneuern lassen, damit es mit dem der anderen europäischen Eppensteiner Hotels identisch ist, aber ich finde, wir würden damit den Wiener Flair verlieren, der uns auszeichnet.«

Dann stehen wir auch schon vor einem Seminarraum, den Charlie für uns aufsperrt. Er ist groß, länglich geschnitten und hat bodentiefe Fenster, durch die viel Winterlicht hereinfällt. Schwere blaue Vorhänge rahmen die Fenster ein und passen gut zu dem Fischgrätparkett und den massiven Holztischen.

»Hier findet die Tagung statt«, erklärt Charlie und lässt mich vor ihr eintreten. »Vierzig Teilnehmer. Sie dauert von acht bis siebzehn Uhr.«

»Vierzig, in Ordnung.« Ich notiere mir die Zahl auf einem Block, damit ich mich auch später daran erinnere.

»Ich weiß, das mit dem Tee ist sehr kurzfristig, doch die Veranstalter haben ihre ursprüngliche Planung einfach über den Haufen geworfen.« Charlie lächelt mich entschuldigend an.

»Kein Problem, das bekommen wir schon hin«, versichere ich ihr. Die Aufgabe, den Tee für sämtliche Pausen des Seminars auszusuchen, ist eine wunderbare Abwechslung und lenkt mich von Niko ab. Schon gestern habe ich mir einige Gedanken dazu gemacht. »Ich schlage vor, dass wir morgens mit einem typisch englischen Frühstückstee beginnen. Ein klassischer Schwarztee, der mit Milch getrunken wird. Dazu reichen wir Toast mit Orangenmarmelade. Als Alternative, damit die Teilnehmer eine Wahlmöglichkeit haben, könnte ich mir aromatisierten Earl Grey vorstellen.«

Charlie nickt zustimmend. »Um Toast und Orangenmarmelade kümmere ich mich«, sagt sie.

»Während der Tagung würde ich eine kleine Teebar aufbauen, an der man sich nach Belieben bedienen kann.« An Charlies Reaktion sehe ich, dass sie von der Idee begeistert ist. Ich freue mich, weil ich so etwas zum ersten Mal organisiere und dementsprechend etwas unsicher bin. »Als Snack habe ich an englischen Teekuchen mit kandierten Früchten, Rosinen und Schokostückchen gedacht.«

»Den kenne ich!«, ruft Charlie freudig dazwischen. »Daniel hat mich letztes Jahr nach England mitgenommen, wo ich dem Teekuchen verfallen bin.« Ihre Augen leuchten bei der Erinnerung. »Ich habe sogar ein Rezept dafür, das ich seither ausprobieren wollte.«

»Sehr gut! Klassisch wird zu Teekuchen Assam-Tee getrunken, doch ich würde an der Teebar noch andere Sorten anbieten, falls jemand kein Schwarztee-Trinker ist. Und wer keine kandierten Früchte mag, kann sich am Teegebäck bedienen, das du machen wolltest.« Wieder notiere ich mir alles, um nichts zu vergessen. »Gibt es schon Pläne für das Mittagessen?«

»Hauptsache, Tee passt dazu«, antwortet Charlie und rollt mit den Augen. »Diesbezüglich waren die Kunden sehr klar.«

Ich nicke. »Dann schlage ich die in England beliebten Sandwiches vor. Belegt mit Thunfisch, Ei, Gurke, Lachs und Roastbeef. Da sollte für jeden etwas dabei sein.«

»Also mehrere verschiedene Sorten?«, vergewissert sich Charlie.

»Richtig. Klassisch werden sie auf Etageren serviert.«

»Die haben wir«, sagt Charlie und blickt kurz ins Leere, als würde sie eine imaginäre Liste schreiben.

»Wir können auch eine warme Suppe dazu anbieten. Vielleicht Kürbis mit Kokos und Ingwer«, schlage ich vor, weil gerade in der Winterzeit gern warm gegessen wird.

»Das leite ich an die Küche weiter.«

»Und am Ende der Tagung gibt es dann den Cream Tea. Dazu reichen wir Scones mit Clotted Cream und Erdbeermarmelade. Falls du die Scones nicht selbst machen willst, kann ich dir dafür eine ausgezeichnete Bäckerei empfehlen.«

Charlie grinst. »Scones habe ich schon mal gebacken«, erklärt sie stolz. »Das schaffe ich.«

»Sehr gut. Wenn du mit allem einverstanden bist, hätten wir alles geklärt, oder?

»Von meiner Seite, ja«, antwortet Charlie. »Und jetzt müssen wir noch das Teegebäck kosten, das ich heute Vormittag gemacht habe. Zusammen mit frischen Punschkrapfen.«

»Dazu kann ich wohl nicht Nein sagen.« Ich lächle. »Schon gar nicht, wenn du alles gebacken hast.« Ich liebe die kleinen, süßen und mit Rum getränkten Punschkrapfen mit rosafarbener Glasur, kann mich aber nicht erinnern, wann ich zuletzt einen gegessen habe. Auf jeden Fall vor meiner Zeit im Ausland.

Charlie führt mich die Treppe nach unten zurück in den Eingangsbereich des Hotels. »Leider muss ich selbst die Finger von den Punschkrapfen lassen«, sagt sie und tippt sich auf den Bauch.

»Heißt das …?« Ich sehe mit großen Augen ihren Bauch an. Nicht mehr als eine klitzekleine Wölbung ist zu erkennen.

Charlie nickt aufgeregt. »Vierzehnte Woche«, sagt sie. »Endlich hat die Morgenübelkeit aufgehört.«

»Herzlichen Glückwunsch!«

*** Cream Tea ***

... nur mit Scones – Kalorienzählen absolut verboten!

Als Cream Tea wird in Großbritannien kein Getränk, sondern eine ganze Mahlzeit bezeichnet, bestehend aus Tee und Scones mit Clotted Cream und Erdbeermarmelade. Die Variante des englischen Nachmittagstees ist besonders in den südenglischen Grafschaften Devon und Cornwall beliebt. Als Tee eignet sich ein kräftiger Schwarztee, gern mit einem Schuss Milch.

Die Scones, ein süßes Kleingebäck, werden halbiert und erst mit dickem Rahm, der sogenannten Clotted Cream, und dann mit Erdbeermarmelade bestrichen. Oder umgekehrt. An der Reihenfolge scheiden sich die Geister. Während in Devon erst Clotted Cream auf die Scones kommt, streicht man in Cornwall erst Marmelade darauf. Der erbitterte Streit darüber wird unter den Einwohnern der Grafschaften seit Jahrhunderten mit Hingabe ausgetragen.

Hoffnung ist wie der Zucker im Tee:
Auch wenn sie klein ist, versüßt sie alles.

(Chinesisches Sprichwort)

Die Vorbereitungen für Charlies Auftrag im Hotel haben mich zumindest ein wenig von Niko und seiner Wut auf mich abgelenkt. Zwar liege ich nachts wach und muss an seine Worte denken, aber immerhin schaffe ich es tagsüber, mich auf andere Dinge zu konzentrieren.

Morgen werde ich den ganzen Tag im Hotel Eppensteiner verbringen und mich um die Tagungsgäste kümmern. Charlie ist offenbar ebenso engagiert und aufgeregt wie ich. Im Laufe des heutigen Vormittags hat sie mir zahlreiche Nachrichten geschickt, um mich auf dem Laufenden darüber zu halten, wie sie vorankommt. Das Probebacken der Scones scheint gut geklappt zu haben, aber der englische Teekuchen war erst beim dritten Anlauf zufriedenstellend.

Ich bewundere Charlie für ihren Eifer und ihre Backleidenschaft. Sie erinnert mich an mich, wenn ich mit Tee zu tun habe. Selbst wenn es noch ein weiter Weg ist, um mir die Erfahrung und das Wissen anzueignen, die ich brauche, um allein mit Steffi erfolgreich weiterzuarbeiten.

Es gibt also genug zu tun, sodass meine Gedanken nur ab und an zu Niko wandern.

Wenn da nicht Niko selbst wäre, der schon seit Stunden im Geschäft ist, um die ersten Restaurierungsarbeiten abzuschließen. Nachdem er die Schubladen mit den neuen Griffen eingepasst hat, setzt er die Wandvertäfelung zusammen, die er für seine Arbeiten abbauen und in die Werkstatt transportieren musste. Langsam nimmt alles wieder die gewohnten Formen an. Nur etwas schicker, etwas frischer, etwas glänzender. Man sieht dem Mobiliar an, dass ihm die Sanierung gutgetan hat. Dennoch ist das so vertraute Wiener Teehausflair erhalten geblieben.

Manchmal kann ich mich nur schwer auf die Kundschaft konzentrieren. Etwa wenn Niko etwas am Tresen machen muss und mich dabei sanft zur Seite schiebt. Oder wenn er etwas sagt. Sei es, weil er telefoniert oder einen von uns um seine Meinung bittet. Leider muss ich ausgerechnet heute bis zum Geschäftsschluss bleiben. Tante Poldi hat früher Feierabend gemacht. Immerhin sind Steffi und der Graf noch da.

Was mich dabei am meisten aus der Ruhe bringt, ist Nikos Art, mit der er mich ansieht und mit mir spricht. Nicht, als wäre er noch wütend auf mich. Aber auch nicht so, als wäre er für eine Versöhnung bereit. Sondern, als stünde nichts zwischen uns. Als wäre nie etwas gewesen. Gar nichts. Als ob wir zwei Menschen wären, die sich gerade zum ersten Mal sehen würden und keinerlei Interesse aneinander hätten.

Ist das seine Strafe für mich?

»Romi, hast du einen Moment?«, fragt Steffi von einem der Teeregale aus, als gerade keine Kundschaft im Geschäft steht.

Ich gehe zu meiner Schwester, die auf eine Teedose zeigt, so als wollte sie darüber sprechen.

»Was ist los mit euch?«, flüstert sie.

Irritiert sehe ich sie von der Seite an. »Was meinst du?«

»Du und Niko«, fährt sie leise fort. »Ich dachte, du wolltest das klären.«

»Hab ich auch«, antworte ich und werfe einen

schnellen Blick zu Niko, der immer noch mit der Wandvertäfelung zugange ist. Die Emotionen in mir nehmen wieder mal überhand. Der Ärger über mich selbst. Über meine Naivität, seine finanzielle Lage durch ein Gespräch mit seinem Vater bessern zu wollen. Und der Ärger über Niko, der meine Entschuldigung nicht hören wollte.

»So wirkt es aber nicht auf mich.« Steffi zieht eine Augenbraue hoch.

Ich presse die Lippen zusammen, hadere, ob ich ihr erzählen soll, was das Problem ist. Dann entschließe ich mich, es nicht zu tun. »Es soll einfach nicht sein«, sage ich. »Es ist zu spät.«

Steffi öffnet gerade den Mund, um etwas zu erwidern, da geht die Tür auf, und ein Kunde betritt das Geschäft. Sofort wenden wir uns ihm zu, und meine Schwester heißt den Mann willkommen. »Was kann ich für Sie tun?«

»Hallo, Romi.« Es ist Florian, der vor uns steht und Steffi nur kurz zunickt, als wollte er sie aus Höflichkeit nicht völlig ignorieren.

»Was machst du denn hier?«, frage ich etwas perplex. Wie lange ist es nun schon her, dass ich Dublin und damit Regiotastic verlassen habe? Zwei Monate? Und wie oft hat er mich bereits angerufen, damit ich zurückkomme? Wenn schon nicht nach Dublin, dann zumindest zu Regiotastic. In eines der anderen Länder, in denen die Firma bereits tätig ist oder in die sie expandieren will. Wann kapiert er endlich, dass ich mich dagegen entschieden habe? Dass ich meine Zukunft im Teehaus sehe.

»Ich habe tolle Neuigkeiten für dich, die ich dir unbedingt persönlich mitteilen wollte«, sagt Florian, während er seinen Mantel aufknöpft, als hätte er nicht vor, so schnell wieder zu gehen.

Ich blinzle leicht verlegen erst zu Steffi, dann zu Niko, der neugierig zu uns herübersieht. »Hallo, Florian. Ich dachte, wir hätten das geklärt«, sage ich und hoffe, dass er nicht hier und jetzt damit anfängt, mir mal wieder einen neuen Job anzupreisen. In Dublin, London, Lissabon oder auch Wien. Mein Platz ist genau hier. In diesen vier Wänden.

»Vor ein paar Tagen haben sich die Gründer und Investoren von Regiotastic in Barcelona getroffen, um die Marschroute für die kommenden fünf Jahre zu besprechen«, fährt Florian ungeachtet fort. »Wenn wir dich schon nicht mit Spanien und Portugal locken können, dann vielleicht mit Kanada und den USA?«

Mein Brustkorb zieht sich sehnsüchtig zusammen. Kanada und die USA. Von beiden Ländern habe ich insgeheim immer geträumt.

Florian weiß sehr genau, wie sehr es mich reizt, dieses Angebot anzunehmen. Vor zwei oder drei Jahren hätte ich nicht eine Sekunde lang gezögert. Ich wäre ihm um den Hals gefallen, hätte ihm die Flugtickets aus der Hand gerissen und wäre voller Enthusiasmus über den Pazifik geflogen.

»Schon nächstes Jahr soll Regiotastic am amerikanischen Markt eingeführt werden«, sagt Florian. »Außerdem wollen wir dich ins Managementteam aufnehmen.«

Mir bleibt die Luft weg. »Was?«

»Der Operations Manager muss aus privaten Gründen kürzertreten und will innerhalb der nächsten zwölf Monate ganz aus dem Unternehmen ausscheiden«, erklärt Florian. »Wir wollen dich auf dieser Position aufbauen.«

Was ich da höre, ist unglaublich. Die Chance klingt so unwirklich. Eigentlich dürfte ich sie mir nicht entgehen lassen. Erneut will ich nachfragen, doch eigentlich weiß ich ganz genau, was das für mich bedeuten würde.

»Über das Finanzielle werden wir uns bestimmt einig«, fügt Florian grinsend hinzu. »Na, was sagst du?«

»Das … kommt überraschend«, bringe ich nur stockend hervor. Ich höre, wie Steffi neben mir nach Luft schnappt, und sehe sie an. Sie will etwas sagen, hält sich aber mühsam zurück.

»Ich bin noch zwei Tage in Wien«, sagt Florian. »Überleg es dir, schlaf darüber und ruf mich an. Meine Nummer hast du ja bestimmt noch.« Wieder grinst er, als wäre er sich meiner Zusage sicher. Kein Wunder bei dem Angebot.

Ich nicke, kann aber keinen klaren Gedanken fassen.

»Also dann.« Florian nickt mir noch einmal zu, bevor er sich kurz umsieht. »Netter Laden«, sagt er noch, dann verlässt er das Geschäft.

Als die Tür hinter ihm zufällt, sieht mich Steffi erwartungsvoll an. Ich weiß, was sie will. Hören, dass ich nicht mal darüber nachdenke, dieses Angebot anzunehmen. Ihre Augen funkeln. Vermutlich, weil sie nicht versteht, warum ich Florian nicht sofort eine

Abfuhr erteilt habe. Warum ich ihm nicht voller Stolz gesagt habe, dass ich hierbleibe.

Im Teehaus. Bei ihr.

Aber Florians Angebot hat wie ein Tornado alles in meinem Kopf durcheinandergewirbelt.

Auch Niko starrt mich an, ausdruckslos. Wäre es ihm nur allzu recht, wenn ich verschwinden würde? Aus Steffis Wohnung, aus Wien, aus seinem Leben? Damit er nicht mehr befürchten muss, mir im Stiegenhaus über den Weg zu laufen?

»Wenn du gehen willst, dann geh. Jetzt!«, sagt Steffi entschlossen.

Irritiert wende ich mich ihr zu. Der Vorwurf in ihrer Stimme ist nicht zu überhören. Die roten Flecken an ihrem Hals machen umso deutlicher, wie es in ihr drinnen gerade aussieht.

»Geh besser jetzt und nicht erst, wenn ich Mann und Kind habe«, fügt sie hinzu.

Niko sieht neugierig zu uns herüber. Doch dieses Thema geht nur Steffi und mich etwas an.

»Komm mit nach hinten«, sage ich und packe ihre Hand. Sie wehrt sich nicht.

In der Küche räumt der Graf gerade Teetassen aus dem Geschirrspüler in den Küchenschrank.

»Könnten Sie kurz den Verkauf übernehmen?«, bitte ich ihn. »Wir müssen etwas unter vier Augen besprechen.«

»Selbstverständlich.«

Als wir alleine sind, legt Steffi auch schon aufgebracht los: »Du kannst das Angebot gar nicht ausschlagen.«

»Du willst, dass ich es annehme?« Jetzt bin ich noch verwirrter als zuvor.

»Ich will, dass du es jetzt tust, wenn du denn willst.«

»Aber ich will doch gar nicht.«

Einen Moment lang starren wir uns wortlos an.

Steffi braucht mehrere Atemzüge, um die Worte sacken zu lassen. Dann entspannt sie sich, und ihre Schultern sacken nach unten. »Nicht?«, fragt sie mit einem Hauch von Skepsis in der Stimme. Verständlich.

Ich schüttle entschieden den Kopf. »Das Angebot ist toll, und es gab eine Zeit, in der ich von genau dieser Chance geträumt habe. Aber diese Zeit ist vorbei.« Wenn ich meiner Schwester so ins Gesicht sehe, wird mir das immer mehr bewusst. Das hätte ich Florian sofort sagen sollen. Doch aufgeschoben ist nicht aufgehoben.

Meine Schwester erwidert nichts.

Ich kann ihre Unsicherheit verstehen.

»Ich habe mich wirklich längst entschieden hierzubleiben, Steffi.«

»Erst die Clotted Cream oder die Erdbeermarmelade?«, fragt Charlie und nimmt sich einen Scone aus dem Weidenkörbchen.

Wir sitzen in dem Seminarraum, der mittlerweile menschenleer ist. Abgesehen von uns. Die Tagung ist zu Ende, und die Teilnehmer sind zu einem kurzen Spaziergang mit anschließendem Abendessen in die Innenstadt aufgebrochen.

»Das ist eine Glaubensfrage«, antworte ich und halbiere mein Gebäck. »In Devon streichen sie erst die Clotted Cream und danach die Erdbeermarmelade drauf. In Cornwall machen sie es umgekehrt.«

»Und wie machst du es?«, will Charlie wissen und hat bereits das Messer griffbereit, um es entweder in den weißen Streichrahm oder die fruchtig rote Marmelade zu tauchen, die sie selbst gemacht hat.

»Erst die Clotted Cream und dann die Marmelade«, antworte ich. »Aber nur aus dem Grund, weil es so hübscher aussieht.« Um ehrlich zu sein, habe ich geschmacklich noch keinen Unterschied bemerkt.

Charlie gibt sich mit dieser Erklärung zufrieden. »Ich verstehe nicht, warum jeder die englische Esskultur belächelt«, sagt sie mit vollem Mund. »Von den Scones könnte ich mich zum Beispiel den ganzen Tag ernähren, und das sage ich nicht nur, weil ich schwanger bin.«

Ich stimme ihr voll und ganz zu. Die Scones sind ein Gedicht, auch wenn sie frisch aus dem Backofen noch etwas besser schmecken.

»Scones stehen auf meiner Liste an Lebensmitteln, zwischen denen ich mich entscheiden würde, wenn ich mich mein restliches Leben lang nur noch von einem einzigen ernähren dürfte«, erkläre ich.

Charlie denkt einen Moment über meine Worte nach. »Was würdest du noch auf deine Liste setzen?«, fragt sie dann neugierig und stopft sich das restliche Stück in den Mund.

»Gebrannte Mandeln, Eiskaffee, Erdnussbutter und diese chinesischen gebratenen Nudeln.«

»Auf so eine kleine Auswahl könnte ich mich nicht beschränken«, seufzt Charlie und bestreicht einen weiteren Scone mit Clotted Cream und Marmelade.

»Willst du jetzt noch mehr Mehlspeisen essen als ohnehin schon?«, zieht Daniel Eppensteiner, der plötzlich in der Tür zum Seminarraum steht, seine Frau mit einem Lächeln auf.

Charlie ignoriert seine Frage und hält ihm stattdessen eine Scone-Hälfte hin. »Willst du mal abbeißen?«

»Nein danke.«

Ich grinse. So bleibt wenigstens mehr für Charlie und mich. Auch ich greife noch einmal zu.

»Ich konnte mich vorhin kurz mit dem Leiter des Seminars unterhalten«, erklärt Daniel und kommt näher. »Alle Teilnehmer waren von dem Tee, dem Kuchen, dem Gebäck, der wärmenden Kürbissuppe und den Sandwiches begeistert.«

Zufrieden lächeln Charlie und ich uns an. Der Tag war erfolgreich und hat mir jede Menge Spaß gemacht. Und er hat mich von Niko abgelenkt. Apropos Niko!

»Charlie hat mir erzählt, dass du das Mobiliar im Foyer austauschen willst«, sage ich.

Daniel legt den Kopf schief und sieht Charlie mit hochgezogenen Augenbrauen an. »Ich weiß, meiner Frau gefällt diese Idee nicht, aber es ist wirklich notwendig. Die alten Möbel sehen nicht mehr schön aus.«

Ich nicke zustimmend. »Ich habe einen Vorschlag, wie man vielleicht euch beide zufriedenstellen könnte«, sage ich. »Immerhin wird Nachhaltigkeit in unserer Wegwerfgesellschaft immer wichtiger.«

Ich sitze in Steffis Ohrensessel gleich neben dem Wellensittichkäfig und lasse meinen Blick durch das Wohnzimmer gleiten. Der Anblick hat etwas Surreales, wirkt aber gleichzeitig vertraut und heimelig. Vor gar nicht allzu langer Zeit hätte ich mir einen solchen Moment nicht einmal ausmalen können.

Mein Vater lungert auf Steffis Couch. Links von ihm sitzen Tante Poldi und Peter, der einen Arm um sie gelegt hat. Rechts Steffi und Gregor, der Peter gerade erklärt, warum er Deutsch- und Geschichtslehrer geworden ist. Davor hat er schon erzählt, dass er mit seinem Bruder in einer WG wohnt, und zwischen den Zeilen konnte ich heraushören, dass er und Steffi vorhaben, in naher Zukunft zusammenzuziehen.

Ich sollte mich also bald nach einer neuen Bleibe umsehen. Zur Not werde ich wieder bei meinen Eltern unterkommen, auch wenn das langfristig nicht die beste Lösung ist.

Meine Mutter kommt ins Wohnzimmer und geht zum Vogelkäfig, um Wolfgang und Amadeus zu beobachten. Die beiden Wellensittiche sind von ihrer Anwesenheit sichtlich irritiert und tanzen hinter dem Gitter aufgeregt hin und her.

»Sie sind so entzückend«, sagt sie irgendwann und stupst mich an, damit ich meine Aufmerksamkeit ebenfalls den Vögeln widme. Als hätte ich sie noch nie vorher gesehen. »Ich kann spüren, wie wohl sie sich fühlen. Es würde mich nicht wundern, wenn es bald Nachwuchs gibt.«

»Mich würde das sehr wundern«, entgegnet Steffi trocken. »Das sind Männchen.«

Während alle lachen, betrachtet meine Mutter die beiden Sittiche verdutzt genauer. »Tatsächlich? Aber sie harmonieren so wunderbar zusammen.«

»Weil es eben Männchen sind«, sagt Peter spitz und bekommt daraufhin einen leichten Schlag von Tante Poldi verpasst.

»Was haltet ihr von einer Jause?«, schlage ich vor, um die Harmonie nicht zu gefährden. »Hilfst du mir, Mama? Du kannst den Kaffee für Peter und Gregor machen.«

»Natürlich.«

Zusammen gehen wir in die Küche, wo ich mich um die Zubereitung des Tees kümmere, während meine Mutter mit dem Espressokocher hantiert, den sie mitgebracht hat. So ganz habe ich das Prinzip dieses Apparats noch nie verstanden, Mama scheint immerhin zu wissen, wo Wasser hineingehört und wo das Kaffeepulver.

»Sehr nett, dieser Gregor, nicht wahr?«, frage ich beiläufig, weil ich Mamas Meinung zu ihm hören möchte. Schließlich deutet alles darauf hin, dass er bald Teil unserer Familie sein wird.

»Ja, wirklich schön, dass sie wieder zusammen sind«, antwortet sie, schaltet eine Herdplatte ein und stellt den Espressokocher darauf. »Wir mochten ihn schon damals sehr.«

Und warum wusste ich von dieser Beziehung nichts? Bei unseren Telefonaten hat meine Mutter nie von ihm erzählt.

»Ihr kennt ihn schon?«, fühle ich vor.

»Natürlich.« Verwundert über meine Frage sieht

sie auf. »Die beiden waren schließlich ein Jahr zusammen.«

»Du hast ihn nie erwähnt«, sage ich vorwurfsvoll, obwohl sie mich in meiner Zeit im Ausland auf dem Laufenden halten wollte.

»Nicht?« Meine Mutter klingt erstaunt. »Nun, vermutlich gab es einfach Wichtigeres zu besprechen.«

Es ärgert mich ein wenig, dass ich von diesem Teil des Lebens meiner Schwester nichts mitbekommen habe. Andererseits muss ich mir auch selbst die Schuld daran geben, schließlich habe ich den Kontakt zu ihr nicht gerade gesucht. Während ich weg war, lag unser schwesterliches Verhältnis mehr oder weniger auf Eis.

»Weißt du, weshalb sie sich damals getrennt haben?« Es würde mich nicht wundern, wenn meine Mutter über den Kinderwunsch Bescheid wüsste.

»Manchmal passen die Energien zweier Menschen zu einem bestimmten Zeitpunkt einfach nicht zusammen«, antwortet sie ausweichend.

»Und jetzt? Passen sie jetzt zusammen?« Nicht, dass ich viel auf Energien gebe, doch Mamas Meinung interessiert mich.

»Ja«, antwortet sie voller Überzeugung. »Die sexuelle Energie im Raum ist kaum zu ignorieren.«

Ich stutze. Ist sie nicht? Oder nehme nur ich sie nicht wahr?

»Was aber auch an Tante Poldi und Peter liegen kann.«

»O Gott, Mama!«, stöhne ich und reibe mir über die Stirn. »Wenn du so etwas sagst, kriege ich die Bilder nicht mehr aus meinem Kopf. Wie soll ich jetzt noch meinen Tee mit ihnen trinken?«

»Ist doch in Ordnung«, sagt meine Mutter schulterzuckend. »Das ist etwas völlig Natürliches. Wir sollten uns für sie freuen.«

»Schon, aber ich arbeite und verbringe den ganzen Tag mit Steffi und Tante Poldi«, erkläre ich meine Reaktion. »Da will ich mich auf unsere Kunden konzentrieren können und nicht an ihre sexuellen Energien denken müssen.«

Meine Mutter lacht leise und berührt vorsichtig den Espressokocher, offenbar um zu prüfen, wie heiß er schon ist. Schnell zieht sie ihre Hand zurück. Währenddessen habe ich in einer Kanne Früchtetee aufgegossen und lasse ihn noch zwei bis drei Minuten ziehen. Es ist die winterliche Mischung aus Hagebutten, Apfel, Zimt, Zitrone, Nelke und Hibiskus, die Tante Poldi mir zu Weihnachten geschenkt hat. Der Nelkenduft kommt zusammen mit dem Geruch von Zimt besonders gut zur Geltung. Ich liebe das Aroma.

»Wäre es in Ordnung, wenn ich vorübergehend wieder bei euch einziehe?«, taste ich mich vorsichtig vor. »Nicht gleich, aber vielleicht schon bald. Und nur, bis ich eine eigene Wohnung gefunden habe.«

»Wirft Steffi dich etwa raus?« Meine Mutter klingt, als wollte sie gleich ins Wohnzimmer stürmen, um meine Schwester zur Rede zu stellen.

»Nein, nein!«, beschwichtige ich sie. »Ich dachte mir nur, sie könnte bald mit Gregor zusammenziehen wollen, und dann wäre hier für mich kein Platz mehr.«

Meine Mutter denkt kurz darüber nach, dann nickt sie. »Wenn es so weit ist, kannst du jederzeit wieder bei uns einziehen. Und so lange bleiben, wie du willst.«

»Danke, Mama!«

Ich lege die Hand an die kühlen Gitterstäbe und ziehe sie sogleich zurück, als Wolfgang und Amadeus sich aufgeregt beschweren. »Ihr werdet mir fehlen«, sage ich und seufze. An die Anwesenheit der beiden habe ich mich echt schnell gewöhnt. Bei Mama und Papa werde ich ihre Pfiffe und das Gezwitscher bestimmt vermissen.

»Du kannst sie jederzeit besuchen kommen«, sagt Steffi, die einige Schritte hinter mir steht, als wären die zwei Sittiche Kinder.

»Ich werde euch jedes Mal Leckerlis mitbringen«, verspreche ich den Vögeln. »Karotten und Hirse und Petersilie.« Wieder geben die beiden Pfeiflaute von sich, was ich als Zeichen nehme, dass sie sich darauf freuen. Dann wende ich mich meiner Schwester zu. »Wenn du mal einen Sittichsitter brauchst, gib Bescheid.«

»Sittichsitter? Witziges Wort.«

»Lasse ich mir patentieren.«

»Oder auf ein T-Shirt drucken«, flachst Steffi weiter. »Aber wo du es gerade sagst, ich könnte wirklich einen Sittichsitter gebrauchen. Gregor und ich wollen im Juli eine Woche in den Urlaub fahren.«

Wir gehen in den Flur, wo meine Handtasche mit den letzten Sachen steht, die in den Kartons nicht verloren gehen dürfen. Mal abgesehen von meinem Bett, das vorerst bleibt, wo es ist. Selbst die Kommode, die Niko damals aufgebaut hat, haben Steffi und ich auseinandergenommen und in Papas Wagen verstaut. Ebenso wie mein Gewand und alles andere, was sich zwischenzeitlich in Steffis Wohnung angesammelt hatte.

»Wohin soll es denn gehen?«, frage ich neugierig. »Zu den Plantagen nach Indien? Oder nach China oder in die Türkei?«

»Nach Nassfeld.«

»Nassfeld? In Kärnten?«

»Gregor hat dort Familie, die wir besuchen wollen«, erklärt Steffi. »Es wird ein Wanderurlaub.«

Ich verdrehe die Augen, schlüpfe in meinen Wintermantel und schultere meine Handtasche. »Du verreist wirklich nicht gern«, stelle ich zum wiederholten Mal fest. Dann hole ich die Box mit dem Kleinkram, die ich noch nicht zum Auto gebracht habe, aus meinem Zimmer. »Also gut, ich stehe mit Papas Auto zwar nicht im Parkverbot, aber ich sollte trotzdem jetzt los, wenn ich das alles heute noch auspacken will.«

»Soll ich nicht mitkommen und dir helfen?«, schlägt Steffi vor, doch ich winke sogleich ab.

»Das schaffe ich schon. Außerdem übernimmt Papa bestimmt das Ausladen.« In Wahrheit fällt mir der Abschied von ihr schwerer als gedacht. Obwohl ich nur zwei Monate bei meiner Schwester gewohnt habe und wir kleine Anlaufschwierigkeiten hatten, war es eine schöne Zeit, die ich nicht missen will. »Danke, dass ich bei dir wohnen durfte.«

Steffi beginnt, breit zu grinsen, und fällt mir so abrupt um den Hals, dass ich fast die Box fallen lasse. »Meine kleine Schwester«, lacht sie in meine Halsbeuge, bevor sie mich wieder loslässt. »Dann sehen wir uns am Montag im Teehaus. Ich habe dir noch deinen Lieblingsfrühstückstee in die Handtasche gepackt.«

»Du bist die Beste.«

»Bin ich, aber mach keine große Sache draus«, sagt sie gespielt cool, auch wenn ihr anzusehen ist, dass auch ihr der Abschied nicht leichtfällt. »Wir müssen uns an sechs Tagen in der Woche ertragen. Das heißt, wir werden uns schon ziemlich bald auf den Geist gehen.«

»Von wegen.«

Dann verabschieden wir uns endlich, und ich verlasse die Wohnung. Ein weiteres und damit letztes Mal sehe ich zu Nikos Wohnungstür. Es hat sich so vertraut angefühlt, dort anzuklopfen. Er wirkte zwar nicht immer erfreut, aber manchmal entstanden schöne Momente daraus. Den Abend, als er mir beim Aufbauen meiner Möbel geholfen hat, werde ich nie vergessen. Als wir anschließend Charlies Weihnachtskekse ans Bett gelehnt gegessen haben. Oder den, als ich in seiner Küche die Vanillekipferl fertig gebacken habe.

Aus einem oberen Stockwerk höre ich ein Geräusch, das mich daran erinnert weiterzugehen. Auf dem Gehsteig schlägt mir eisige Kälte entgegen. Zum Glück habe ich einen Parkplatz ganz in der Nähe gefunden. An Papas Auto angekommen versuche ich, den Kofferraum nicht nur aufzusperren, ohne die Box

abzustellen, sondern dabei auch noch die Kofferraum-
tür hochzuschieben. Dabei rutscht mir erst die Handtasche von der Schulter und dann fast die Box aus der
Hand.

»Warte, ich helfe dir.« Plötzlich steht Niko an meiner Seite, fasst mit einer Hand unter die Kiste und
öffnet mit der anderen den Kofferraum. Unweigerlich wirft er dabei einen Blick in das vollgepackte
Auto. Hinten liegt die auseinandergenommene Kommode, daneben eine Kiste mit allerlei Zeug, das ich
ruhig auch etwas ordentlicher hätte einpacken können, wie mir jetzt auffällt. Zwei Koffer mit Kleidung
habe ich auf der Rückbank verstaut und etwas un-
elegant, aber praktisch ein paar Sachen in einen großen Plastiksack gestopft, den ich danebengequetscht
habe. »Du hast den Job angenommen?«, fragt Niko
und schluckt.

Ich will gerade fragen, was er meint, als ich mich
an unsere letzte Begegnung erinnere. Als Florian ins
Teehaus gekommen ist und mir das nahezu unwider-
stehliche Jobangebot gemacht hat.

»Nein«, antworte ich lächelnd. »Den habe ich endgültig abgelehnt.«

»Aber du ziehst aus«, stellt Niko fest, und ich kann
den Unterton in seiner Stimme nicht deuten. Ist es Enttäuschung oder Erleichterung? Nein, weder noch.

»Ich ziehe zurück zu meinen Eltern, bis ich eine eigene Wohnung gefunden habe«, erkläre ich.

Überrascht hebt Niko eine Augenbraue. Er trägt
wie immer seinen dunkelgrauen Wintermantel und
dazu den gestreiften Schal, den er sich gerne bis über

das Kinn wickelt. Mir gefällt sein Look. Schon seit unserer ersten Begegnung im City Airport Train.

»Steffi und ihr Neuer«, fange ich an und mache eine kurze Pause, weil mir diese Bezeichnung nicht ganz richtig erscheint. »Steffi und ihr Freund wollen zusammenziehen«, beginne ich erneut. »Auch wenn vorerst in der Wohnung noch Platz für mich wäre, lasse ich ihnen besser ihren Freiraum.« Ich lächle, als wäre der Auszug einfach für mich.

Niko nickt. »Schön, dass es für deine Eltern kein Problem ist, dich wieder aufzunehmen.«

Auch ich nicke. Mehrmals. »Allerdings könnte es sein, dass ich danach eine Therapie brauche«, sage ich kleinlaut und bin froh, dass Niko nicht nachfragt. Ich weiß gar nicht, ob ich ihm schon mal von der esoterischen Seite meiner Eltern erzählt habe.

»Ich wollte dir noch für den Auftrag vom Eppensteiner Hotel danken«, sagt er plötzlich.

Ich würde gerne erwidern, dass ich gar nicht mehr daran gedacht habe, doch das stimmt nicht. Ich habe jeden Tag daran gedacht. Aber ich wollte Charlie nicht fragen, was aus meinem Vorschlag geworden ist, um sie und Daniel nicht in die unangenehme Situation zu bringen, sich mir gegenüber erklären oder rechtfertigen zu müssen. Schließlich war es nur ein Vorschlag, noch nicht einmal eine Bitte, Niko als Restaurator in Betracht zu ziehen.

»Du brauchst mir nicht zu danken«, antworte ich schnell. »Ich habe Daniel nur klargemacht, dass man Möbelstücke nicht immer entsorgen und ersetzen muss, wenn sie nicht mehr aussehen wie neu.«

»Und ihn nebenbei daran erinnert, dass ein Möbelrestaurator nur zwei Türen weiter wohnt«, fügt Niko lachend hinzu.

Ich lächle. »So, wie ich Daniel kenne, ist er ein sehr penibler Auftraggeber. Er hätte dich nicht engagiert, hätte er die Qualität deiner Arbeit zuvor nicht genau überprüft und für gut befunden.«

Zwischenzeitlich hat Niko seine Homepage auf Vordermann gebracht und einige Vorher-Nachher-Bilder hochgeladen. Auch von Möbelstücken aus unserem Teehaus.

Ja, ich gebe zu, ich habe ihn ein bisschen gestalkt. Aber nur ein ganz kleines bisschen.

Die meiste Zeit habe ich mich mit unserem Selfie begnügt, das wir im Kinderspital gemacht haben. Damals, als Niko sein The-Flash-Kostüm trug und die Welt noch in Ordnung war. Nein, nicht nur in Ordnung. Sie war schön.

»Ich muss sogar einen Werkstudenten einstellen, der mir bei der Arbeit hilft«, erzählt Niko. »Opa will auch mit anpacken. Ich glaube, er hat vorerst genug vom Krippenbauen.«

»Das kann ich mir vorstellen.« Ich muss lachen und überlege, ob er im nächsten Jahr dennoch am Christkindlmarkt stehen oder den Stand aufgeben will. Schließlich hat schon der Jahresanfang einige Veränderungen mit sich gebracht. Allen voran seine neue Beziehung zu Tante Poldi.

»Kommst du eigentlich zur Geschäftsübergabe?«, frage ich, um das Gespräch noch etwas in die Länge zu ziehen.

»Deine Großtante hat mir eine Einladung geschickt«, erwidert er. »Ich hoffe, es ist okay, wenn ich
vorbeischaue?«

»Unbedingt«, versichere ich ihm schnell. »Schließlich hast du einen großen Anteil daran, dass das Teehaus wieder in altem Glanz erstrahlt.«

Offenbar beruhigt von meinen Worten nickt er.
»Dann sehen wir uns dort«, sagt er noch und schließt
den Kofferraumdeckel. Er schenkt mir ein Lächeln,
das so kurz ist, dass es so scheint, als wäre er sich nicht
sicher, ob es angebracht ist. Dann hebt er zum Gruß
die Hand und läuft weiter.

Bei klirrenden minus sieben Grad – normale Temperaturen für Anfang Februar in Wien – drängen sich unzählige Menschen in dem Teegeschäft. Oder vielleicht
gerade deshalb. Heißer Früchtetee, den wir heute
an alle Gäste kostenlos ausgeben, wärmt die kalten
Hände. Es ist Tante Poldis momentane Lieblingssorte,
eine ausgewogene Mischung aus Pfefferminzblättern,
Hagebutte, Brombeerblättern, Ringelblumen- und
Rosenblüten. Sie hat Kannen davon vorbereitet, damit er für alle geladenen und spontan vorbeischauen-
den Gäste reicht.

Wie ein Wirbelwind fegt sie durch das Geschäft,
schüttelt Hände und bedankt sich für die Unterstützung in den vergangenen Jahren und Jahrzehnten.
Viele sind gekommen. Nicht nur Familie und Freunde,
sondern auch Stammkunden und zwei Teelieferanten,
mit denen sie seit Langem zusammenarbeitet. Und
dann ist da noch die Laufkundschaft, die eigentlich

nur etwas Tee kaufen wollte und nun in den Genuss der feierlichen Geschäftsübergabe mit kostenlosem Früchtetee kommt.

Es wird zwar noch etwas dauern, bis Steffi und ich die offiziellen Eigentümer des Teegeschäfts sind – der Papierkram nimmt mehr Zeit in Anspruch als gedacht –, doch symbolisch übergibt Tante Poldi am heutigen Tag das Zepter an uns. Allerdings wird sie, wie vorher besprochen, noch einige Zeit ein Auge auf uns haben. Das gibt uns allen ein Gefühl der Sicherheit.

Für Steffi und mich ist es eine große Ehre, dass unsere Großtante uns dieses Vertrauen entgegenbringt. Gleichzeitig sind wir beide froh, noch auf ihre Erfahrung und ihr Wissen zurückgreifen zu können. Genauso hat es meine Schwester in ihrer Rede gesagt, nachdem Tante Poldi sich von allen Anwesenden als Eigentümerin von *Tee Händler – Teespezialitäten seit 1933* verabschiedet hatte. Es war eine rührende Ansprache, bei der Tante Poldis Stimme hörbar dünn wurde. Gleichzeitig strahlten ihre Augen, als sie Steffi und mir als Zeichen der Geschäftsübergabe eine Teekanne überreichte.

Ich bin froh, dass Steffi die Aufgabe übernommen hat, zu den Anwesenden zu sprechen. Zwar hätte auch ich passende Worte gefunden, doch ich finde, dass ihr diese Ehre gebührt. Schließlich ist sie viel länger Teil des Teehauses als ich. Und auch wenn wir beide ebenbürtig sind und uns von nun an der Laden zu gleichen Teilen gehört, bin ich mir bewusst, dass ich noch viel von meiner Schwester lernen muss.

Ich kann gar nicht sagen, wie erleichtert ich bin, dass wir uns in den vergangenen Monaten wieder angenähert haben. Vielleicht ist unsere Bindung sogar noch stärker als zuvor. Es fühlt sich jedenfalls so an. Vor vier Jahren hätte ich mir nicht vorstellen können, das Geschäft mit ihr zu leiten. Damals war ich noch nicht bereit für diese Herausforderung.

Heute bin ich es.

Auch unsere Aufgaben für die kommenden Jahre haben wir bereits geklärt.

Wir werden beide im Teehaus arbeiten. Wir werden Tee verkaufen, die Gäste bewirten und uns die Organisation und die Erledigung des Papierkrams teilen. Doch während Steffi der Anker in Wien sein wird, darf ich zwei meiner Leidenschaften ausleben: den Tee und das Reisen.

Ich werde mit den Teeproduzenten in den Anbauländern in Kontakt bleiben und sie ein- bis zweimal im Jahr besuchen. Ebenso werde ich regelmäßig nach Deutschland zu unseren Großhändlern reisen, um unser Sortiment ständig neu und attraktiv für die Kunden zu gestalten. Den Basiskurs zur Tee-Sommelière habe ich bereits beendet. In wenigen Wochen werde ich an der darauf aufbauenden Fortbildung teilnehmen und dafür erneut nach Hamburg fliegen. Schon immer war in mir dieser Drang, sowohl in Wien zu leben als auch die Welt zu sehen. Dass sich beide Sehnsüchte jetzt miteinander vereinbaren lassen, gibt mir die Sicherheit, den richtigen Weg zu gehen.

Meine Schwester, die keinen Hehl daraus macht, dass sie nicht gern weg von zu Hause ist, war sichtlich erleichtert über diese Aufgabenteilung. Sogar in ihrer Rede hat sie sie kurz erwähnt und mir dabei einen dankbaren und zuversichtlichen Blick zugeworfen.

»Das habt ihr toll organisiert«, sagt meine Mutter, die zu mir gekommen ist, um sich Früchtetee nachzuschenken. Sie lässt ihren Blick anerkennend über die Menge gleiten und nippt von dem Tee. Überall stehen Gäste und unterhalten sich angeregt, während der Graf sich um den Verkauf kümmert. »Eure berufliche Zukunft sieht rosig aus. Das habe ich sofort gespürt, als ich hereingekommen bin.«

Was sie nicht alles spürt, denke ich. Positive Energien, negative Energien, sexuelle Energien. Es würde mich jedenfalls freuen, wenn sie dieses Mal recht behalten würde.

»Trotzdem wirkst du etwas verunsichert«, fügt sie hinzu.

Ich sehe sie an. »Verunsichert?«, frage ich, auch wenn mich ihre Feststellung nicht ganz überrascht. Ja, wahrscheinlich bin ich das. Weil ein Gast nicht hier ist. Der einzige, dessen Kommen ich mir gewünscht habe.

»Ich glaube, du bist eher enttäuscht«, sagt meine Mutter und legt mir ihre Hand auf den Oberarm. »Oder vielleicht verärgert?« Sie kneift die Augen etwas zusammen, als könnte sie so tiefer in mich hineinblicken.

Gespenstisch!

»Ich bin nur etwas aufgeregt«, tue ich ihre Vermutung ab. »Schließlich ist das ein großer Moment für uns alle.« Ich lächle tapfer. Im Augenblick will ich nicht mit Mama über meine Liebesprobleme sprechen. Auch wenn sie vermutlich genau die Richtige dafür wäre.

»Das stimmt«, sagt sie und seufzt zufrieden. »Du kannst dir gar nicht vorstellen, wie stolz wir auf euch sind. Papa und ich. Auch wenn wir gehofft haben, dass eine von euch in Richtung Energetik gehen würde.«

»Der Tee liegt uns offenbar mehr«, antworte ich und verkneife mir den Kommentar, dass weder ich noch Steffi etwas mit Energetik anfangen können.

»Und wer hätte gedacht, dass sich Tante Poldi und Steffi zur gleichen Zeit verlieben.« Meine Mutter wirft einen ebenso zufriedenen Blick wie ich auf die beiden.

Sowohl Peter als auch Gregor sind zur feierlichen Übergabe gekommen. Zum Glück hat Gregor gerade Semesterferien, sonst hätte er vielleicht nicht dabei sein können.

»Jetzt fehlt nur noch jemand für dich. Was hältst du davon, mal mit Dominik auszugehen? Wo du doch eh wieder bei uns wohnst.« Meine Mama sieht mich mit einem vielsagenden Blick an.

»Dominik?«, sage ich gedehnt und suche händeringend nach etwas, das ich antworten könnte, damit sie sich diese Idee ein für alle Mal aus dem Kopf schlägt.

In diesem Moment geht die Tür auf, und Niko betritt das Geschäft. Ich erkenne ihn sofort an seinem dunkelgrauen Mantel und dem gestreiften Schal. Suchend sieht er sich in dem Laden um, der wohl selten so voll war. Es sind fast zu viele Leute, als dass die von ihm restaurierte Einrichtung auffällt. Von dem frisch geölten Fischgrätparkett ganz zu schweigen. Doch ich will mich über den Andrang nicht beschweren.

»Das mit Dominik wird wohl eher nichts«, sage ich schließlich. »Entschuldige mich bitte.«

Ich steuere im gleichen Augenblick auf Niko zu, als er mich in der Menge entdeckt. Ich setze ein schüchternes Lächeln auf. Als er es erwidert, breitet sich Erleichterung in mir aus. »Hallo.«

»Hallo. Tut mir leid, dass ich zu spät bin«, sagt er und schüttelt sich kurz. »Ganz schön kalt da draußen.«

Sofort fällt mir auf, dass er nicht rasiert ist. Der Dreitagebart steht ihm gut und lässt ihn etwas älter aussehen.

Allerdings wundere ich mich, ob er wegen der vielen Arbeit nicht mal mehr Zeit zum Rasieren hat oder er sich den Bart absichtlich stehen lässt. Ich frage ihn nicht danach.

»Ja, bisher der kälteste Tag in diesem Winter. Willst du einen heißen Tee?«

»Gern.«

Ich gehe mit Niko zu der kleinen Teebar, die wir aufgebaut haben und wo meine Mutter zum Glück nicht auf uns gewartet hat. Dort schenke ich ihm eine Tasse Früchtetee ein und gebe sie ihm. Als sich dabei unsere Hände kurz berühren, merke ich, wie kalt seine ist.

»Du bist ja wirklich komplett durchgefroren«, stelle ich fest.

»Ich komme gerade aus dem Hotel«, sagt Niko und nippt am Tee.

»Zu Fuß?«

»War am schnellsten.« Er zuckt mit den Schultern. »Ich wollte wirklich pünktlich sein, aber Daniel brauchte noch eine genaue Bestandsaufnahme der Stücke, die ich restaurieren soll, und dann stand Charlie mit frisch gebackenen Linzer Stangen vor mir.«

»Da konntest du nicht Nein sagen, stimmt's?«

»Ertappt.«

»Wollen wir uns dort drüben hinstellen?« Ich deute zur Seite, wo etwas weniger los ist als an der Bar. »Da ist auch die Heizung.«

»Dann gern!«

Niko lehnt sich so an die Heizung, dass er einzig und allein mich ansieht. Mein Herz schlägt schneller, und mit einem Mal ist dieses Gefühl verschwunden, das mich in den vergangenen Wochen fast jede Minute begleitet hat. Jenes, das mich bereuen hat lassen, Niko enttäuscht zu haben. Plötzlich fühlt es sich so an, als müsste ich mir keine Gedanken mehr darüber machen. Als wäre es nicht mehr notwendig, mich dafür zu entschuldigen.

»Ein wirklich großer Schritt für Steffi und dich«, sagt Niko anerkennend. »Was wird sich für dich ändern?«

»Gute Frage«, antworte ich. »Zuerst einmal werde ich am Donnerstag erstmals alleine zu einer Verkostung nach Deutschland fliegen. Wenn ich da patze, hat das für den Großteil des Sortiments für das restliche Jahr Folgen.« Gut, ganz so schlimm wäre es vermutlich nicht, aber die Verantwortung ist dennoch groß.

»Du wirst es bestimmt wunderbar machen«, be-
stärkt mich Niko. »Charlie hat mir ganz begeistert erzählt, was für tollen Tee du für ein Seminar in ihrem
Hotel ausgewählt hast.«

»Das hat wirklich Spaß gemacht«, sage ich und erinnere mich gern an den Tag im Hotel zurück. »Und
Charlie hat die Scones und den englischen Früchteku-
chen ganz fantastisch hinbekommen.«

»Das glaube ich dir sofort, sie ist eine begnadete
Patissière.«

»Mit etwas Glück wirst du jetzt öfter in den Genuss
ihres Könnens kommen«, sage ich in Anspielung auf
seinen Auftrag im Eppensteiner Hotel.

Nikos eben noch unbeschwerter Gesichtsausdruck
ist plötzlich verschwunden. Kurz glaube ich, etwas
Falsches gesagt zu haben, doch dann räuspert er sich
und antwortet: »Kann gut sein. Mit dem Auftrag bin
ich in den nächsten Monaten voll ausgelastet, und Daniel hat schon angedeutet, anschließend weitere Möbel des Hotels restaurieren zu lassen.«

»Klingt doch super.« Ich freue mich für Niko. Erst
recht, wenn das für ihn ein weiteres Stück Unab-
hängigkeit bedeutet. Vielleicht war es falsch zu glauben, sein Vater könne ihm bei seinen finanziellen Sorgen helfen. Vielleicht braucht Niko keine Hilfe von
außen, sondern nur etwas Unterstützung, um sich
selbst zu helfen. Schließlich ist er ehrgeizig und geschickt genug, neue Herausforderungen allein zu bewältigen.

»Ich wollte dir noch einmal dafür danken«, fügt er
hinzu und lächelt etwas verlegen.

»Das hast du doch schon«, entgegne ich.

»Schon, aber jetzt spüre ich, dass ich endlich auf dem richtigen Weg bin«, erklärt Niko und blickt in die Teetasse in seiner Hand. »Zumindest beruflich.«

Für eine Sekunde halte ich die Luft an, dann versuche ich, mich wieder zu sammeln. »Ich weiß, dass ich die Sache zwischen uns verbockt habe«, gestehe ich. »Als ich nach Wien zurückgekommen bin, war alles so ungewohnt für mich. Die neue Aufgabe im Teehaus, der Einzug in Steffis Wohnung und du.« Ich zucke mit den Schultern. »Erst war es ganz aufregend und toll, aber dann habe ich gehört, dass du mit Steffi zusammen warst. Das hat mich vollkommen aus dem Gleichgewicht gebracht.«

»Das zwischen uns war wirklich nichts Ernstes«, wirft Niko schnell ein, als wäre es ihm wichtig, das klarzustellen.

»Das weiß ich heute auch«, beschwichtige ich ihn. »Aber im ersten Moment habe ich das falsch interpretiert. Und dann hat Steffi mir auch noch davon erzählt, dass ihre letzte Beziehung auseinandergegangen ist, weil sie geglaubt hat, mit dem Geschäft nie eine Familie haben zu können, und ich habe eins und eins zusammengezählt.«

»Du dachtest, ich wäre der Mann dieser Beziehung gewesen?« Niko scheint erstmals zu verstehen, warum ich mich so verhalten habe. Amüsiert lacht er auf.

Mir ist überhaupt nicht nach Lachen zumute.

»Und dann wolltest du uns wieder zusammenbringen?« Es fällt ihm sichtlich schwer, nicht zu grinsen.

»Mach dich nicht über mich lustig!« Ich schubse ihn leicht, woraufhin er fast den Tee verschüttet. »Pass auf!«, mahne ich ihn gespielt ernst.

Nachdem Niko die Tasse auf eine Anrichte gestellt hat, wendet er sich wieder mir zu. »Trotzdem danke für die Ente. Die war wirklich köstlich. Genauso wie der Wein.«

Ich verdrehe die Augen. »Ich dachte, ich würde Steffi damit einen Gefallen tun.«

»Es sah alles danach aus, als hätte die Ente ihr auch geschmeckt«, versichert er mir scherzhaft.

Dann ist es einen Moment lang still zwischen uns. Keiner sagt etwas, mal abgesehen von den vielen Gästen um uns herum, deren Worte aber nicht zu uns durchdringen.

»Natürlich weiß ich, dass du aus einem anderen Grund zu Recht auf mich sauer bist«, sage ich, auch wenn ich mich überwinden muss, das zuzugeben. Ich merke, dass Niko etwas erwidern will, doch es ist mir wichtig, zuerst meine Gedanken dazu loszuwerden. »Ich hätte nie mit deinem Vater über dich sprechen dürfen. Schon gar nicht über deine finanzielle Situation. Das ging und das geht mich nichts an.«

Niko nickt zustimmend, doch der Ausdruck in seinen Augen ist entspannt.

»Er hat mich eingeladen«, sagt er plötzlich.

Ich brauche einen Moment, bis ich verstehe, was er meint.

»Ganz ohne Hintergedanken, wie er gesagt hat«, fährt Niko fort. »Einfach nur, um einen Kaffee mit ihm und seiner Lebensgefährtin zu trinken.«

Es erstaunt mich, wie er die neue Frau an der Seite seines Vaters bezeichnet. Als wäre er bereit, die Einladung seines Vaters anzunehmen.

»Ist das eine Annäherung?«, frage ich vorsichtig.

»Sieht so aus.«

Ich lächle erleichtert. Zumindest ein kleiner positiver Schritt nach meinem Fehltritt. »Wenn du seelische Unterstützung dabei brauchst, wüsste ich jemanden.«

»Das würdest du tun?« Niko klingt gleichzeitig überrascht und erleichtert.

»Eigentlich dachte ich an deinen Großvater, aber okay, ich würde auch mitkommen«, antworte ich grinsend.

Wieder herrscht kurz Stille zwischen uns, aber diesmal fühlt sie sich richtig und vertraut an. Vielleicht besteht ja doch noch Hoffnung für uns.

Denn Hoffnung ist wie der Zucker im Tee: Auch wenn sie klein ist, versüßt sie alles. So lautet zumindest ein chinesisches Sprichwort, das Tante Poldi mal erwähnt hat.

»Wird es von jetzt an schwieriger, dich zu treffen?«, fragt Niko plötzlich. »Schließlich ist meine Arbeit hier erledigt, und du wohnst nicht mehr nebenan.«

»Dann ist es ja gut, dass wir gegenseitig unsere Telefonnummern haben«, sage ich augenzwinkernd.

»Stimmt, ich müsste deine irgendwo notiert haben.« Niko reibt sich gespielt nachdenklich über sein Kinn, auf dem ein Bartschatten liegt. Daran muss ich mich echt noch gewöhnen.

»Wenn du sie findest, könntest du ja mal anrufen«, schlage ich vor und erwecke damit Romantik-

Romi wieder zum Leben. »Hoffentlich erwischst du mich nur nicht, wenn ich gerade im hintersten Winkel Asiens unterwegs bin. Der Empfang ist dort grottenschlecht.«

»Das Risiko gehe ich ein.«

Als ich die Nachricht lese, kann ich nicht anders, als zu antworten:

Das machst du doch mit Absicht, oder?

Ich lasse mein Handy in der Tasche meiner Weste verschwinden und widme mich wieder den Teetassen, die in einer langen Reihe vor mir und den drei anderen Teehändlern stehen. Ich bin die Einzige aus Österreich und mit Abstand die Jüngste unter ihnen. Dennoch ist der Umgang miteinander sehr höflich und respektvoll.

Der Tee-Sommelier des Großhändlers hat uns zwei Dutzend Teesorten aufgebrüht und erklärt nun deren Charakteristika, während wir mit Löffeln davon probieren. Eine Teehändlerin aus München, die für drei Filialen verantwortlich ist, kostet immer als Erste, lässt sich aber weder an ihrer Miene noch an den knappen Worten, die sie über den Tee verliert, anmerken, was sie von ihm hält. Die beiden anderen, ein Tee-Sommelier einer Kaffeehauskette und der Besitzer eines Züricher Teeshops, sind da schon kommunikativer.

»Alle von uns angebotenen Mischungen wurden sorgfältig ausgewählt und im Labor auf Pestizide und Insektizide untersucht«, versichert uns der Großhändler. »Unsere Lieferanten haben strenge Auflagen, deren Einhaltung wir regelmäßig prüfen.«

Ich spüre das Vibrieren an meiner Seite und greife automatisch nach meinem Handy. Die Nachricht ist bestimmt von Niko. So wie jene, die er mir vor ein paar Minuten geschickt hat und worin er sich erkundigt hat, wie es mir geht.

Dass er sich ausgerechnet dann meldet, wenn ich in Deutschland bin, ist bestimmt pure Absicht. Dabei hätte ich mir schon viel früher eine Nachricht von ihm gewünscht. Am liebsten noch am Montagabend, nachdem sich unsere Wege nach der Feier im Teehaus getrennt hatten. Doch ich weiß, dass er viel zu tun hat, weshalb ich ihm die Verspätung nicht übel nehme.

Ich weiß nicht, was du meinst.

Das Smiley, das er anfügt, lässt mich schmunzeln. Er weiß es ganz genau.

Möglichst unbemerkt tippe ich eine Antwort.

Also ist es Zufall, dass du mir gerade dann schreibst, wenn ich in Frankfurt bin?

»Diese Mischung ist der Frühlingstee unseres Hauses«, erklärt der Tee-Sommelier. »Mit Spitzwegerich, Löwenzahn, Brombeerblättern, Veilchen und Ringelblume.«

Ich bin die Zweite, die kostet, und finde den leicht blumigen und milden Kräutergeschmack sehr ansprechend. Besonders die Veilchen gefallen mir. Sie sehen in der Teemischung nicht nur hübsch aus, sondern verleihen ihr auch ein interessantes Aroma, das bei unseren Wiener Kunden bestimmt gut ankommen wird. Schließlich sind Veilchen als die Lieblingsblumen von Kaiserin Sissi bekannt, weshalb sie gern mit ihr assoziiert werden. Ich mache mir eine Notiz, dass ich die Teesorte ins Sortiment aufnehmen will. Noch vor dem Frühling, wenn die Tourismussaison in Wien beginnt.

Purer Zufall. Bist du am Sonntag zurück und hast Zeit?

Da ist doch Valentinstag.

Die nächste Sorte, ein weiterer Kräutertee, schmeckt herber und leicht rauchig. Da wir eine ähnliche Mischung bereits im Programm haben, beschließe ich, dass sie nichts für uns ist. Es folgen ein Aroniatee, eine Ingwer-Zitrus-Mischung und ein Süßholz-Minze-Tee, den ich mir ebenfalls vormerke. Es fällt mir schwer, mich auf die Charakteristika der Tees zu fokussieren. Ständig schweifen meine Gedanken zu Niko ab.

Als ich den Geschmack eines Kräutertees mit Kakaoschalen auf mich wirken lasse, vibriert es erneut in meiner Westentasche. Endlich.

Wieder purer Zufall, ehrlich! Also, hast du Zeit?

Von wegen, denke ich und lächle in mich hinein. Ein warmes, prickelndes Gefühl macht sich bei der Vorstellung in mir breit, dass Niko und ich dabei sind, jenes vertraute Verhältnis wiederaufzubauen, das wir schon einmal hatten.

Damals, als er mich mit seiner Superheldenaktion überrascht hat. Als wir zusammen am Christkindlmarkt den Verkaufsstand betreut haben. Die Erinnerungen daran geben mir noch mehr Zuversicht. Die Anlaufschwierigkeiten sind vielleicht noch nicht vergessen, aber kein Hindernis mehr für unsere Zukunft. Mein Bauchgefühl sagt mir, dass mein Weg mit Niko der richtige ist.

Wird das ein Valentinstagsdate?

Nur, wenn du das willst.

Mein Herz macht Sprünge, und ich lasse das Handy zurückgleiten.

Obwohl der Tee-Sommelier gerade mit der Münchnerin über eine Teesorte philosophiert, lasse ich mir mit einer Antwort an Niko Zeit. Einfach, um ihn ein wenig zappeln zu lassen. Erst nach einer Rooibos-Mango- und einer Mandel-Wildkirsch-Mischung hole ich mein Telefon erneut hervor.

Also gut, ich habe schließlich nichts anderes vor.

Grinsend schiebe ich mein Handy zurück. Bei den nächsten Sorten versuche ich, mich wieder auf deren Aromen zu konzentrieren. Es gelingt mir jetzt besser. Als eine Stunde nach der Verkostung noch immer keine Nachricht von ihm eingetrudelt ist, werde ich jedoch unruhig.

Ungeduldig tippe ich eine weitere Nachricht:

Ja, ich freue mich auf ein Valentinstagsdate mit dir!

Dieses Mal lässt seine Reaktion nicht lange auf sich warten. Als hätte er es darauf ankommen lassen.

Das klingt schon besser. Treffen wir uns um zehn Uhr vor dem Stephansdom.

*** Epilog ***

... weil abwarten und Tee trinken nicht in Liebesdingen gilt
(Emilia Schilling)

Ich habe es nicht erwarten können, dass endlich Sonntag, Valentinstag und zehn Uhr ist. Seit Tagen fiebere ich diesem Moment entgegen, was wahrscheinlich auch der Grund dafür ist, dass ich schon um neun Uhr auf dem Platz vor dem Stephansdom auf und ab tigere und nach Niko Ausschau halte.

Es würde mich nicht wundern, wenn ich warten müsste. Schließlich haben wir uns für eine spätere Uhrzeit verabredet. Zum Glück ist es nicht mehr ganz so eisig wie in den letzten Tagen. Zwar ist mir kalt, vielleicht vor Aufregung, aber das halte ich aus. Hier auf Niko zu warten ist mir immer noch lieber als bei meinen Eltern.

Am liebsten würde ich alle paar Sekunden einen Blick auf die Uhr werfen, aber auch das würde nichts daran ändern, dass die Zeit meiner Meinung nach viel zu langsam vergeht. Stattdessen beobachte ich einen Mann in einem Mozart-Kostüm, der an Touristen Flyer verteilt, und einen Pantomimen, der wenige Meter daneben steht und sich elegant bewegt, wenn Passanten an ihm vorübergehen.

Für die meisten ist es ein normaler Sonntagvormittag in Wien. Wer den Valentinstag mit seinem oder seiner Liebsten feiert, tut dies meistens am Nachmittag oder Abend. Mit einem gemeinsamen Kinobesuch oder einem Abendessen im schicken Restaurant. Ich kann mir nicht vorstellen, dass viele ihr Valentinstagsdate auf direkt nach dem Frühstück verlegen.

»Hätte ich mir denken können, dass du ungeduldig bist«, sagt Niko mit warmer, weicher Stimme plötzlich hinter mir.

Ich drehe mich grinsend um und sehe in seine hellbraunen Augen. Mit einem Mal ist die Kälte vergessen, und all die ungeduldigen Fasern meines Körpers entspannen sich. Zum Glück hat er mich nicht eine weitere Stunde warten lassen.

»Hallo.« Meine Stimme klingt genau so aufgeregt, wie ich mich fühle.

Niko begrüßt mich mit Küsschen links und rechts. Das ist neu, und meine Wange kribbelt hinterher. Vielleicht auch, weil er immer noch unrasiert ist. Er lässt sich also absichtlich einen Bart stehen.

Niko zieht seinen dicken Schal über sein Kinn und die Augenbrauen hoch. »Bist du bereit?«

»Wofür denn?«, will ich neugierig wissen, obwohl ich vermutlich alles machen würde, was er vorschlägt.

»Komm mit!« Niko nimmt meine Hand und führt mich entlang des Stephansplatzes in Richtung Rotenturmstraße. Seine Hände sind wunderbar warm, eine Wohltat für meine kalten Finger. Am Stellplatz der Fiaker hinter dem Stephansdom bleibt er stehen.

»Machen wir eine Fiakerfahrt?«, frage ich aufgeregt. Der Geruch von Pferden steigt mir in die Nase, aber nicht unangenehm.

»Hallo, Niko«, sagt ein Kutscher und begrüßt ihn und mich mit Handschlag.

»Romi, das ist Leon, ein Freund von mir. Er wird uns heute mit diesen beiden Hübschen hier Wien aus einer anderen Perspektive zeigen.« Niko tätschelt eines der Pferde am Hals. Interessiert dreht es den Kopf und schnuppert an seiner Hand. Vielleicht in der Hoffnung, dass er etwas Fressbares dabeihat.

Nach ein bisschen Small Talk mit Leon hilft Niko mir in die Kutsche. Leon reicht uns eine Decke, die wir über unsere Beine legen. Momentan ist mir neben Niko ganz warm, aber wer weiß, wie lange die Fahrt dauert.

Und dann geht es auch schon los. Leon gibt klare Anweisungen, und seine Pferde setzen sich in Bewegung. Die Kutsche ruckelt ein wenig, doch ich gewöhne mich schnell daran.

»Bist du schon mal mit einem Fiaker gefahren?«, fragt Niko nach einer Weile.

Ich schüttle den Kopf. »Ich dachte immer, das sei nur etwas für Touristen«, antworte ich grinsend.

»Ist es vermutlich auch«, meint er. »Aber es ist auch eine nette Idee für den Valentinstag.«

»Das ist es«, bestätige ich ihm lächelnd.

Wir fahren durch die Altstadt Wiens und lauschen Leon, der uns nicht nur die wichtigsten Gebäude erklärt, an denen wir vorbeikommen, sondern auch etwas über den Fiakerbetrieb erzählt, für den er arbeitet. Insgesamt hat das Unternehmen über fünfzig Pferde, die zum Teil noch in der Ausbildung sind. Um den Tieren ausreichend Ruhezeiten zu gönnen, sind sie nur eine bestimmte Anzahl an Tagen in Wien unterwegs.

Die Zeit dazwischen verbringen sie auf einem Pferde-hof außerhalb der Stadt, wo sie genügend Auslauf be-kommen.

Als wir durch die Hofburg fahren, rückt Niko nä-her und legt seinen Arm um mich. Zufrieden kuschle ich mich an ihn.

»Weißt du, worüber ich manchmal nachdenke?«, beginnt er, als wir am Burgtheater vorbeikommen. »Was wäre gewesen, wenn ich nicht Steffis Nachbar gewesen wäre.«

»Wie meinst du das?«

»Das erste Mal, als wir uns im CAT vom Flughafen getroffen haben, habe ich dir meine Visitenkarte gege-ben. Hättest du mich jemals angerufen?«

Eine gute Frage. Ich überlege kurz. »Vermutlich nicht«, antworte ich schließlich wahrheitsgemäß.

Entrüstet geht Niko etwas auf Distanz, um mir ins Gesicht zu sehen. »Nicht?«

»Nein.«

»Nicht einmal, um Kaffee und Kuchen einzufor-dern?« Seinem Tonfall nach kann er nicht glauben, dass ich das ernst meine.

Ich schüttle den Kopf.

Als wir das Rathaus passieren, sagt Niko: »Hier haben wir uns zum zweiten Mal gesehen. Als du mit Poldi am Christkindlmarkt warst und ihr an unserem Stand stehen geblieben seid.«

Ich erinnere mich nur zu gut an diesen Abend. Ich erinnere mich an jeden Augenblick mit Niko.

»Hätte das dem Schicksal auf die Sprünge gehol-fen?«

Ich verstehe Nikos Frage nicht und sehe ihn stirnrunzelnd an.

»Wenn ich nicht Steffis Nachbar gewesen wäre«, wiederholt er, »hättest du dann wenigstens nach diesem zweiten Treffen angerufen?«

Wieder überlege ich kurz, und wieder schüttle ich den Kopf.

»Wirklich nicht?« Niko ist entsetzt. »War mein Eindruck so schlecht? Ich musste also erst deine Möbel aufbauen, damit du mir überhaupt eine Chance gibst?«

»Dein Eindruck war ganz und gar nicht schlecht«, erwidere ich, amüsiert über seine Reaktion. »Aber damals dachte ich noch, deine Schwester wäre deine Freundin. Unter den Umständen hätte ich natürlich die Finger von dir gelassen.«

Einen Moment lang sagt Niko nichts, als hätte er dieses Detail längst vergessen gehabt. Dann fügt er hörbar enttäuscht hinzu: »In dem Fall hättest du um mich kämpfen können.«

»Vermutlich hätte ich dann doch eher um ein neues Handy gekämpft«, antworte ich grinsend.

Niko schnaubt, muss jedoch auch schmunzeln. »Vielleicht schenke ich dir ein neues zum Geburtstag«, sagt er dann. »Wann ist der eigentlich?«

»Am achtzehnten November.«

Abrupt rückt Niko erneut von mir ab und sieht mich mit großen Augen an. »Am achtzehnten November?«, wiederholt er überrascht. »Du hast am gleichen Tag wie meine Mutter Geburtstag?«

»Und am gleichen Tag, an dem wir uns kennengelernt haben«, ergänze ich.

Niko starrt mich immer noch entgeistert an. »Das hast du damals gar nicht erwähnt.«

Ich schnaube. »Ich erzähle doch nicht jedem Fremden, wann mein Geburtstag ist.«

»Das hättest du aber können, zumindest an dem Tag«, erwidert Niko.

Ich zucke mit den Schultern. So wichtig ist mir mein Geburtstag nicht. Und was sollte das auch bringen? Ich brauche keine wenig ernst gemeinten Glückwünsche von jemandem, den ich nicht kenne.

»Wie auch immer, du kriegst zu deinem Geburtstag ein neues Handy von mir.«

»Das war's dann mit der Geburtstagsüberraschung«, seufze ich.

»Das ist doch ein tolles Geschenk.«

»Nicht, wenn der Schenker der ist, der mein altes Handy kaputtgemacht hat.«

»Es funktioniert doch noch. Nur das Display hat etwas abbekommen. Außerdem war es ein Unfall!«

»Oder, anders ausgedrückt, der Kollateralschaden eines miserablen Anmachversuchs.«

Niko presst die Lippen zusammen, dann lehnt er sich wieder zurück. Mit einem weiteren Kommentar lässt er sich Zeit. Schließlich grinst er zufrieden und sagt: »Immerhin hat er funktioniert.«

»Hat er nicht«, entgegne ich. »Deine Hilfe beim Möbelaufbauen hat funktioniert. Und dass Steffis Backrohr den Geist aufgegeben hatte.«

Niko brummt etwas Unverständliches. »Nur gut, dass ich diese Wohnung habe«, sagt er dann. »Vielleicht sollte ich sie doch behalten.«

»Natürlich!« Ich sehe ihn entsetzt an. »Du spielst doch nicht etwa ernsthaft mit dem Gedanken, sie zu verkaufen, oder?«

»Ich weiß es nicht«, antwortet Niko unentschlossen. »Sie ist ziemlich groß für mich alleine, und mein Vater hat recht. Sie würde mir viel Geld einbringen, und etwas Kleineres würde mir auch genügen.«

»Auch wenn ich nicht bei dir wohne, rate ich dir als deine Freundin, sie zu behalten.«

»Als meine Freundin?« Niko sieht mir in die Augen.

»Ja, klar«, entgegne ich selbstbewusst. »Wer mich am Valentinstag zu einer Fiakerfahrt einlädt, ist definitiv mehr als nur der Nachbar meiner Schwester.«

Ganz langsam beginnt Niko zu grinsen. »Du machst es mir leichter als gedacht, Romi.«

»Von wegen!«, erwidere ich und lehne mich gelassen gegen seinen Arm. »Du hast drei Monate gebraucht, oder etwa nicht?«

Statt etwas zu antworten, zieht Niko mich fester an sich. An seine Nähe könnte ich mich glatt gewöhnen.

Plötzlich macht sich mein Handy bemerkbar. Eine Nachricht ist eingegangen. Ich zögere einen Augenblick, entscheide mich dann aber doch, sie zu lesen.

»Etwas Wichtiges?«, fragt Niko neugierig, ohne auf das gesprungene Display zu blicken.

Überrumpelt sehe ich zu ihm auf. »Steffi will, dass ich zu meinen Eltern komme. Sie und Gregor haben etwas zu verkünden.«

Niko schiebt eine Augenbraue hoch. »Verlobt oder schwanger«, sagt er trocken.

Beides würde mich für sie freuen, käme aber dennoch überraschend schnell.

Aber kann sie überhaupt schwanger sein? Wie viele Wochen ist sie schon wieder mit Gregor zusammen? Oder ist es an dem Abend passiert, als sie mit ihm von diesem überteuerten Club nach Hause gefahren ist? In meinem Hirn rattert es.

»Um schwanger zu sein, sind sie doch noch gar nicht lang genug zusammen, oder?«, fragt Niko denn auch.

Mein Blick geht ins Leere. »Hoffentlich sind sie verlobt«, murmle ich mehr zu mir als zu Niko. »Wenn sie schwanger ist, würde das für mich bedeuten, dass ich schon bald alleine im Teehaus bin, und dafür bin ich noch nicht bereit.«

»Erstens hättest du immer noch deine Großtante und Herrn Graf, die dich unterstützen«, entgegnet Niko zuversichtlich, »und zweitens wärst du sehr wohl schon dafür bereit.«

Ich lächle schief. So sicher wie er bin ich mir da nicht.

Als noch eine Nachricht eintrudelt, hole ich mit zittrigen Fingern mein Handy hervor. »Nicht schwanger!«, seufze ich und sehe zu Niko. »Sie hat wohl gemerkt, dass ihre erste Nachricht auf mehrerlei Arten zu deuten ist.«

Erleichtert lache ich auf. Von mir aus darf Steffi ruhig noch ein Weilchen warten, bis sie mich mit ihrer Schwangerschaft überrascht.

»Willst du, dass ich trotzdem mitkomme?«, fragt Niko einfühlsam. »Zu deinen Eltern?«

326

»Du musst!«, platzt es aus mir heraus, auch weil ich erleichtert bin, dass er es anbietet. »Schließlich bist du jetzt mein Freund«, sage ich und mache mit diesen Worten auch Romantik-Romi richtig glücklich.

*** Glossar ***

Backrohr	Backofen
Bim	Straßenbahn
Einkaufssackerl	Einkaufstüte
einschlichten	einsortieren
Gehsteig	Bürgersteig
Gewand	Kleidung
Glumpert	Krempel
dag	Abkürzung für Dekagramm: 10 Gramm
Deka	Abkürzung für Dekagramm: 10 Gramm
Häferl	Tasse
Haube	Mütze

heuer	in diesem Jahr
Jause	Brotzeit
Masche	Schleife
Matura	Abitur
Melange	Kaffee mit Milch und Milchschaum
Mistkübel	Mülleimer
Säckchen	Tütchen
Schlagobers	Sahne
Sessel	Stuhl
Staubzucker	Puderzucker
Stiege	Treppe
Verkühlung	Erkältung
Verlängerter	Espresso mit heißem Wasser

*** Danksagung ***

Liebe LeserInnen,

wenn ihr dieses Buch in den Händen haltet, haben wir die Coronakrise hoffentlich gesund und unbeschadet überstanden. Leider hat sich durch diese Ausnahmesituation auch die Veröffentlichung dieses Romans um ein Jahr verschoben. Ich danke euch trotzdem, dass ihr mit mir auf den Abschluss meiner saisonalen Wien-Reihe gewartet habt.

Weiters danke ich meinem Agenten Peter Molden sowie seiner Frau, die mir immer mit Rat und Tat zur Seite stehen.

Großer Dank geht auch an Regine, die mich als wunderbare Testleserin im Frühling, Sommer, Herbst und Winter begleitet hat.

Dem Team des Goldmann Verlags danke ich für die gute Zusammenarbeit, allen voran meiner Lektorin Barbara Heinzius, an die ich immer denken muss, wenn ich *Cordula Grün* höre. Diesen Stempel wirst du nicht mehr los, liebe Barbara.

Last but definitely not least möchte ich mich bei Susanne Bartel ganz herzlich bedanken. Sie hat mir schon bei unserem ersten Telefonat das Gefühl gegeben, die richtige Lektorin für diesen Roman zu sein. Danke für Ihre Mühe und Aufmerksamkeit, die Sie dem Text geschenkt haben. Sie haben »Winterglück und Nelkenduft« genau richtig aufgebrüht und ziehen lassen.

Emilia Schilling

Emilia Schilling ist das Pseudonym einer jungen österreichischen Autorin, die romantische Frauenromane schreibt. Sie lebt mit ihrem Mann und ihren zwei Kindern in einem kleinen Ort in Niederösterreich.
Weitere Titel der Autorin sind bei Goldmann in Vorbereitung.

Emilia Schilling im Goldmann Verlag:

Frühlingsglück und Mandelküsse. Roman
Sommerglück und Blütenzauber. Roman
Herbstblüten und Traubenkuss. Roman
Winterglück und Nelkenduft. Roman

(alle auch als E-Book erhältlich)

Unsere Leseempfehlung

608 Seiten
Auch als E-Book
erhältlich

Alex Hyde, eine junge, höchst erfolgreiche Unternehmensbera-
terin aus London, nimmt wenige Wochen vor Heiligabend einen
lukrativen Auftrag an: Sie soll »Kentallen«, einer familiengeführ-
ten Whisky-Destillerie, wieder zum Erfolg verhelfen. Kaum hat
sie die abgelegene schottische Insel Islay betreten, begegnet sie
Lochlan, Erbe der Dynastie. Attraktiv, charismatisch und unbere-
chenbar – noch nie hat es Alex mit einem Auftraggeber wie ihm
zu tun gehabt. Im Laufe der Zusammenarbeit kommen sie sich
immer näher, die Grenzen zwischen Privatem und Beruflichem
verschwimmen zusehends. Und Alex bemerkt zu spät, dass ihr,
zum ersten Mal überhaupt, die Kontrolle entgleitet ...

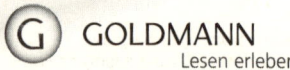

Unsere Leseempfehlung

600 Seiten
auch als E-Book
erhältlich

Die Snowboarderin Meg lebt und arbeitet in den Rocky Moun-
tains. Eines Nachts kommt es während eines Schneesturms zu
einer folgenschweren Katastrophe. Meg greift zum Funkgerät
und setzt einen Hilferuf ab, der versehentlich bei einem Unbe-
kannten landet. Jonas, berührt von Megs Verzweiflung, kann
ihren Anruf nicht vergessen und funkt tags darauf zurück.
Schon bald entwickelt sich eine zarte Freundschaft, und ganz
langsam beginnt Meg sich zu fragen, ob sie vielleicht mehr für
ihn empfindet. Doch kann man sich in jemanden verlieben,
von dem man nur die Stimme kennt?

Unsere Leseempfehlung

464 Seiten
Auch als E-Book
erhältlich

Die Weltenbummlerin Toni ist überall und nirgends zu Hause – bis ein Anruf ihres Vaters sie zurück an die Nordsee führt. Für viele ist St. Peter-Ording das Paradies auf Erden. Doch Toni hat sich hier, wo der Wind das ganze Jahr um die Häuser pfeift, nie richtig wohlgefühlt. Auch jetzt macht ihre alte Heimat es ihr nicht leicht. Ihre Eltern werden immer schrulliger, und alles erinnert sie an ihre erste große Liebe. Während sie auf dem Ferienhof der Familie aushilft, begreift Toni, dass sie das Leben anpacken muss, um ihm eine neue Richtung zu geben. Und dabei ist sie nicht allein …

www.goldmann-verlag.de
www.facebook.com/goldmannverlag

GOLDMANN
Lesen erleben